NEMICI O AMANTI?

(Serie Pine Grove, Libro 3)

Jean C. Joachim

Moonlight Books

Dedica

A miei lettori, che amo tutti.

Riconoscimenti

Ringrazio la mia redattrice, Sherri Good, e la mia correttrice di bozze, Renee Waring. Un ringraziamento speciale a Vicki Locey che, con i suoi incoraggiamenti quotidiani, mi aiuta ad andare avanti. Grazie agli uomini della mia famiglia, Larry, David e Steve, che mi fanno restare con i piedi per terra e credono sempre in me.

NOTIZIE SULL'E-BOOK ACQUISTATO: L'acquisto non rimborsabile di questo e-book consente di possedere solo UNA copia LEGALE per la lettura personale sul proprio computer o dispositivo. **Non è consentita la rivendita o la distribuzione senza previa autorizzazione scritta dell'editore e del proprietario del copyright di questo libro.** Questo libro non può essere copiato in alcun formato, venduto o trasferito da un computer all'altro attraverso il caricamento su un programma di condivisione di file peer to peer, gratuitamente o a pagamento, o come premio in qualsiasi concorso. Tale azione è illegale e viola le leggi sul Copyright degli Stati Uniti. È vietata la distribuzione di questo e-book, in tutto o in parte, online, offline, in stampa o con qualsiasi altro mezzo attualmente conosciuto o ancora da inventare. Se non si desidera più questo libro, è necessario eliminarlo dal computer.

ATTENZIONE: La riproduzione o la distribuzione non autorizzate di quest'opera protetta da copyright sono illegali. La violazione legale del copyright, compresa la violazione senza guadagno monetario, è soggetta a indagini dell'FBI ed è punibile con una pena fino a 5 anni in prigione federale e una multa di $250.000.

Un miliardario tutto nuovo
Copyright © 2019 Jean C. Joachim
A cura di Sherri Good
Revisione di Renee Waring
Traduzione di Simona Trapani

EDITORE
Moonlight Books

Capitolo Uno

JESS LENNOX AVEVA MOLTO tempo per leggere durante i viaggi di andata e ritorno dal carcere di Fishkill. Si sedette accanto al finestrino e aprì il suo libro. Un uomo si sedette accanto a lei. Jess sì avvicinò il libro agli occhi. Percependo il suo sguardo, si appoggiò contro il vetro.

"Va a trovare qualche parente?" le chiese, guardandola dall'alto in basso.

Lei annuì. L'ultima cosa di cui aveva bisogno era un chiacchierone, un uomo di mezza età che voleva provarci con lei.

"Mia moglie. Taccheggio. Minima sicurezza."

Jess lo ignorò e continuò a leggere.

"Mi sento solo ora che lei non c'è," proseguì l'uomo.

La rabbia le ribolliva in petto. Cazzo! Lavorava sodo e quel viaggio una volta al mese era l'unico tempo libero che potesse concedersi.

"Il suo fidanzato è in galera?" le chiese.

La sua pazienza evaporò come l'acqua che bolliva su un fornello. Jess chiuse il libro e guardò negli occhi quello zotico insensibile.

"Mia madre. È dentro per omicidio. Ha ucciso mio padre. Si dice che le tendenze omicide siano ereditarie," rispose lei, lanciandogli l'occhiata più cattiva che riuscisse a fare.

L'uomo impallidì, annuì una volta e si alzò in piedi.

"Vedo che non vuole essere disturbata," borbottò lui, andando a sedersi da un'altra parte. Jess sorrise e riaprì il suo romanzo, *Se ti amassi.* Totalmente assorbita dalla storia, le lacrime iniziarono a scorrerle sulle guance mentre si identificava con le difficoltà che i personaggi dovevano affrontare.

Jess divorava i libri d'amore che prendeva in prestito dalla biblioteca. Quei libri le permettevano di credere che le cose potessero funzionare, che la vita potesse migliorare e che la felicità potesse esistere. Quando il pullman arrivò alla fermata di Pine Grove, passò accanto a quell'uomo irritante, scese i gradini e corse verso la sua auto.

Ripose il libro nel vano portaoggetti, pronto per la sua prossima visita in carcere, e mise l'auto in moto.

Quella storia le era entrata dentro. Che cosa avrebbe fatto se avesse incontrato un uomo come Chaz Duncan? Avrebbe riconosciuto il suo buon cuore sotto la maschera del suo atteggiamento arrogante? Con una breve risata, pensò che non l'avrebbe fatto. Jess odiava gli uomini egoisti, gli uomini così innamorati di loro stessi da non riuscire a vedere nessun altro.

Aveva incontrato solo un uomo che era riuscito a scalfire la sua corazza. Chip Matthews aveva conquistato il suo cuore al liceo. Aveva conquistato anche la sua verginità. Ma questo non le importava. Lui le aveva fatto dimenticare il clima di tensione, rabbia e ostilità che regnava a casa sua. Era stato il suo rifugio.

Fermandosi nel parcheggio di Java the Hut, spense la macchina e tirò fuori una banconota da un dollaro dalla sua borsetta. All'interno, un caffè freddo da portar via la aspettava sul bancone. Marge, la cameriera, alzò lo sguardo. Jess raccolse il bicchiere di carta e passò il dito sulla formica lucente. Fece un lieve sorriso alla donna e tornò alla sua auto.

Prossima fermata, la vecchia villa sulla Route 113. Accese la radio e alzò il volume per non pensare a quanti altri viaggi avrebbe fatto verso Fishkill nei successivi trent'anni. Imboccare la strada tortuosa che circondava Cedar Lake le tirò su il morale.

Eccola lì, in tutto il suo splendore. Pur essendo diroccata, la villa a quattro piani del 1825 si ergeva in tutto il suo orgoglio. Tutte le finestre erano rotte e sul tetto c'erano degli spazi vuoti, tra cui un enorme buco che consentiva l'ingresso a molti animali selvatici.

Quando aveva solo diciotto anni, Jess aveva trovato per caso quella casa e se ne era innamorata. Minnie West, la signora anziana che la possedeva, l'aveva invitata per il tè. Jess aveva il permesso di entrare in tutte le stanze, essendosi offerta come volontaria per spazzare e spolverare. C'erano quaranta stanze nella villa, compresi i bagni.

Il terzo piano, con le sue stanze piccolissime, che potevano contenere solo un letto singolo e un piccolo cassettone, sembrava la tana di un coniglio. Jess immaginò che quelli fossero gli alloggi dei domestici. In fondo, c'era la scala più lunga che avesse mai visto. Portava direttamente dall'ultimo piano alla cucina.

Minnie le aveva raccontato la storia della casa e che, anni prima, aveva cresciuto lì suo nipote. La vecchina non si interessava molto di lui e lui non andava mai a trovarla, almeno non quando Jess era nei paraggi. Col passare del tempo, Jess si accorse che la casa stava andando sempre più in rovina. Quando chiese a Minnie come mai, la donna glielo spiegò.

"Oh, ho abbastanza denaro, ma lo spendo per salvare gli animali. Una casa è solo un oggetto. Gli animali sono vivi. Sai, molti di loro hanno bisogno d'aiuto. Faccio quello che posso. Faccio donazioni a diversi rifugi."

Pur essendo d'accordo con la nobiltà della causa, Jess dubitava della scelta di Minnie di trascurare la casa. Gli anni passarono e Jess ebbe sempre meno tempo per le visite. Badare a sé stessa e a suo fratello si era rivelato più impegnativo di un lavoro a tempo pieno. Lei e Minnie si persero di vista.

Dopo aver studiato cucina al liceo, Jess era diventata una pasticcera piuttosto brava. Si guadagnava qualcosa da vivere cucinando e vendendo i suoi dolci a ristoranti, negozi e alberghi. Sognava di acquistare a buon prezzo la casa da Minnie, per ristrutturarla e aprire un bed and breakfast.

Un giorno, mentre osservava sua sorella, Will aveva scoperto il suo segreto. Aveva promesso di non dirlo a nessuno e che si sarebbe occupato di ristrutturare la casa. Le aveva detto che una riverniciata, martelli, chiodi e tanto olio di gomito avrebbero riportato la villa al suo antico splendore. Jess aveva creduto a ogni sua parola.

Da quel giorno in poi, avevano condiviso quel segreto. Jess continuava a vendere i suoi dolci mentre, quando riusciva a procurarseli, Will faceva dei lavoretti e qualche riparazione. Lavoravano per realizzare quel sogno.

Quando Minnie diventò troppo vecchia per vivere da sola, si trasferì in una casa di riposo a diverse contee di distanza. Anno dopo anno, Jess osservava il cartello 'Vendesi' piantato nel giardino anteriore, sempre più rovinato dalle intemperie.

Di tanto in tanto, un agente immobiliare portava qualcuno a vedere la casa, ma andavano subito via. Essendo l'unica a cogliere il potenziale di quella casa fatiscente, Jess sorrideva ogni volta che un'auto si allontanava o che qualcuno scuoteva la testa storcendo il naso.

Era molto dispiaciuta per quella vecchina un po' suonata che aveva vissuto in quella villa. Aveva aspettato con pazienza che mettesse in vendita la casa a un prezzo irrisorio.

Adesso lei aveva trent'anni e Will ne aveva venticinque. Erano pronti per affrontare la ristrutturazione più impegnativa del mondo e realizzare il suo sogno. Anche dopo un'attesa così lunga, Jess non si era mai arresa. Aveva continuato a preparare i suoi dolci, a fare dei lavoretti per gli abitanti del villaggio e a occuparsi della casa per sé e suo fratello. Quando possibile, avevano messo da parte del denaro, continuando ad aspettare.

Un giorno, si avvicinò al giardino posteriore, per osservare le erbacce aggrovigliate, i rovi ispidi e i ceppi degli alberi. Jess decise che lì avrebbe piantato il suo giardino. Verdure fresche ed erbe avrebbero reso i suoi piatti migliori di tutti gli altri per chilometri.

Trovò un angolino ricoperto di erba e si sdraiò, fissando il tetto spiovente e l'ultimo piano che, molto tempo prima, aveva ospitato nelle sue stanze cuochi, maggiordomi e cameriere. Mentre strappava un po' di erbacce, fece un elenco mentale dei semi e delle piante che avrebbe comprato quando quella casa sarebbe diventata sua.

Le nuvole si schiarirono e il sole iniziò a splendere. Jess credeva negli angeli custodi. In quale altro modo lei e Will sarebbero sopravvissuti senza i loro genitori negli ultimi dodici anni?

Si guardò intorno. Qualcosa non andava. Jess si sollevò a sedere. Che cosa mancava? Il cartello "Vendesi" era scomparso. Prese il telefono e chiamò suo fratello.

"Hai saputo? La vecchia Minnie West alla fine ha tirato le cuoia," le disse lui.

Jess mise giù il telefono. Ciò voleva dire che era arrivato il momento di comprare quella casa? Se era così, dov'era finita l'insegna?

STRYKER ALEXANDER WEST odiava i funerali. Non ne capiva il senso. La persona che veniva commemorata era morta. Non poteva vedere o sentire, quindi che senso aveva tutta quella tiritera per qualcuno che non l'avrebbe apprezzata? Avrebbe preferito stare nel suo studio, a esaminare i dati finanziari del suo nuovo aeroporto privato. Un ragazzo gli si avvicinò.

"Ecco il suo elogio funebre per sua zia, signor West."

"Grazie, Chris," rispose il magnate dagli occhi scuri. Mentre sfogliava il documento, aggrottò la fronte. "Un po' lungo, no?"

"Lei era il suo nipote preferito."

"Ero il suo unico nipote. C'è un posto dove posso sedermi per fare qualche modifica?"

"Certo. Da questa parte," Chris accompagnò l'uomo alto e attraente in un piccolo studio privato dell'agenzia di pompe funebri. Mentre oltrepassava il santuario, notò il gran numero di persone presenti e si rivolse alla sua defunta zia.

"Ben fatto, Minnie. È venuta molta gente a darti l'ultimo saluto. Sono sorpreso. Per essere una donna che non usciva molto, avevi molti amici," disse ridacchiando.

Stryker si sedette alla scrivania di legno e tirò fuori una stilografica dal taschino della giacca. Cancellò circa metà del discorso, modificò alcune parole e lo rilesse.

Zia Minnie era la sorella maggiore di suo padre. Era vivace, allegra, curiosa, si impicciava sempre dei suoi affari personali e gli dava consigli indesiderati. Aveva cercato di trovargli una donna con cui farlo accasare fino a due anni prima, quando aveva compiuto quarant'anni. Poi anche Minnie West aveva gettato la spugna, rendendosi conto che non era tagliato per il matrimonio. E allora? Lui dubitava che gli mancasse qualcosa, a parte un divorzio incasinato e costoso.

Stryker West sapeva come divertirsi, approfittando di ogni occasione per farlo. Non gli era mai mancata la compagnia femminile. I suoi miliardi, che lui riteneva la sua dote più interessante, avrebbero reso il matrimonio un rischio che preferiva non correre.

Essendo piuttosto soddisfatto della sua vita, Stryker poneva molte sfide alla sua mente sveglia. La ricerca del posto perfetto per costruire un aeroporto privato, dove i dirigenti potessero volare alla vecchia maniera, senza controlli di sicurezza e con un servizio impeccabile, occupava le sue giornate.

Le lussuose compagnie aeree di Stryker percorrevano brevi tratte da Los Angeles, New York, Boston, Chicago, Washington, Atlanta e Toronto. Possedeva e noleggiava anche jet privati e limousine. Aveva tutto ciò che ogni dirigente pieno d'impegni potesse desiderare per rendere i suoi viaggi veloci e agevoli.

Nonostante i suoi voli avessero la licenza solo all'interno degli Stati Uniti, aveva un'équipe di avvocati che lavorava per rendere possibile l'espansione in Europa. Nel frattempo, stelle del cinema, atleti, uomini d'affari e persone facoltose spendevano fior di quattrini per ricevere un trattamento di lusso mentre volavano da Boston a Washington o da Los Angeles a San Francisco.

Il suo progetto attuale era un aeroporto nei pressi di Dallas. Dopo aver salutato Minnie per l'ultima volta, avrebbe preso uno dei suoi aerei verso il Texas.

Mentre leggeva l'elogio funebre, alcuni ricordi gli tornarono in mente. Zia Minnie si era interessata fin da subito al precoce Stryker. Suo padre faceva il postino e riusciva a malapena a guadagnare il denaro sufficiente per mantener Stryker e sua madre Abby. Quando sua madre aveva avuto bisogno di un intervento chirurgico, le spese mediche avevano costretto la famiglia West a dichiarare bancarotta.

Allora Stryker giurò che non sarebbe mai più stato povero e mantenne quella promessa con sé stesso. Ricordare i piccoli doni ricevuti da Minnie, come la stazione di polizia della Lego che aveva tanto desiderato, ma che i suoi genitori non potevano permettersi, lo fece commuovere. Quando lui era piccolo, lei gli comprava dei libri e glieli leggeva. Lei gli faceva da babysitter quando suo padre andava in ospedale a trovare Abby dopo l'intervento.

Un giorno, mentre tornavano a casa dall'ospedale, l'auto dei West fu investita da un autoarticolato. I suoi genitori morirono entrambi sul colpo. Stryker aveva solo quattro anni, così andò a vivere con la sua unica parente, la zia Minnie. Non molto tempo dopo il suo arrivo, Minnie sposò Ed Chambers, anche se non si conoscevano da molto tempo. Quando Stryker compì vent'anni, sua zia gli spiegò di averlo sposato perché lui potesse avere un padre. Poi Ed era diventato violento con il bambino, così erano intervenuti i servizi sociali e i due si erano separati.

Le immagini delle gite e delle avventure vissute con Minnie gli affollavano la mente. L'emozione, che lui teneva spesso a bada, gli riempì il cuore. La sua morte era una perdita più grande di quanto avesse immaginato. Una lacrima lo sorprese scorrendogli sulla guancia, riportandolo alla realtà. No, Stryker Alexander West non piangeva. Non aveva più versato una lacrima da quando i suoi genitori non c'erano più. E non aveva intenzione di cominciare adesso.

"È pronto, signore?" gli domandò Chris, in piedi sulla soglia.

"Togliamoci il pensiero," disse Stryker, riponendo il fazzoletto nella tasca, ripiegando i fogli e alzandosi dalla sedia.

"Da questa parte, signore."

Stryker fece un respiro profondo e seguì il ragazzo nella grande stanza, dove le persone aspettavano di ascoltare le sue parole.

"Zia Mame, Groucho Marx e Charlie Chaplin nella stessa persona. Questa era Minnie West Chambers..." iniziò lui.

QUANDO JESS ENTRÒ NEL parcheggio sul retro della loro casa, spense il motore, diede una pacca sul cruscotto e la ringraziò per essere partita al primo tentativo e per non essersi fermata. Iniziò a pensare alle faccende che doveva fare in casa. Cucinare il chili per cena, sbucciare le mele per le torte, preparare e congelare l'impasto. La lista sembrava infinita. Ripose le chiavi in una ciotola in cucina.

Prendendo una tazza di caffè caldo, ringraziò suo fratello.

"Come sta la mamma?"

"Come sempre." Lei si sedette al tavolo.

"Stamattina ho ricevuto una telefonata da Dave."

"Oh?" Lei spalancò gli occhi e bevve un sorso di caffè.

"Qualcuno l'ha ingaggiato per demolire quella vecchia casa fatiscente."

"La villa al 113?"

Will annuì.

"No! Non possono! Non l'hanno dichiarata inagibile, vero?"

"Non lo so."

"Cazzo. Questo spiega la sparizione del cartello 'Vendesi'."

"Mi dispiace," disse Will, stringendo la mano di sua sorella.

"Sì? Vedremo. Non è Grey Andrews il rappresentante del consiglio cittadino?"

"Penso di sì."

Dopo aver bevuto tre grossi sorsi, lei finì il suo caffè e balzò in piedi.

"Esco subito." Lei si alzò dal tavolo.

"Aspetta," disse Will, prendendola per un braccio.

Lei si fermò.

"Non c'è niente che tu possa fare."

"E chi lo dice?"

"Lascia perdere, Jess."

"No. Mai. Questo è il mio sogno. Torno presto," disse lei, prendendo le chiavi e dirigendosi verso il parcheggio.

Niente era lontano nella piccola Pine Grove, così Jess ebbe appena il tempo di pensare a cosa dire prima che il maestoso edificio le comparve davanti. Si fermò e parcheggiò davanti all'enorme e bellissima casa che una volta apparteneva alla famiglia Davenport. A Jess piacevano Grey e la sua famiglia. Erano stati generosi ad Halloween e occasionalmente avevano assunto Will o Jess per qualche lavoretto, permettendo loro di guadagnare qualche dollaro. Lei apprezzava il loro aiuto. Jess bussò alla porta. Grey venne ad aprire.

"Posso parlarti un momento?" gli chiese.

"Accomodati. Qualcosa che riguarda Pine Grove?" le chiese, facendo un passo indietro.

Lei annuì. Grey la condusse in un piccolo studio e chiuse la porta. Lui si sedette su un divanetto e lei su una sedia di fronte a lui.

"Che cosa posso fare per te?" le chiese.

"Tu sei il responsabile del consiglio cittadino, giusto?"

"Giusto."

"E nessuno può demolire un edificio senza la tua autorizzazione, giusto?"

Lui annuì. "Esatto."

"Qualcuno vuole demolire quella magnifica vecchia villa al 113."

"Davvero? Non ho ancora ricevuto nessuna richiesta di autorizzazione."

"Bene, allora sono arrivata in tempo. Non firmarla."

"Come?"

"Per favore. Non permettere che demoliscano quella vecchia casa.", gli chiese lei, con la voce rotta.

"Perché? Quella casa è fatiscente ormai da anni. Minnie West non aveva i soldi per prendersene cura."

"Lo so. Ma forse la venderanno. A me. A un prezzo molto basso. A Will e a me. Insieme, possiamo sistemarla."

"È un lavoro molto impegnativo perché voi due possiate occuparvene da soli. Potete versare un acconto?"

"Ho duemila dollari. È sufficiente?"

"Ne dubito. Non so quale sia il prezzo, ma c'è anche un piccolo appezzamento di terra. Probabilmente vale più della casa. Con il vostro reddito, credo che sia difficile ottenere un mutuo," le disse.

Le lacrime che aveva trattenuto fino a quel momento le scivolarono lungo le guance. Si coprì gli occhi con le mani. Grey si alzò e le mise un braccio intorno alle spalle.

Vuoi un bicchiere d'acqua fresca?"

Lei scosse la testa.

"Non capisco."

"Voglio quel posto da prima che mia madre andasse in prigione."

"È un meraviglioso vecchio edificio, ma è in serio stato di abbandono."

"Lo so. Ma può essere riparato," insistette lei.

"C'è un buco sul tetto. Chissà cosa vive lì dentro."

"Con un po' di impegno e passione..." Jess perse il controllo e iniziò a singhiozzare.

La porta si aprì e Carrie, la moglie di Grey, entrò nello studio. "Qualcosa non va?"

Grey scrollò le spalle.

"Vieni con me, Jess," disse Carrie.

"No. Sono solo le mie emozioni. Voglio una possibilità. Un'occasione per salvare quella vecchia casa. Non puoi aiutarmi, Grey?"

"Dovrei avere un buon motivo per non firmare il permesso, Jess."

"Per favore," lo implorò lei.

Grey si accarezzò la guancia e aggrottò la fronte. "Beh, forse c'è un modo. Non è semplice, ma penso che tu possa farcela."

"Dimmi tutto, per favore!" Jess si asciugò il viso con il fazzoletto che Carrie le aveva porto e raddrizzò la schiena. "Farò qualsiasi cosa."

"Ok. Adesso ti spiego..."

MARTEDÌ SERA, JESS preparò la cena presto per lei e suo fratello.

"Sbrigati a mangiare. Alle sette devo andare alla riunione del consiglio cittadino."

"Davvero? Perché?"

"Vieni con me e vedrai."

Will sollevò le spalle. "Perché no?"

Arrivando cinque minuti prima dell'inizio, Jess e Will presero due posti accanto alla porta. Mike Foster richiamò i partecipanti all'ordine.

"Abbiamo una questione rimasta in sospeso dalla riunione del mese scorso. Il Comitato Cittadino dei Beni Culturali."

"Pensavo che non avessimo il permesso di averne uno," intervenne qualcuno.

"Ho contattato l'ufficio del governatore. Mi hanno detto che potremmo averne uno che abbia il compito di fare ricerche sulla storia degli edifici o dei terreni che stiamo prendendo in considerazione di preservare. Quindi il Comitato potrebbe presentare una richiesta al funzionario preposto. Ho qui un fascicolo con le leggi del nostro stato sulla tutela ambientale. Queste potrebbero essere usate anche per tutelare il territorio. Ma non abbiamo ancora nessuno che si occupi del Comitato Cittadino dei Beni Culturali. Ci sono volontari?"

Jess alzò la mano.

"Che diavolo stai facendo?" le chiese Will, prendendole il braccio.

Jess gli allontanò la mano e si alzò. "Voglio farlo io."

Mike sorrise. "Bene, allora. Abbiamo trovato qualcuno. Jess Lennox è la prima candidata. Qualcuno è d'accordo?"

Grey Andrews rispose apertamente. "Io sono d'accordo."

"Tutti a favore?"

Tutti, tranne una persona, alzarono la mano.

"Qualcuno si oppone?"

Will alzò la mano. I presenti si misero a ridacchiare.

"Mi dispiace, Will. Sei in minoranza. Immagino che dovrai accettare la scelta di tua sorella."

"Non che ci siano molti edifici da tutelare, comunque," sussurrò qualcuno.

"Oh, sì che ci sono," rispose Jess.

"Ad esempio?"

"Ad esempio quella grande vecchia casa al 113," rispose lei.

La folla iniziò a mormorare.

"Mi scusi, signorina," disse una voce ignota. Jess si voltò verso quell'uomo.

"Dica pure, signor West", disse Mike Foster.

"Intende dire che ha intenzione di dichiarare quella casa un luogo storico?" le chiese.

"Proprio così. Ovviamente, dovrò esaminarla in modo approfondito. Ma al momento ho solo intenzione di richiedere di non demolirla."

"Ma è tutta fatiscente. Sta per crollare," ribatté l'estraneo.

"No. È perfettamente stabile. E risale ai primi anni dell'800."

"Quella casa adesso appartiene a me e ho intenzione di demolirla."

Jess ebbe un sussulto. Iniziò a sudare sulla fronte. Demolirla? Distruggere la sua casa, il suo sogno? Non se ne parlava!

"Ci rifletta, signore. Nessuno toccherà quella casa, a meno che non sia per restaurarla."

"Quella casa appartiene alla storia di Pine Grove. Sono d'accordo con Jess," disse Laura Dailey.

"Anch'io," intervenne suo marito Barney.

Uno dopo l'altro, tutti i cittadini dissero la loro. A nessuno di loro sembrava importare che l'edificio fosse così fatiscente. Tutti erano d'accordo con lei per non demolirlo e ristrutturarlo.

"Minnie era una mia amica. Si rivolterebbe nella tomba se conoscesse le sue intenzioni, signor West," disse Mindy Winslow.

Un sorriso compiaciuto e soddisfatto comparve sul viso di Jess. Il signor West aggrottò la fronte e la guardò storto.

"Vedremo," rispose lui, dirigendosi verso l'uscita.

I presenti applaudirono e Jess si risedette.

"Non permettere a quel riccone di trattarti male, Jess. Non cedere, ragazza," disse Marge, del Java the Hut.

Will la guardò nauseato. "Questo non risolverà nulla," borbottò lui.

"È solo il primo passo. Mi concede un po' di tempo per capire come agire."

"Sei totalmente matta, è questa la verità. Questo è un errore. Quel tipo ha i soldi. Ti distruggerà."

"Nessuno mi distruggerà. Finora ce l'ho fatta, Will. E ce la farò anche stavolta."

"Buona fortuna," disse lui, alzandosi dalla sedia.

Lei lo seguì fuori. Grey la fermò vicino al parcheggio.

"Ben fatto, Jess."

"Ho la sensazione che questo sia solo il primo round," rispose lei.

"Forse. Stryker West non è il tipo che si arrende facilmente."

"Lo conosci?"

"Andavamo a scuola insieme. È molto duro, dentro e fuori. Non cedere. Tutta la città ti sostiene."

"Questa è una novità."

Grey le diede una pacca sulla spalla, poi si diresse verso la sua auto.

Lei aveva vinto il primo round. Ma per quanto tempo sarebbe riuscita a fermarlo? Un brivido le attraversò la schiena. Aveva fatto il passo più lungo della gamba? Cosa avrebbe fatto se qualche raffinato avvocato di città avesse cominciato a perseguitarla? Serrando la mascella e allineando le labbra, Jess si diresse verso il furgoncino di suo fratello. Negli ultimi dodici anni, aveva lottato ogni giorno contro ogni difficoltà. Non c'era alcun motivo per cui stavolta dovesse essere diverso.

Capitolo Due

Stryker Alexander West stava davanti all'ingresso principale del municipio. Incrociando le sue forti braccia davanti al petto massiccio, sorrise e la bloccò mentre si avvicinava al veicolo di Will. Ma il suo sorriso era in netto contrasto con il suo sguardo cupo e freddo.

"Ascolta, tesoro, vietare la demolizione di quella vecchia topaia non è una buona idea."

Irritata, lei gli passò davanti, dandogli uno spintone.

"Davvero, tesoro. Sii furba. Firma il permesso di demolizione.

Lei si voltò, con la rabbia che le ardeva nel petto. "Non sono il tuo tesoro. E non me ne frega niente di quante persone chinano il capo davanti ai tuoi soldi e al tuo potere. Non cambierò mai idea, puoi starne certo. Non accetterò mai di firmare un permesso per demolire quella bellissima, vecchia casa. Se ne faccia una ragione e si tolga di mezzo."

"Lo vedremo," rispose lui, con un sorriso beffardo. Lui le afferrò un braccio e la fece voltare. "Se qualcuno si fa male in quel vecchio posto, non sarà una mia responsabilità. Deve essere demolito prima che accada qualcosa di brutto."

"Mi tolga le mani di dosso! Nessuno si farà male lì dentro. Non è ancora successo."

"Ascoltami. Ho distrutto uomini molto più grossi e più forti di te. Quindi togliti di mezzo."

"Forse avrà picchiato uomini più grossi di lei, ma non più forti. Ed è lei che deve togliersi di mezzo," ribatté lei, appoggiando la mano sulla maniglia della portiera del furgoncino.

Era così vicino a lei che riusciva a sentire l'odore del suo dopo-barba speziato e il calore del suo respiro. Che cosa stava facendo, soffermandosi a guardare le sue spalle larghe e la sua nuca perfetta? Quell'uomo era una minaccia, un mostro assetato di potere, privo di buon gusto e senza alcun riguardo per la storia e la bellezza. Eppure, c'era qualcosa in lui che la attraeva. I capezzoli le si irrigidirono all'improvviso. Lei lo guardò negli occhi.

"C'è qualcosa nella parola *mai* che non le è chiaro? Adesso si tolga di mezzo prima che io chiami la polizia."

Lui si spostò lateralmente, facendo un leggero inchino per lasciarla passare.

"Non finisce qui, biondina. Non se ne parla."

Tutte le parolacce che conosceva le affollarono la mente, ma si limitò ad aprire lo sportello in silenzio, per non dargli soddisfazione. Arrabbiata? Era un eufemismo. Più infuriata di quanto non fosse mai stata, non riusciva a capire se il suo umore fosse una reazione ai suoi modi rozzi o al tradimento del suo corpo.

Sbatté lo sportello e sbirciò dal finestrino. I loro sguardi si incrociarono.

"Come ha fatto quel tipo ad avere la casa di Minnie?" domandò a suo fratello.

"Immagino che sia un suo parente."

"Può darsi. Il nipote?" gli chiese, distogliendo lo sguardo dal suo. Will girò la chiave nel cruscotto.

"Lascialo perdere. Hai visto l'auto con cui è arrivato in città? Ha un sacco di soldi. Ti distruggerà."

"Finché i cittadini saranno con me, non avrà alcuna possibilità."

"Pff!" sbuffò Will.

Tornando a casa, Jess controllò i suoi messaggi. Ce n'era uno della sua amica Angie.

"Non sto bene. Questa gravidanza mi distrugge. Puoi sostituirmi domani sera?"

Jess le rispose. "Certo. A che ora inizia il tuo turno?"

"Alle cinque. Grazie mille. Mi hai salvato la vita," le rispose la sua amica.

Di tanto in tanto, Jess la sostituiva al bar del ristorante di Homer. Non era un lavoro duro e lei aveva bisogno dei soldi, soprattutto delle mance. Usava i venticinque dollari di mancia per comprare da mangiare.

"Domani devo sostituire Angie. Ti lascerò qualcosa di pronto nel forno, ok?" domandò a suo fratello.

"Va bene. Ma sii prudente. Chiamami alla fine del turno e ti verrò a prendere."

"Ok." Jess non pensava che fosse necessario, ma le piaceva l'atteggiamento protettivo di suo fratello. Inoltre, non poteva sapere se qualche idiota ubriaco ci avrebbe provato con lei, senza accettare un no come risposta. Will avrebbe risolto la situazione con la forza.

Dopo aver dato un'occhiata all'orologio, Jess decise di andare a letto. Doveva alzarsi alle cinque per cucinare. Aver fatto il turno al bar non poteva impedirle di cucinare i suoi dolci. Il Cozy Café di Pine Grove, il Teatime di Jeffersonville, il Pine Grove Inn e il Tavern on the Lake avevano ordinato le sue torte. Nonostante il suo basso compenso orario, continuava a lavorare sodo per mantenere quei guadagni, che le permettevano di pagare le bollette.

Con i lavoretti di Will e i suoi dolci, suo fratello e lei riuscivano a tirare avanti. Non restava niente per gli extra, ma Jess non smetteva mai di sperare. Ogni settimana metteva qualche dollaro in un barattolo vuoto sotto il lavello della cucina per le vacanze. Quell'anno, si era ripromessa di comprare del prosciutto e di regalare a Will qualcosa che lui avrebbe voluto. Il lavoro di cameriera le permetteva di mettere qualcosa da parte.

LA RABBIA FECE GONFIARE il petto di Stryker. Guidò la sua Bentley lungo le strade buie di Pine Grove fino alla casa che aveva affittato. Gli arredi gli facevano quasi venire il voltastomaco, ma non c'era un albergo ragionevolmente decente nel raggio di cinquanta chilometri e lui non aveva intenzione di trascorrere le giornate a guidare avanti e indietro.

Aveva concesso a Chris la serata libera e si era recato alla riunione del consiglio cittadino. Credeva che non sarebbe stato il massimo per la gente comune vederlo arrivare con un autista. Già guidava una Bentley nuova di zecca. Lui sorrise. La maggior parte di loro non aveva nemmeno idea di quale fosse la sua macchina, vero?

Ma quella ragazza, accidenti a lei! Gli stava mettendo i bastoni tra le ruote. Tutto ciò che voleva era demolire la casa, vendere la terra e andarsene. Aveva un ufficio a Londra che lo aspettava. L'ultima cosa di cui aveva bisogno era un impedimento.

Pur essendo le nove, l'orario non impedì a Stryker di prendere il telefono e chiamare Londra.

"John, abbiamo un problema."

"Non potevi aspettare domani mattina, Stryker?"

"No. E se ti sto interrompendo mentre fai sesso con tua moglie, ti chiedo scusa."

"Stai interrompendo solo il mio sonno di bellezza. Ma ok, spara."

Stryker spiegò la situazione al suo braccio destro.

"Lascia perdere le minacce. Cosa potrebbe volere questa ragazza? Denaro?"

"Ah, sì. La sua auto è un vero catorcio."

"Perfetto. Se ha fame, offrile del denaro. Addolcisci la pillola. Evidentemente, le tue maniere forti non ti hanno portato da nessuna parte. Prova a comportarti in modo gentile. So che per te è uno sforzo, ma provaci. E sii generoso. Quella ragazza non lascerà perdere per un centinaio di dollari."

"Mi insulti sempre quando ti interrompo mentre scopi."

"Fa' attenzione."

"Scusa, ma è vero. Come al solito, mi hai dato un ottimo consiglio. E lo seguirò alla lettera."

"Perfetto. Adesso devo andare."

"Saluta Sarah da parte mia," disse Stryker. Ma John aveva già riattaccato.

Lui si spogliò e si mise a letto con il thriller che stava leggendo. A mezzanotte, quando spense la luce, un'immagine di quella ragazza che lo respingeva, con lo sguardo furioso, gli tornò in mente.

C'era qualcosa di dolce in lei, come zucchero filato o miele. E nei suoi capelli. A proposito di miele, era esattamente quello il loro colore, no? Sorrise, pensando che le avrebbe fatto un'offerta che non avrebbe potuto rifiutare. Valutando quanto denaro offrirle, decise di iniziare con cinquemila dollari e, se necessario, di arrivare a ventimila. Quanto valeva la sua tranquillità? Sarebbe potuto arrivare anche a cinquantamila senza raggiungerla mai.

Le ragazze come lei sono così prevedibili! Lei si sarebbe ammorbidita quando le avrebbe offerto più denaro di quello che avrebbe mai guadagnato in un anno. Certo, se lei avesse abboccato e preso il denaro, lui non avrebbe potuto portarsela a letto. Sarebbe stata prostituzione.

Ma d'altronde, chi vorrebbe fare sesso con una stronza arrabbiata? Non solo arrabbiata, furiosa. Ammise a sé stesso che il suo ardore lo stuzzicava. Le donne che avevano passione per qualche aspetto della loro vita spesso avevano lo stesso calore tra le lenzuola. Molte notti estenuanti ma soddisfacenti erano iniziate con quella premessa.

La ragazza apparve nei suoi sogni, facendogli trascorrere una nottata agitata. Il mattino seguente, si svegliò stanco e irritabile. Chris passò a prenderlo per la colazione. Mangiarono al Cozy Café e poi tornarono nell'appartamento in affitto. Stryker accese il laptop, aprì l'agenda e prese il telefono per chiamare il suo segretario a Londra.

"Nigel, potrebbe cancellare i miei appuntamenti della prossima settimana?"

"E oggi?"

"Ho delle conferenze telefoniche con Dallas, Londra e Roma. Ma per domani dovrò annullare tutto. E anche per il resto della settimana. Ho degli affari di cui occuparmi qui. Non ci metterò molto."

"Bene, signore. Lo consideri già fatto."

"Grazie."

Si rivolse a Chris. "Adoro l'efficienza britannica. Allora, dove eravamo rimasti?"

"Mi pare che stesse preparando le valutazioni per l'ufficio di Londra," suggerì Chris.

"Giusto, giusto."

A mezzogiorno, tornarono al Cozy Café per il pranzo.

"Abbiamo un'ottima torta con la crema al cioccolato."

Lo sguardo di Stryker si illuminò. "La mia preferita."

"Preparata proprio qui a Pine Grove da Jess Lennox," disse Amy, la cameriera.

"Da chi?"

"Jess. Lei prepara i dolci per tutti i ristoranti della zona. Ha un vero talento."

"Ok. Due fette, per favore," disse lui. Rivolgendosi a Chris, continuò, "Suppongo che si unirà a me."

"Non ha bisogno di convincermi."

La torta era deliziosa. La migliore che avesse mai mangiato.

In effetti, quella giovane donna ostile era davvero brava a preparare impasti soffici e ripieni deliziosi. Qual era il suo problema con la casa? Doveva avere la risposta prima di darle il denaro. Avrebbe continuato a preparare torte una volta che avesse depositato la sua piccola bustarella in banca? Lui non avrebbe mai voluto privare la città di dolci così eccellenti.

Finì di bere il suo caffè, prese due banconote da venti dollari dal portafoglio e pagò il conto. Lasciò il resto sul tavolo come mancia prima di dirigersi verso il parcheggio.

Stryker salì in macchina e Chris guidò fino a casa di Minnie. Stryker indietreggiò per avere una visione d'insieme della vecchia casa. Il tetto, dal quale mancavano una dozzina di tegole, aveva un buco abbastanza grande da contenere un golden retriever. La vernice sulle pareti esterne si era staccata da secoli, lasciando il legno, grezzo e stagionato, esposto alla pioggia, alla neve e al ghiaccio.

Tutte le finestre erano rotte. Probabilmente, era stato qualche adolescente. Che cosa c'era nelle finestre che spingeva i ragazzini a lanciarvi contro dei sassi?

Il lato ovest della casa aveva le porte della cantina all'esterno, come nel libro "Il mago di Oz." Gli arbusti, che una volta venivano potati con cura, erano cresciuti liberamente, come se fossero i riccioli di un bambino. Alcuni erano cresciuti di un metro e mezzo, coprendo parzialmente le finestre del primo piano. Altri avevano avuto la decenza di morire, diventando prima gialli, poi marroni.

L'erba non veniva tagliata da almeno sei mesi, forse di più, mentre i cespugli, incurvati come onde, ricoprivano alcune parti del sentiero di ardesia. La villa si era deteriorata, diventando misera e pietosa.

"Bene, Chris. Che cosa ne pensa?" Stryker si grattò il mento ispido.

"Prima di tutto, dobbiamo riparare il tetto. Chiudere quel buco, aggiungere qualche tegola. Poi le finestre. Tagliare gli arbusti e le siepi. Falciare l'erba, se possibile. Potrebbe essere utile procurarsi prima una falce. No so se ridipingere o semplicemente rivestire l'intero edificio."

"E quanto crede che costerebbe tutto questo?" chiese Stryker, calciando via i sassi dal suo percorso.

"Non ne ho idea. Probabilmente molto."

"Più o meno quanto? "Centomila? Forse duecento?"

"Forse."

"Poi c'è l'interno."

"Certo. Sì."

"Se l'esterno ha un aspetto così tremendo, come pensa che sarà l'interno?"

Chris si coprì gli occhi. "Non riesco nemmeno a immaginarlo."

"Vuole che la ristrutturi?"

"Ha ottime fondamenta. Lei cosa aveva in mente?"

"Di demolirla," sbottò Stryker aspramente, dirigendosi verso la macchina.

"Aspetti!" disse Chris, tirandolo per un braccio. "Ecco la chiave. Entri in casa."

"Devo proprio farlo?"

"Potrebbe non essere così male."

Stryker lanciò un'occhiataccia al suo autista.

"Certo, è lei il capo."

Prendendo le chiavi dalla mano del ragazzo, Stryker fece un respiro profondo.

"Torno tra un'ora."

"Va bene, signore."

Disgustato, Stryker si diresse verso i gradini. Inserì la chiave nella serratura arrugginita e la girò. Con riluttanza, la serratura scattò e si aprì. La vecchia porta di legno cigolò mentre lui la spingeva.

Prima di entrare, i deliziosi profumini che provenivano dalla cucina gli tornarono in mente. Zia Minnie era stata un'ottima cuoca. Non era uno chef, ma preparava uno stufato che avrebbe fatto piangere un uomo. Gli venne l'acquolina in bocca mentre quei sapori ormai dimenticati risvegliavano le sue papille gustative.

Aprendo la porta d'ingresso, fu travolto dal puzzo di urina di gatto. Quell'odore lo sopraffece, costringendolo a indietreggiare di qualche passo. Gli occhi gli bruciavano. Abbassando la testa sotto una ragnatela, attraversò l'ingresso fino a raggiungere un'elegante finestra in salotto. Raccogliendo tutte le sue forze, forzò quella maledetta finestra per aprirla. Travolto dall'aria fresca, si voltò. *Che diavolo faceva Minnie con le migliaia di dollari che le spedivo ogni mese?* Evidentemente, non aveva usato nemmeno un centesimo per mantenere la casa.

I mobili erano coperti da lenzuola impolverate. Il tappeto intrecciato, che un tempo dava colore e calore alla stanza, era tutto sbiadito e rovinato. La vernice sulle pareti era tutta scrostata e cosparsa di crepe. Il pavimento di legno, una volta liscio e lucente, ora consumato e graffiato, aveva perso la sua lucentezza. Dov'era il lampadario? Vecchi fili spuntavano dal soffitto, come le erbacce nel giardino, un tempo ben curato, di Minnie.

Sentì una fitta al cuore. Avrebbe avuto il coraggio di esplorare le altre stanze? La curiosità ebbe il sopravvento sulla repulsione, costringendolo a proseguire. Ogni stanza era peggiore della precedente. Poi, si imbatté nella sua vecchia camera da letto. Il letto era ancora coperto dalla sua vecchia trapunta di ciniglia blu. Alcuni libri giacevano sul pavimento, sebbene la piccola libreria fosse vuota.

Aprendo l'armadio, trovò i vestiti della sua adolescenza, che sembravano aspettare il suo ritorno. Alcune scarpe da ginnastica, impolverate e spaiate, giacevano disordinatamente per terra. Due poster dei suoi più grandi idoli dello sport adornavano ancora le pareti, anche se lo strato di polvere sul vetro nascondeva l'immagine sottostante.

Le lacrime gli fecero bruciare gli occhi mentre prendeva il suo vecchio ippopotamo di pelouche, ancora appollaiato sulla sua vecchia scrivania, in attesa del suo ritorno.

"Herman," sussurrò, accarezzando il soffice pupazzetto.

Priva di personalità e sporca oltre ogni immaginazione, la stanza non assomigliava più al santuario che aveva imparato ad amare dopo la morte dei suoi genitori.

Mettendo da parte le sue emozioni, la sua determinazione a demolire la casa si rafforzò. Non era rimasto nulla del posto che aveva chiamato casa. Meglio demolire quella mostruosità e sperare di cancellare il ricordo del disastro che era diventata. Abbassandosi sulle ginocchia, si accovacciò come un bambino, con la testa appoggiata tra le mani. Il dolore ebbe il sopravvento su di lui, mentre i ricordi dolci e amari della sua infanzia gli tornavano in mente. Si era impegnato molto per dimenticare la sua vita da orfano. Ma è davvero possibile sfuggire al proprio passato?

"Signore? Tutto bene?"

Stryker alzò la testa. "Abbastanza. Andiamo."

"Ha preso la sua decisione, signore?"

"Questo posto deve essere demolito. Distrutto fino alle fondamenta. Bruciato. Il terreno deve essere venduto. E io devo andare avanti, costruire i miei aeroporti all'estero e non tornare mai più."

Capitolo Tre

Il mattino seguente, Jess si svegliò di buon umore. Gli uccellini cinguettavano sulla mangiatoia. Il sole picchiava per essere una mattina di giugno, facendo passare aria calda attraverso le finestre aperte. Jess si allacciò un grembiule intorno ai fianchi. L'orlo inferiore era un po' sfilacciato e il rosa acceso si era sbiadito, diventando una versione anemica dell'originale. Di certo era logoro, ma era appartenuto a sua nonna e occupava un posto speciale nel suo cuore. Jess si mise a canticchiare *Wonderful World* mentre pesava burro e farina.

"Hai indossato il tuo grembiule fortunato? Vuol dire che ci sarà qualcosa di buono per colazione," disse Will, sedendosi su una sedia traballante.

"No. Vuol dire che devo preparare una torta al rabarbaro e lampone per il Cozy Café," ribatté Jess, tirando fuori il mattarello da un cassetto.

"Cazzo."

Lei si coprì la bocca con la mano e si mise a ridacchiare. "E magari qualche pancake ai lamponi, se un certo fratello la smettesse di dire parolacce."

"Pancake ai lamponi? Grandioso!" esclamò lui, sorridendo.

"Già. Ho degli avanzi. Alcuni lamponi si sono schiacciati. Sai quant'è pignola Amy quando si tratta delle sue torte. Devono essere perfette."

"Ci penso io a quelle imperfette. Il mio stomaco non si accorge della differenza."

Jess fece sciogliere una noce di burro. Dando un'occhiata, si rese conto che il burro stava per finire. Avrebbe dovuto arrangiarsi, perché Amy l'avrebbe pagata alla fine della settimana. Si ricordò come fosse lavorare da Homer. Accidenti, era proprio la quantità che le serviva — avrebbe preso altro burro il giorno dopo.

"Dovremmo prenderci una mucca," disse Will, aggiungendo del latte al suo caffè.

"Vuoi mungerla tutti i giorni?"

"Certo. Così avremmo tutto il latte e il burro che ci servono."

"Le mucche non fanno il burro. Bisogna montare la panna," disse Jess.

"Scommetto che, con quel frullatore o con quel meraviglioso mixer che usi per impastare il pane, faresti un ottimo burro in pochi minuti."

Lei gli diede una pacca sulla nuca.

"Perché?"

"Perché sei più intelligente di tua sorella," disse lei, dandogli un'altra pacca sulla spalla.

"Forse sono più intelligente, ma non potrei mai essere più carino di te."

Lei si mise a ridacchiare. "Credi di esserti meritato un'altro pancake?"

"Eh, sì!"

"Proprio così," rispose lei, versando l'impasto nella padella.

Dopo la colazione, Will la aiutò a caricare le cose in macchina e lei si diresse verso il Cozy Café. Quando finì tutte le consegne, Jess si diresse verso la villa fatiscente, fermandosi a guardarla per la millesima volta. Stiracchiò le braccia. La stanchezza le aveva irrigidito la schiena. Nonostante fossero solo le tre, aveva lavorato per dieci ore.

Raggiunse il cortile sul retro e si distese sull'erba. L'aria di giugno era appesantita dalla promessa di fiori e ortaggi che germogliavano al sole. Appoggiandosi sui gomiti, si mise a osservare la casa. Raccogliendo un lungo filo d'erba, se lo mise tra i denti, poi parlò ad alta voce.

"Se il legno non è marcio, riparerei il portico sul retro. Ci appenderei una mangiatoia per gli uccellini. Magari ci metterei una sedia a dondolo."

Una risata maschile la fece trasalire. Scattò in piedi, come se fosse stata colpita da un fulmine.

"Chip? Chip Matthews? Che cosa ci fai qui?"

"Potrei farti la stessa domanda." Appoggiandosi a una quercia, la esaminò dalla testa ai piedi.

Jess balzò in piedi, spazzando via i ramoscelli e le foglie dal sedere.

"Niente."

"Parlavi da sola? Non è un buon segno, Jess."

"Non sono affari tuoi. Devo andare adesso."

Mentre gli passava davanti, lui le afferrò il braccio. "Aspetta."

"Perché?"

"Abbiamo una questione in sospeso."

"Non mi pare. Lasciami andare."

Lui le lasciò il braccio, ma i loro sguardi si incrociarono. "Mi dispiace."

"Ti dispiace per cosa?" gli chiese, mettendosi a giocherellare con i suoi lunghi capelli.

"Per tutto. Per te. Per me. Per Lucky."

"Sì, certo," disse lei, ma non si mosse. "Hai Kathy adesso. Non preoccuparti per me. So badare a me stessa."

"Mi manchi."

"Peggio per te. Hai dato ascolto ai tuoi. Loro ci hanno fatti lasciare e tu hai permesso loro di farlo. Non hai nulla per cui piangere adesso."

"Non sto piangendo. Ho solo detto che mi manchi." Lui le sfiorò un ricciolo che le era scivolato sulla spalla.

Un desiderio così forte da farla quasi cadere travolse Jess. I ricordi del calore e della sicurezza del suo abbraccio le tornarono in mente. Chip Matthews era stato il suo rifugio durante i periodi turbolenti trascorsi in casa Lennox.

I sogni delle giornate in fattoria, le cene preparate nella gigantesca cucina dei Matthews e i momenti rubati a fare l'amore con il suo ragazzo l'avevano ossessionata per anni. Chip e la sua famiglia le avevano regalato Lucky, il loro ultimo puledro, quando lei aveva solo diciassette anni. Lei e Chip si frequentavano da sei mesi. Suo padre era andato su tutte le furie quando Chip le aveva portato il puledro a casa.

Aveva urlato contro di lui, poi contro di lei, e le aveva proibito di accettare il cavallo. Lei si era messa a piangere e l'aveva implorato di tenerlo. Lloyd Lennox si lamentava di non avere abbastanza soldi per sfamare la famiglia, figuriamoci per un cavallo. Aveva ragione, certo, ma lo schiaffo furioso che le aveva dato sul viso aveva quasi spinto il suo ragazzo e suo fratello a picchiare Lloyd.

Dopo quell'episodio, le cose erano peggiorate in casa Lennox. Poco dopo il suo diciottesimo compleanno, sua madre aveva ucciso suo padre ed era stata condannata all'ergastolo. Il fragile mondo di Jess si era sgretolato, a cominciare dalla famiglia Matthews, che aveva insistito perché Chip interrompesse la sua relazione con lei. Non volevano la figlia di un'assassina nella loro casa e nella loro famiglia.

Scuotendo la testa, ritornò alla realtà.

"Tra non molto, una delle nostre cavalle darà alla luce un puledrino. Ho pensato che ti sarebbe piaciuto averlo," disse Chip.

Lei spalancò gli occhi, con la gola secca. Chip le accarezzò la guancia. Le lacrime minacciavano di uscirle dagli occhi, ma lei si rifiutò di cedere. Gli spostò la mano e fece un passo indietro.

"Papà aveva ragione. Allora non avevamo soldi per occuparci di un cavallo e la situazione non è cambiata. Quindi puoi tenertelo. Grazie, comunque."

Ricordò a sé stessa che Chip era un uomo sposato. Sua moglie, Kathy, si arrabbiava anche solo quando incontrava Jess in città.

"Jess, io—"

"Non dovresti tornare da tua moglie? Non sei sposato?" gli chiese, aggrottando la fronte.

Lui abbassò la testa. "Ho sposato la donna sbagliata," borbottò lui.

"E io che cosa posso farci?" ribatté lei, incenerendolo con lo sguardo. Prima che potesse risponderle o almeno raggiungerla, lei aveva raggiunto la sua auto ed era uscita di corsa dal vialetto. Voltando nella prima strada senza uscita, si fermò di colpo, appoggiò la testa sul volante e scoppiò in lacrime.

JESS INDOSSÒ UNA CANOTTIERA nera e un paio di pantaloncini neri. Guardandosi allo specchio, spazzolò i suoi lunghi capelli. Will si fermò.

"Ti stai preparando per andare da Homer?"

Lei annuì.

"Ricordati di chiamarmi."

"Lavorerò fino all'una."

"Non mi importa. Anzi, a quell'ora venire a prenderti diventa ancora più importante."

"Ok, ok."

"Chiamami, d'accordo? Non andartene senza di me."

Lei diede una pacca sulla spalla a suo fratello. "Grazie."

Quando arrivò al locale, il proprietario, Homer Berryman, le porse un grembiule. Le indicò il liquore che voleva che vendesse maggiormente e dove fossero le cose che avrebbero potuto servirle.

"Grazie per aver sostituito Angie."

"Nessun problema. Sono felice di lavorare."

"Se decidessi di smetterla di fare torte, qui potrei avere un lavoro a tempo pieno per te."

"Grazie, Homer. Ma per il momento voglio continuare a farlo."

Jess ripulì il bancone. Homer le offrì un hamburger con le patatine fritte e lei lo divorò mentre aspettava che arrivassero i clienti. Due uomini anziani entrarono nel locale. Tra un boccone e l'altro, versò loro le birre che avevano ordinato. Alle sei, il locale era già pieno. Gli ordini di cibo e bevande si susseguivano rapidamente, scorrendo come fiumi di whisky a buon mercato.

Le nottate di lavoro da Homer facevano trascorrere rapidamente le ore. Lei non si tirava indietro davanti al duro lavoro. Cazzo, lavoro duro era il suo secondo nome. Non aveva ancora avuto il tempo di contare le sue mance. Erano solo le nove, ma aveva la sensazione che fossero molte di più dell'ultima volta che aveva sostituito Angie. Ridendo tra sé, si rese conto che la sua canottiera attillata probabilmente aveva qualcosa a che fare con la quantità di denaro che le avevano lasciato sul bancone. Era sbagliato? Forse. Ma finché nessuno la toccava, che cosa le importava se la guardavano un po'? Non che lei mostrasse molto, ma la canottiera era leggermente scollata e, quando si abbassava, i clienti del bar potevano dare una sana sbirciatina al suo décolleté. Quel tanto che bastava per aumentare le mance.

Will si sarebbe infuriato se l'avesse saputo. Suo fratello era iperprotettivo e lei era tutta la sua famiglia. Del resto, quando sua madre aveva ucciso suo padre, la diciottenne Jess aveva ottenuto la custodia del fratello, allora tredicenne.

Diventando improvvisamente emarginati nella loro stessa città, erano diventati ancora più legati. E adesso, all'età di trenta e venticinque anni, niente e nessuno avrebbe potuto mettersi tra di loro. Durante una pausa, Jess ripulì il bancone e bevve un sorso di coca cola.

"Beh, salve," disse una voce profonda.

Jess alzò lo sguardo. Cazzo. Era quello stronzo arrogante di Stryker West.

"Che cosa posso fare per lei?"

"Puoi approvare il mio permesso di demolizione," rispose lui sorridendo.

"Non posso farlo. Ma posso portarle qualcosa da bere. Che cosa le porto?" gli chiese, cercando di mantenere il controllo e di non far trasparire le sue emozioni. Homer odiava quando i camerieri mostravano il dito medio ai clienti, così Jess trattenne la sua rabbia.

"Un Johnny Black on the rocks."

"Mi dispiace. Non abbiamo quella marca."

"Oh?" disse lui, aggrottando la fronte. "Dewars?"

"Johnny Red," rispose lei. *Vuole che ci aggiunga un pizzico di arsenico?*

"Va bene." Lui si sedette sullo sgabello, senza mai distogliere lo sguardo da lei.

Il suo sguardo inquisitorio la fece innervosire. Lei fece cadere un po' di ghiaccio e dovette ripulire. Quando finì, mise il bicchiere davanti a lui.

"Sono quattordici e cinquanta," gli disse.

"Come stai?"

"Scusi?"

"Voglio dire, stai lavorando sodo, vero?"

"Io lavoro sempre sodo. I suoi soldi?" Lei si mise a tamburellare con le dita.

Lui schiaffò una banconota da venti dollari sul bancone. Lei prese i soldi e tornò al bancone, spingendo il resto verso di lui. Lui appoggiò la mano sulla sua e si fermò.

"È una mancia," le disse, aggiungendo altri cinque dollari.

Non aveva mai ricevuto dieci dollari di mancia, o almeno non da qualcuno che non voleva portarsela a letto per ricambiare il favore. E li aveva sempre delusi. Ma stavolta avrebbe preso quei soldi. Quell'idiota poteva permetterselo.

"La tua è una vita difficile, vero?" le chiese lui, bevendo un sorso.

"Non più difficile di quella degli altri."

"Non è quello che ho sentito dire."

Lei alzò lo sguardo bruscamente. "Non creda a tutto ciò che sente."

"Voglio dire, guidi un macinino, la mattina prepari dolci, la sera fai la cameriera. E nonostante tutto non guadagni abbastanza per comprarti una macchina migliore?"

"E da quando sono affari suoi?" chiese lei, aggrottando la fronte.

"Buffo che tu me lo chieda. Sono qui per aiutarti."

Lei sbuffò. "Certo. Come no." Qualcuno dall'altra parte del bar alzò la mano e lei andò a prendere l'ordinazione. Forse quell'idiota se ne sarebbe andato dopo aver servito quel cliente. Poteva almeno sperarci, no?

"SIGNORINA?" LA CHIAMÒ Stryker. Lei si voltò. "Posso averne un altro? Stavolta con la soda."

Lei tornò da lui. "Arrivo subito."

"Posso renderti la vita molto più facile," le disse a voce bassa.

"Davvero? Mi darà un biglietto vincente della lotteria?" gli chiese, aggrottando la fronte.

"No. Ti darò un assegno di diecimila dollari."

Jess trasalì e il bicchiere le cadde dalle mani. Cadde sul pavimento, frantumandosi in un milione di pezzi.

"Te lo detrarrò dalla paga," borbottò Homer.

Jess annuì, sentendosi arrossire in volto.

"Lo ripago io. Ecco. Compri un nuovo servizio di bicchieri," disse Stryker, sventolando una banconota da cinquanta dollari davanti a Homer.

"Grazie," disse lui, afferrando la banconota. "Sei fuori dai guai, Jess."

Lei lanciò a Stryker un'occhiata dubbiosa. A parte Will, a nessuno importava di lei, ormai da molto tempo. Nessuno aveva mai ripagato i suoi bicchieri rotti e nessuno le aveva più offerto da bere.

"Grazie," disse, raccogliendo i frammenti del bicchiere con una paletta. Dopo averlo gettato via, lei ricominciò a preparare il suo drink. Lui aspettò che glielo portasse. Poi le afferrò il polso con la mano.

"Hai sentito benissimo. Diecimila dollari."

Lei aggrottò la fronte. "Davvero? E cosa dovrei fare per avere tutti quei soldi?"

"Niente. Solo approvare la demolizione."

Lei inclinò la testa.

"Soltanto dare a Grey Andrews il via libera per firmare la richiesta di demolizione."

"Ah! Certo. Come no."

"Lo farai?"

"Nei suoi sogni."

"Diecimila dollari," disse lui, tirando fuori il suo libretto degli assegni dal taschino e appoggiandolo sul bancone. "Subito. Potrai incassarlo domani. Vivere come un essere umano per un po'."

Lei si sentì sopraffatta dalla voglia di dargli uno schiaffo per togliergli quel sorriso compiaciuto dalla faccia. Si limitò a stringere le mani per evitare di aggredirlo.

"Una bustarella? Lasci stare. Mai vuol dire mai." Si voltò finché le sue parole sussurrate le raggiunsero le orecchie.

"Allora cinquantamila. Cinquantamila dollari. Sono abbastanza soldi per lasciare questo cesso di città e ricominciare da un'altra parte. Magari anche per comprarti una casa. O per vivere senza lavorare per un anno."

Jess si fermò. Guardò la fila di bottiglie e lo specchio dietro di esse. Stryker sollevò i pollici. Lei non riusciva a respirare. Cinquantamila dollari. Oh, cazzo, cinquantamila. Come poteva rifiutarli? L'immagine della segheria portatile che Will desiderava tanto le tornò in mente, insieme a quelle di un forno professionale, di una nuova casa e di una nuova auto, e la sua immaginazione continuava a galoppare rapidamente.

Appoggiò le mani sul bordo del lavandino e fece un respiro profondo. *È una bustarella, Jess. Una bustarella. Ma non sta facendo nulla di illegale. Comunque è una bustarella. Vuole comprarti. Nessuno può comprare Jess Lennox. Ma sarebbe giusto rifiutare nei confronti di Will?*

Si sentiva combattuta. Lo sguardo di Stryker incrociò il suo. Lei vide un bagliore nei suoi occhi. Pensava di averla comprata. Questo rafforzò la sua determinazione. Nessuno può corrompere Jess Lennox. Nessuno può comprare Jess Lennox. Voltandosi, lei lo guardò negli occhi.

"Non sono in vendita. Adesso finisca il suo drink e se ne vada."

Lui le prese la mano tra le sue. Erano calde, asciutte e forti. "Ne sei sicura? Cinquantamila dollari? Sono un sacco di soldi."

"Estremamente sicura. Non sono stata abbastanza chiara? C'è qualcosa che non capisce nella parola *no*?"

Lei allontanò la mano dalla sua, ignorò il brivido che le aveva provocato e si precipitò nella stanza sul retro. Chinandosi, respirò a pieni polmoni.

"Quel ragazzo ci sta provando con te?" le chiese Homer.

Lei scosse la testa.

"Perché se lo sta facendo, o se fa il maleducato, devi solo dirmelo, e sbatterò il suo culo ricco fuori da qui."

Lei sorrise. "Grazie, Homer. Va tutto bene. Nessun problema. Penso che stia per andarsene, comunque."

Sbirciando dietro l'angolo, vide Stryker mettere due banconote da venti dollari sul bancone prima di uscire dal locale. La giacca gli tirava leggermente sulle spalle ampie. Mettendosi le mani in tasca, i pantaloni gli misero in evidenza il sedere. Cazzo, era perfetto. Dopo essersi voltato a guardare indietro, raggiunse la porta, la aprì e uscì.

Homer riaccompagnò Jess alla sua postazione. Prese una banconota e porse l'altra a lei.

"Ottima mancia."

"Già. Fin troppo."

"Non hai intenzione di incontrarlo più tardi, vero?"

"Mi stai chiedendo se sono una prostituta, Homer?" Jess appoggiò entrambe le mani sui fianchi, con uno sguardo severo. Lui sollevò le mani.

"No, no. Non lo direi mai. È solo che... cazzo, nessuno qui lascia venti dollari come mancia. O almeno nessuno che non voglia qualcosa in cambio, a parte cibo e bevande."

"Beh, quel tipo è ricco sfondato. Probabilmente, ci si pulisce il culo con le banconote da venti dollari. Non gliene importa nulla. E di certo non ne importa nulla nemmeno a me."

Un altro uomo si sedette al posto che Stryker aveva lasciato libero. "Ehi, tesoro, mi dai una birra?"

"Alla spina?"

"Sì, perfetto."

Anche dandogli le spalle, riusciva a percepire il suo sguardo. Sospirò. Un altro coglione al quale dare il due di picche mentre lavorava. Come aveva fatto a dimenticarsi di quell'aspetto del lavoro come cameriera? Sbatté la birra davanti a quel tipo.

"Cinque dollari," gli disse.

Lui mise cinque dollari e venticinque centesimi sul bancone. "Non spenderli tutti subito," sorrise lui, con lo sguardo carico di desiderio.

"Non si faccia nessuna strana idea," ribatté Jess. "È già l'una, Homer?"

"Sto tenendo d'occhio quel coglione. Due birre e poi lo mandi a casa."

Lei annuì. Mentre lavorava, si chiese perché Stryker volesse abbattere quella vecchia casa. Perché non voleva venderla? Per esempio a lei, per un centinaio di dollari? Lei sorrise. *Nei tuoi sogni, ragazza, nei tuoi sogni.*

STRYKER SI SEDETTE al posto di guida della sua Bentley.

"Stupido coglione deficiente," disse, colpendo il volante con il palmo della mano. "Avrei dovuto immaginare che non avrebbe mai accettato una bustarella. Ma, ehi, cinquantamila dollari? Deve essere matta. Non vedrà mai più tanti soldi." Nel momento in cui quelle parole gli uscirono dalla bocca, Stryker fu sopraffatto da qualcosa che non aveva mai provato prima. Comprensione. Empatia. Pur non essendo cresciuto nella povertà, non era nemmeno cresciuto nella ricchezza. Un'ondata di emozioni lo colse di sorpresa. Perché gli importava di Jess Lennox?

Lei gli aveva dato una bella strigliata, praticamente aveva anche cercato di prenderlo a pugni. Aveva letto perfettamente il suo sguardo. Lei avrebbe voluto picchiarlo, ma si era controllata. Cazzo, se l'era meritato. Si era comportato male. Eppure, non aveva mai conosciuto una ragazza che preferisse restare povera avendo l'opportunità di arricchirsi.

Che cosa c'era di così interessante in quella casa? Perché voleva tutelarla? Di certo lui amava quella casa, o almeno l'aveva amata in passato, ma adesso? Era la più grande macchina mangiasoldi sulla faccia della terra. Anche se ci avesse speso molto denaro, credeva che non sarebbe mai tornata a essere com'era prima: una casa accogliente adatta a una famiglia.

Jess Lennox aveva il décolleté più bello che avesse visto da molto tempo. Di certo, aveva indossato quel top per ricevere mance più alte. Ci aveva dato una sbirciatina, una sbirciatina piuttosto lunga, come tutti gli altri, e gli era piaciuto ciò che aveva visto.

Mise in moto l'auto e fece retromarcia. Per tutto il tragitto verso casa, le domande su Jess Lennox gli affollarono la mente. Chi era quella ragazza? Perché era così povera? Come mai alcune persone la tenevano a distanza? Che cosa aveva fatto? Ma soprattutto perché proteggeva quella casa con tutte le sue forze?

Quando aprì la porta d'ingresso, sentì l'odore del caffè. Chris Toller, il suo autista e braccio destro, lo adorava. In quel preciso momento, Stryker avrebbe gradito una tazza di caffè in compagnia. Si diresse verso la cucina.

"Salve, signor West."

"Per favore, mi chiami Stryker."

"Una tazza di decaffeinato?"

"Volentieri. Che miscela è?"

"Arabica, stasera."

I due uomini si sedettero al tavolo della cucina.

"Non voglio farle pressione, ma sta cercando di farle cambiare idea?" gli chiese Chris.

Stryker scosse la testa.

"È un bel problema."

"Ha rifiutato cinquantamila dollari."

"Wow. Non mi sembra molto furba."

Non è questo. Solo i suoi principi, immagino. C'è qualcosa in quella casa."

"Non si è ancora arreso, vero, signore?"

"So che non vede l'ora di tornare a New York dalla sua ragazza, ma no, non mi sono arreso. Tutti hanno un prezzo. Solo che non abbiamo ancora scoperto qual è il suo."

"Mmm. La prepotenza non ha funzionato. E nemmeno la corruzione."

Stryker sospirò.

"Forse dovrebbe provare a sedurla, signore."

Il miliardario spalancò gli occhi. "Beh, Chris. Lei è un genio. Seduzione! Sì, perfetto."

"Come?" gli chiese Chris.

"Mmm," mormorò, accarezzandosi il mento. "Bella domanda."

"Ci sono molti modi per sedurre una donna." Chris sorrise.

"Oh?" disse Stryker, spalancando gli occhi.

"Sì. Prima di tutto, quello più ovvio. Il modo diretto. Provandoci con lei. Ma se non fa per lei, c'è il modo indiretto. Attraverso qualcuno che ama. Comportandosi in modo gentile con il suo cane o il suo gatto..."

"O suo fratello?" chiese Stryker.

"Ha un fratello?"

"Sì. E ho sentito dire che fa il carpentiere. Ho visto un suo biglietto da visita sulla bacheca del Cozy Café. Probabilmente non ha molto lavoro, altrimenti non sarebbero così poveri."

"E questa notizia può esserle utile?"

"Dovremo fingere di avere un progetto. Uno ben pagato. E assumerlo."

"Ok. Che tipo di progetto?"

"Non lo so. Ci devo pensare. Anche lei, Chris."

"Oh, lo farò, signore. Lo farò."

Stryker finì di bere il suo caffè e si diresse verso le scale. Per quale tipo di lavoro avrebbe potuto assumere il fratello di Jess? Preferiva pensare al primo metodo: la seduzione diretta. Forse non ci avrebbe esattamente provato, come suggeriva Chris, ma avrebbe potuto fare qualcosa di molto più sottile.

Si spogliò e si distese sotto le lenzuola. Guardando la luna fuori dalla finestra, immaginò che Jess fosse in bagno, pronta a raggiungerlo. Sentì il sangue pompargli fino all'inguine. L'idea di domarla a letto lo fece eccitare fino al punto di soffrire. Aveva bisogno di liberarsi.

Il pensiero di Jess che gli dava sollievo, invece, peggiorò soltanto la situazione. Il profumo dolce e speziato di torta che la circondava gli tornò in mente, stuzzicandolo senza pietà. Chiudendo gli occhi, cercò di immaginarla nuda. Sebbene non avesse avuto la possibilità di esaminarla, aveva notato il suo fisico snello mentre si candidava nella sala riunioni della città.

Ah, la seduzione! Il giorno dopo, avrebbe elaborato un piano perfetto. Ora, doveva concentrarsi sui propri bisogni per potersi addormentare. Pensando a Jess, arrivò rapidamente al termine. Sorrise all'idea che quello che era iniziato come un fastidio potesse diventare un delizioso interludio con una ragazza molto sexy. Peccato che Minnie non fosse lì per ringraziarlo. Pensava che lei avrebbe approvato Jess Lennox. Almeno per una notte. Ed era tutto ciò di cui avrebbe avuto bisogno.

Capitolo Quattro

Quando Jess entrò nel Cozy Café, Grey Andrews stava sorseggiando una tazza di caffè. Fece un cenno a Jess. Dopo aver posato le scatole dei dolci sul bancone, prese una sedia e si unì a lui.

"Posso offrirti un caffè?" le chiese.

"No, grazie. Il ragazzo che ha ereditato quella casa sul lago ha intenzione di venderla?" gli chiese.

"Non l'ha detto, ma penso che voglia tenersela."

"Tenersela?" Lei spalancò gli occhi.

"Sì. Demolirla. Vendere il terreno. Ha un certo valore. Ha già richiesto un permesso di demolizione. Gli ho detto che serve la tua firma prima che io possa rilasciargli il permesso."

"Perfetto. Grazie. Ho intenzione di dichiararla edificio storico. Non ci sarà nessuna demolizione."

"Non sono sicuro che reggerà in tribunale."

"C'è un'ordinanza o qualcosa del genere sulla questione, giusto?"

"È rischioso. So che ti ho detto che si può fare, ma ci ho pensato meglio," rispose Grey. "Se lui ti mettesse contro degli avvocati prezzolati, potrebbe diventare complicato."

"Davvero?" disse lei, aggrottando la fronte. "Io non posso pagare un avvocato."

"Sì, lo so. Per questo ho fatto qualche ricerca. Sapevi che ci sono molte specie protette nello stato di New York?"

"No."

"Beh, ci sono. E se alcuni di quegli insetti o uccelli vivessero in quella proprietà, la demolizione potrebbe distruggere i loro siti di nidificazione. Direi che l'Agenzia per la Tutela Ambientale di Albany potrebbe avere qualcosa da dire a riguardo."

"Ok. Ho capito." Lei annuì.

Suppongo che su Internet potrà trovare una bella lista di animali e insetti da cercare nei dieci acri di terreno che circondano quella casa." Grey sorrise.

"Immagino che tu abbia ragione."

"Dato che sei tu il Comitato Cittadino per i Beni Culturali, direi che sei la persona perfetta per farlo. E, in quanto rappresentante del Consiglio Cittadino, posso dirti che non ho intenzione di rilasciare un permesso di demolizione che vada contro i regolamenti dell'EPA."

"Grazie, Grey," gli rispose, stringendogli il braccio.

Grey allungò il braccio e le toccò la mano. "Capisco la storia di quella vecchia casa, ma mi chiedo perché tu voglia salvarla."

"Ho le mie ragioni," gli rispose sorridendo.

"Buona fortuna."

"Grazie. Ne avrò bisogno," disse Jess, alzandosi in piedi.

Si sedette dietro il volante della sua vecchia auto e si diresse verso il Tasty Temptations di Narrowsburg per consegnare una torta. Mentre guidava, pensò di fermarsi in biblioteca. Avere degli argomenti per affrontare West la rendeva più tranquilla. Per quanto la riguardava, poteva anche prendere i suoi raffinati avvocati e ficcarseli dove sapeva. Avrebbe trovato tutte le specie di cui aveva bisogno per bloccare il suo progetto di demolire quella casa. La tensione si allontanò dal suo corpo. Accese la radio.

Mentre tornava a casa, si fermò al distributore di Pete per fare benzina. Jess rimase in piedi, seminascosta da una quercia. Una macchina di lusso si fermò poco prima del ponte sul Cattail Creek, di fronte alla casa di Minnie. Un uomo uscì dalla parte anteriore dell'auto e aprì lo sportello posteriore. Stryker West scese dalla macchina. *Che problemi ha? Non ce le ha le mani? Non può aprirsi da solo lo sportello?*

West camminò fino al centro del ponte, lasciando la sua auto a bloccare il traffico. Jess si rimproverò. Non c'era traffico alle nove di martedì mattina. Mentre lo guardava, mise il broncio.

Mister Bel Culetto. Pensa di possedere tutta la città. Pensa di poter demolire quella casa. Beh, avrà parecchio filo da torcere. Continuò a guardare quel ragazzo alto e bello. Anche il suo modo di camminare così spavaldo rispecchiava il suo senso di onnipotenza. Lei suppose che avesse molta fiducia in sé stesso.

Controllando l'orologio, si rese conto di essere in ritardo di cinque minuti per arrivare al Pine Grove Inn, ma non riusciva a staccare gli occhi da West. Pur indossando gli occhiali da sole, lui si riparò gli occhi con la mano mentre guardava la vecchia casa in rovina. *Borioso. Innamorato di sé stesso.*

Le vennero in mente centinaia di insulti, eppure non riusciva a smettere di guardarlo. Aveva delle torte da consegnare. *Non posso perdere tempo a fissare quell'uomo e permettergli di distruggere il mio sogno. Magari cadrà nel lago.* Sorrise al pensiero di vederlo tutto fradicio, con il suo costoso vestito sartoriale, ormai rovinato. L'acqua gli sgocciolava dal viso alla nuca.

Il pensiero di Mister Pezzo Grosso, tutto turbato e in disordine, con i vestiti che mettevano in risalto il suo fisico perfetto, risvegliarono in lei delle sensazioni inaspettate. Già. L'unica parola alla quale non voleva ammettere di pensare quando lo immaginava uscire dal lago era sensuale. Tremendamente sensuale.

Lei scosse la testa per allontanare quel pensiero, poi si voltò. Jess mise in moto il suo vecchio macinino proprio mentre lui tornava a sedersi sul sedile posteriore della sua Bentley. Serrò le labbra e guidò verso Maple Street per la consegna successiva. Prima Mister Paperon de' Paperoni avrebbe lasciato la città, meglio sarebbe stato.

STRYKER AVEVA APPUNTAMENTO con un esperto di demolizioni nella vecchia casa di Minnie.

"Allora, che cosa ne pensa?"

"Demolire una casa così grande? Costa una fortuna. Ma probabilmente potrà ricavarne del buon legno e altre cose che potrà vendere. Non coprirà i costi della demolizione, ma meglio di niente."

Stryker si accarezzò il collo. "Quanto verrebbe a costare?"

"Cinquantamila dollari."

"Davvero?"

"Amico, questa casa è enorme. Potrebbe anche costare di più."

In ogni caso, quella dannata casa gli sarebbe costata una cifra che non avrebbe mai potuto recuperare. Probabilmente, ce ne sarebbero voluti duecentomila per ristrutturarla. Ora ce ne sarebbero voluti almeno cinquantamila per demolirla. Quella casa era una trappola, o almeno lo era per il suo portafoglio. Non che non se lo potesse permettere. Per Stryker Alexander West, cinquantamila dollari erano bruscolini, ma non sopportava gli sprechi. Si aspettava di ottenere qualcosa in cambio del suo denaro. E pagare per radere al suolo una casa non gli dava nessun vantaggio. Tuttavia, pagare il quadruplo per ristrutturarla non aveva alcun senso. Quanto avrebbe potuto ottenere per quella casa, se l'avesse messa in vendita?

"Mi dica, signor West. Perché vuole abbattere questa bella vecchia casa?"

"È un disastro, ecco perché."

"Ho visto recuperare posti peggiori di questo. E sono anche diventati delle bellissime case. Se hai abbastanza denaro per sistemarla, perché no?"

"Odio questo posto."

"È un vero peccato. Ha una struttura solida. La faccia restaurare. Forza. La faccia tornare bella come una volta. Non c'è niente di meglio di una vecchia casa. Scommetto che ci avrà trascorso dei momenti magnifici. Devo andare adesso. Mi faccia sapere se otterrà quel permesso," gli disse quell'uomo.

"Quando otterrò il permesso. Quando," lo corresse Stryker.

"Se lo dice lei."

L'uomo salì sul suo pick-up e si allontanò.

Stryker aprì la porta d'ingresso ed entrò. Sollevando il lenzuolo polveroso dal divano, lo posò sul pavimento e si sedette. I ricordi gli inondarono la mente. In un bagliore di colori, ripensò a quando aveva tredici anni.

Stryker Alexander West aveva fatto il suo debutto nella stazione di polizia locale proprio a quell'età. Fermato per alcolismo minorile e condotta turbolenta, il sergente Maguire l'aveva portato in sala interrogatori.

"Mi pare di capire che Minnie West non è tua madre."

"No.", aveva risposto, con lo stomaco in subbuglio.

"È la sorella maggiore di tuo padre?" gli aveva chiesto, sollevando un sopracciglio.

"Sissignore."

"Ho sentito dire che non ti comporti bene e che le rendi le cose difficili."

"Stupida vecchia," aveva borbottato Stryker.

Il sergente aveva spalancato gli occhi e allargato le narici. "Posso prendere quel telefono, chiamare i servizi sociali e farti portar via dalla casa di quella 'stupida vecchia' in un batter d'occhio. Potrei sbatterti in una casa famiglia, dove a nessuno importerebbe nulla di te. A parte per l'assegno mensile che riceverebbero ogni mese. Sarebbe meglio? Ti piacerebbe? Perché potrei farlo. Basta una telefonata," aveva detto il poliziotto, sollevando la cornetta.

Anche a quarantadue anni, gli si stringeva lo stomaco a quel ricordo e il sudore cominciò a scivolargli sulla fronte.

"Nossignore. No. Per favore, non lo faccia."

"Tua madre e tuo padre sono morti in un incidente d'auto, vero?"

"Sissignore."

"Come pensi che si sentirebbero se sapessero quanto è coglione loro figlio?" gli aveva chiesto, afferrando Stryker per il bavero della camicia. "Allora? Ti ho fatto una domanda. Come si sentirebbero?"

"Non lo apprezzerebbero."

"Grazie al cazzo che non lo farebbero. Potrebbero persino dirmi: sollevi quella cornetta, sergente Maguire. Lo metta in una casa famiglia. Gli faccia capire com'è stare con Minnie."

Aveva tremato di paura. Aveva continuato a spostare lo sguardo dal viso del sergente Maguire al telefono e viceversa. Quando il sergente aveva finito il suo interrogatorio, Stryker aveva cominciato a tremare e a vomitare e le lacrime avevano iniziato a scivolargli sulle guance.

Il poliziotto si era messo a ridere mentre consegnava il ragazzo a sua zia.

"Ecco, signorina West. Mi chiami se si comporta di nuovo male. Ecco il mio biglietto da visita."

"Grazie, agente, ma sono sicura che Stryker abbia imparato la lezione."

"È così, figliolo?" gli aveva chiesto il poliziotto.

Stryker fece un cenno con la testa a quel ricordo. Almeno, era stato abbastanza furbo da credere al poliziotto. All'epoca, aveva odiato Maguire, ma ora la gratitudine aveva preso il posto dell'odio.

Si alzò in piedi e si mise a esplorare il primo piano. Non riusciva proprio a capire che cosa ci vedesse Jess in quel posto. Un uomo come lui, capace di vedere profitti ovunque, non riusciva a trovarne in quella vecchia casa. Quella macchina mangiasoldi non lo attirava minimamente. Sospirò e chiamò Chris.

"Ok. Prenda il solito per pranzo al Cozy Corner e passi a prendermi. Intanto, chiamerò John. È arrivato il momento di prendere lezioni di seduzione," disse prima di riagganciare.

Non che gli servisse prendere lezioni, ma, cazzo, Jess gli parlava a malapena. Come cazzo avrebbe fatto a sedurla e a convincerla ad approvare la demolizione della casa se lei nemmeno gli rivolgeva la parola? Aveva bisogno di incoraggiamento e di qualche saggio consiglio.

Spazzandosi via la polvere dalla camicia, Stryker si fermò vicino alla porta d'ingresso. Nonostante il caldo di luglio, la casa era abbastanza fresca. La tristezza gli inondò il cuore. La casa di Minnie, la casa dei sogni infranti, doveva tornare al suo vecchio splendore. Uscì e chiuse la porta.

DOPO LE CONSEGNE DEL mattino, Jess si diresse verso la biblioteca. La bibliotecaria le spiegò come cercare informazioni su Internet. Jess e Will non avevano abbastanza denaro per un computer e internet. Avevano i loro telefoni, ma stavano sempre attenti a spendere molto, per evitare che disattivassero il servizio. Jess trovò rapidamente il sito di cui aveva bisogno.

"Ci sono centoquarantacinque specie animali protette nello stato di New York," disse tra sé. "Deve essercene almeno una nella proprietà di Minnie."

Rovistando nella sua borsetta, trovò una vecchia busta e una penna. Mentre trovava gli animali che pensava vivessero negli stati occidentali, annotava i loro nomi e una breve descrizione.

"Il pipistrello dell'Indiana," sussurrò mentre scriveva. "Piccolino." Lei sorrise. Scorrendo verso il basso, si soffermò su un altro mammifero, il topo di Allegheny. Copiò anche quella descrizione. Dopo aver controllato qualche altra specie, uscì dal sito e ripose la busta nella borsetta.

"Grazie, Lucy," disse alla bibliotecaria.

"Hai trovato tutto quello che ti serviva?"

"Penso di sì."

Tornando a casa, Jess sorrise. Per la prima volta, diversamente dalla maggior parte delle battaglie che aveva affrontato nel corso della sua vita, la vittoria non sarebbe spettata al più permaloso o al più testardo. Questa volta aveva i suoi argomenti. Una volta messi insieme tutti i dati, avrebbe sorpreso Stryker West con i fatti. Ascoltando la radio, si mise a canticchiare sulle note di *We will rock you*.

In cucina, tirò fuori gli ingredienti per preparare la cena. Avendo poca carne, Jess aumentò la quantità aggiungendo salsa di pomodoro, pasta e avanzi di verdure. Lei lo chiamava "cianfruglio", facendo sempre ridere Will. Indossò il grembiule e si diresse verso il frigorifero. Convinta di avere Stryker in pugno, si mise a canticchiare.

Il mese di luglio passò così velocemente che Jess ebbe appena il tempo di raccogliere le verdure del suo giardino. Presto sarebbe arrivato agosto, con la sua sagra del granturco. Ovviamente, la sua torta di granturco con scaglie di cioccolato avrebbe vinto di nuovo la gara di cucina. Per quanto riguardava il ballo, beh, cazzo, non aveva nulla da indossare, quindi lo cancellò dalla sua lista.

La porta si spalancò e Will entrò in cucina.

"Che cosa c'è per cena?" le domandò, aprendo il frigo per prendere una birra.

"Il mio cianfruglio."

"Un'altra volta?"

"Ogni volta che non gradisci ciò che cucino, sei libero di cucinare qualcosa."

"Scusami, sorellina."

"Brutta giornata?"

"Non esattamente."

"Che cosa è successo?" gli chiese, mentre rosolava la carne macinata in una padella.

"Ne vuoi una?" le chiese, porgendole una birra.

"Grazie." Le era venuta sete lavorando in cucina al caldo.

"Jack Brophy potrebbe avere del lavoro per me. Vuole ricostruire il suo fienile."

Will le spiegò i dettagli del lavoro. Jess rimase ad ascoltarlo, orgogliosa di suo fratello. Quel ragazzino moccioso era diventato un bravo ragazzo, un vero lavoratore.

"Oh, la signora Reilly mi ha dato una grossa mancia oggi per averle riparato le scale. Ecco qui," le disse, mettendo una banconota da cinque dollari nel barattolo sotto il lavello.

"Tienili, Will."

"No. Non ho mai occasione di aggiungere qualcosa ai tuoi fondi. Quindi voglio farlo adesso, probabilmente per tutto l'anno."

"Va bene, grazie. La cena è pronta."

Si riempirono i piatti e uscirono dalla porta sul retro per andare a mangiare al tavolo sul portico. Possedevano le tre stanze del primo piano, mentre un altro inquilino occupava le tre stanze al secondo. Il portico sul retro era in condivisione. Non c'era nessun altro a tavola. Dopo la prima forchettata, Jess ruppe il silenzio.

"Credo di aver trovato quello che mi serve."

"Che cosa ti serve? Cazzo, ci serve tutto. Quindi cos'è che hai trovato per primo?" le domandò, con un bagliore negli occhi.

"Riguarda la casa. Ho trovato quello che mi serve per fermare quell'idiota."

"Ci stai ancora pensando?"

Lei sporse il mento. "Grey Andrews mi ha dato un paio di idee. Ho trascorso due ore in biblioteca a cercare informazioni. Sembra che nel terreno che circonda la casa di quel figlio di puttana di West vivano delle specie in via di estinzione e ciò vuol dire che non può demolirla. Potrebbe distruggere i loro nidi e roba del genere. Non sono io che lo dico, ma l'ente per la tutela ambientale dello Stato di New York. È la legge e i suoi eleganti avvocati di città non potranno fare un cazzo.", disse lei con un sorriso di trionfo.

"Cazzo, lo sapevo. Sei come un cane con un osso. Non molli mai, vero?"

"È il mio sogno, Will."

"Lo so, lo so. Perché non sposi quel tipo, invece di cercare di distruggerlo?"

Jess si strozzò con il cibo. "Sposarlo? Quel bastardo? Vuoi scherzare?"

"Potresti ottenere molto di più se fossi gentile con lui."

"Tipica risposta maschile. Già che ci sei, perché non mi chiedi di andarci a letto?"

"In effetti, è passato molto tempo dall'ultima volta. Potrebbe farti bene." Will sorrise.

Jess spalancò la bocca e si alzò di scatto.

"Non prendertela. Non penso davvero che tu debba farlo, ma essere gentile non costa niente, mentre renderti odiosa non ti porterà da nessuna parte."

Jess chiuse la bocca e si sedette. "Non posso essere gentile con un ragazzo senza che lui si aspetti di fare sesso."

"Non puoi saperlo se non ci provi."

Jess mangiò in silenzio. Qualche volta, Will aveva delle buone idee. Non le costava nulla smettere di urlare contro West, soprattutto con le informazioni che aveva trovato. Non aveva alcuna ragione di trattarlo male. Dopotutto, aveva già vinto. Avrebbe cercato le prove dell'esistenza di quegli animali nella sua proprietà, mettendolo alle strette. Avrebbe vinto con la furbizia contro il miliardario e il suo esercito di costosi avvocati. Avrebbe potuto essere indulgente, sapendo che lui avrebbe comunque perso la battaglia.

"Sai, credo che tu abbia ragione.", disse prendendo la forchetta.

"Che cosa?" ribatté lui.

"Hai ragione."

"Vuoi andare a letto con lui?"

"Non ho detto questo, ma non mi costa niente essere gentile con quell'uomo. Del resto, con le informazioni che ho trovato oggi, sono comunque a un passo dalla vittoria. A nessuno piace un vincitore scortese, giusto?"

"Indulgenza è il tuo secondo nome," disse lui, scuotendo la testa.

"Proprio così, non dimenticarlo mai."

"Non avrei mai pensato che potesse arrivare un giorno in cui avresti ammesso che ho ragione," le disse.

"Nemmeno io. Immagino che tu stia crescendo. Grazie per il consiglio."

"È solo che conosco gli uomini. Trattarli male non ti porta da nessuna parte con loro."

Lei sorrise. "Cambierò atteggiamento. Magari con la dolcezza riuscirò a convincerlo a vendermi quella casa a buon prezzo senza dover andare alla ricerca di un topo di Allegheny o di un pipistrello dell'Indiana"

DOPO AVER FATTO COLAZIONE, Stryker e Chris ritornarono nella casa. Il telefono squillò.

"È John, signore."

"Lo metta in vivavoce." Stryker si sedette sul divano.

"Stryker. Come va?"

"Bene, bene. Allora, riguardo a quella storia della seduzione." Stryker arrivò dritto al punto.

"Pensavo che avessi già imparato tutto prima dei diciotto anni", rispose John.

"Per una situazione normale? Cazzo, certo. Potrei riuscirci persino dormendo.", disse ridacchiando.

"Allora perché mi hai chiamato?"

"Perché non ho mai sedotto qualcuno per ottenere qualcosa, come in questo caso. E non parlo solo di sesso. Per quello, nessun problema, ma devo convincere quella stronza a fare un passo indietro e a permettermi di demolire questa casa. Non è così semplice."

"Hai ragione, non è la stessa cosa. Ottenere del sesso è facile, ma questo è diverso," rispose John.

"Hai qualche idea?"

John scoppiò a ridere. "Beh, potresti cominciare comportandoti in modo gentile con quella ragazza."

"Gentile? Con quella stronza che mi tratta sempre male?" Stryker si alzò dal divano.

"Forse perché la assilli sempre per farti firmare il permesso di demolizione?"

"Ok, forse è vero."

"Prima di tutto, smettila di assillarla. Non costringerla. Smettila di chiederle di approvare quel permesso."

"Ok, hai ragione. Non sarà facile, ma lo farò."

"Essere gentile non è mai facile per te, Stryker," disse John.

"Aspetta un attimo, io so essere gentile. Molto gentile."

"Dimostramelo."

Chris sollevò le spalle. "Già, lo dimostri."

"Anche lei?" sbuffò Stryker.

"John ha ragione, lei lo sa bene. Non mi licenzi, ma a volte è un po' insistente."

"È solo la mia personalità."

"No, è che non accetti di non ottenere qualcosa," ribatté John.

"Quella ragazza si sta comportando in modo irragionevole."

"Secondo i tuoi criteri. Hai mai cercato di capire perché ti sta ostacolando?" gli domandò John.

"Certo e non ne ho la minima idea!"

"Glielo hai chiesto?"

"Chiederglielo?" disse Stryker, alzando la voce.

"Vada direttamente alla fonte," intervenne Chris.

"Chris ha ragione. Va' a chiederglielo. Non fare il pappamolle."

"Non sono un pappamolle," ribatté Stryker, sporgendo il mento.

"Parla con lei. Chiediglielo. Gentilmente! E non pretendere che ti firmi il permesso di demolizione."

"Ok, ok, ma come comincio?"

"Come cominci di solito quando vuoi sedurre una donna?" gli chiese John.

"Con una cena. Le persone sono più propense ad ascoltare le tue idee…"

"Manipolazione —" intervenne John.

"Chiamala come vuoi. Come dicevo, le persone sono più disponibili ad ascoltare le tue idee dopo aver mangiato. La fame le rende antipatiche."

"Alcuni lo sono anche dopo aver mangiato," disse John.

"Non provarci. Io non sono antipatico."

"Non quando riesci a ottenere quello che vuoi. Adesso devo andare. C'è molto da fare qui a Londra. Ho ricevuto i progetti per l'ufficio dall'architetto e devo elaborare un contratto con il mediatore. Segui il mio consiglio. Buona fortuna. Lo sai, Stryker, credo che tu possa ottenere tutto ciò che decidi di avere."

"Grazie, John," disse Stryker, prima di concludere la conversazione. "Allora, Chris, da dove comincio?"

"Può invitarla a cena."

"No, no, è troppo furba. Capirebbe subito ciò che ho in mente."

"Che ne dice dei suoi dolci?"

"Ottima idea. Sì, mmm. Vediamo. Chiama al telefono la direttrice del Meadow. Ordineremo dei dolci per la cena di domani."

"Questo dovrebbe attirare la sua attenzione," disse Chris, aprendo il suo laptop.

"E farle anche guadagnare qualcosa. Quella povera ragazza non ha nulla a suo nome."

"Non tutti sono fortunati come lei, signore," rispose Chris, mentre le sue dita scorrevano sui tasti.

"Fortuna? La fortuna non ha niente a che vedere con il mio successo. Ho cominciato presto e ho lavorato sodo per molti anni per arrivare a questo punto."

"Le chiedo scusa, non volevo offenderla."

Stryker diede una pacca sulla spalla al suo autista. "Nessun problema. Hai fatto lo stesso errore che fanno tutti, credendo che io abbia ottenuto tutto questo con una bacchetta magica. Non è così. Ho quarantadue anni. Mi ci sono voluti molti anni per creare tutto questo."

"Ok, ho capito. Ho già composto il numero. Sta squillando."

Stryker si schiarì la voce. "Signora Reilly? Sono Stryker West."

"Oh, sì. Il nipote di Minnie West."

"Esattamente. Dopo la triste scomparsa di mia zia, ho ereditato la sua proprietà di Pine Grove."

"Quella vecchia casa, un posto meraviglioso."

"Già. Ho pensato che mi piacerebbe fare qualcosa per gli abitanti di questo posto."

"Oh? Che cosa ha in mente?"

"Vorrei finanziare una serata a base di dolci. Ho intenzione di comprare dalla signorina Lennox abbastanza dolci da sfamare tutti i suoi ospiti."

"Ci sono venti persone che vivono qui. Sarebbero davvero molti dolci."

"Nessun problema, posso permettermelo. Crede che accetterebbero?"

"Ne sarebbero felici. Hanno dei gusti molto difficili con i dolci."

"Mi dica cosa volete, la quantità e il tipo, e io mi occuperò di tutto il resto."

"È molto generoso da parte sua."

"Nulla è mai troppo per gli abitanti di Pine Grove."

Dopo aver scritto la quantità e il tipo di dolci, Stryker si schiarì la gola e telefonò a Jess.

Capitolo Cinque

Jess si pulì le mani sul grembiule per togliere la farina e prese il telefono.

"Pronto?"

"Salve," rispose una voce profonda che lei non riconobbe.

"Chi è?" chiese lei.

"Stryker West."

"Non riesce proprio ad accettare un no, vero? Immagino che non se lo senta dire molto spesso..."

Will gesticolava accanto a lei, sussurrandole "Gentile! Sii gentile!"

Jess fece una pausa per riprendere fiato.

"Che cosa vuole?" gli domandò, lanciando un'occhiataccia a suo fratello.

"Ah, non si tratta della casa, si tratta dei suoi dolci."

"I miei dolci?"

Will gesticolava sempre di più. "Sii gentile!" sibilò.

"Voglio dire, c'è qualcosa che posso fare per lei?" Jess strinse il pugno con l'altra mano, lungo il fianco.

"Vorrei ordinare dei dolci."

"Io non..."

Will cominciò a saltare su e giù.

"Di solito non prendo ordinazioni personali, signor West, ma nel suo caso potrei fare un'eccezione."

Will annuì così vigorosamente che Jess pensò che la testa potesse staccarglisi dal collo.

"Molto gentile da parte sua. Vorrei ordinare sette torte."

"Sette?" ribatté lei, spalancando gli occhi.

"Proprio così. Ho una lista delle torte. Accetti richieste?"

"Per un ordine così grosso, certo che sì. Aspetti un attimo, vado a prendere un pezzo di carta. Dove e quando devono essere consegnate?" gli chiese, guardandosi intorno.

Sorridendo, Will le porse la penna e un foglio di carta.

Jess scrisse velocemente, aggiungendo dei segni di punteggiatura per esprimere i suoi dubbi.

"È troppo tardi per consegnarle alle cinque di oggi pomeriggio? Cenano presto al Meadow."

"Stasera al Meadow? Sì, posso farcela. Nessun problema. Grazie mille."

"Quanto chiedi per ogni torta?"

"Venticinque dollari," rispose lei.

"Bene, metterò l'assegno in una busta e te lo darò alla consegna. Accetti assegni?" le domandò.

"Certo, grazie ancora."

"No, grazie a te, signorina Lennox." Poi, la conversazione si interruppe.

"Sette torte?"

"Sì."

"Hai aumentato il prezzo."

"Può permetterselo. Inoltre, non deve rivenderle."

"Centosettantacinque dollari per un pomeriggio. Non male."

Jess guardò l'orologio. "Sarebbe meglio che vada."

"Posso aiutarti?"

"Torna alle quattro e mezza. Potrai aiutarmi a confezionarle."

"Lo farò."

Lei gli lanciò un'occhiata dubbiosa. "Ce la farò?"

"Andrà tutto bene." Will le diede una pacca sulla spalla. "Sei stata brava. Ti sei comportata in modo gentile."

"Non pensavo di riuscirci.", sorrise lei.

"Nemmeno io." Lui ridacchiò dirigendosi verso la porta.

Jess prese tutti gli ingredienti e la ciotola più grande che avesse. Una cincia atterrò sulla mangiatoia fuori dalla finestra.

"Che cosa pensi che voglia Stryker West?" domandò all'uccellino, che volò subito via. "Già, non lo so nemmeno io.

Due cardellini maschi, le cui piume dorate erano luminose quanto il sole, presero il posto dell'esuberante uccellino bianco e nero. Rimasero a mangiare sui trespoli. Jess si rivolse a loro.

"Non mi importa ciò che dice Will. Quel ragazzo non mi convince. Non gli credo. Vuole qualcosa. Probabilmente che io firmi il suo permesso di demolizione. Non si riuscirà mai. Potrà ordinare anche cento torte, ma non cambierò mai idea."

Dopo essersi asciugata la mano con un tovagliolo di carta, Jess accese la radio. Si mise a canticchiare mentre ascoltava la sua stazione preferita di musica country, impastando e preparando i ripieni. Pensando ai vecchietti del Meadow, sorrise tra sé. Conosceva bene i loro gusti. Una volta al mese, la direttrice comprava un paio di torte e ne dava loro qualche fettina.

Amavano le sue torte e si lamentavano spesso della dimensione delle fette. La direttrice spiegava loro che il loro budget per gli alimenti limitava il numero di dolci che potevano concedersi. Con sette torte, avrebbero potuto avere porzioni generose e assaggiarne anche tipi diversi.

Tuttavia, si rifiutò di attribuire al signor West il merito di quella donazione e mantenne vivi i suoi sospetti. Un uomo come quello non regalava niente a nessuno, a meno che non volesse qualcosa in cambio. Beh, non l'avrebbe comprata ordinando sette torte e non le avrebbe fatto cambiare idea sulla firma del permesso di demolizione. Eppure, nel profondo del suo cuore, era felice di consegnare le sue torte al Meadow.

Continuò a canticchiare mentre impastava e infornava. Alle cinque meno un quarto, Will entrò in cucina. Jess notò una macchia di rossetto sulla sua guancia.

"Non è un po' presto per questo?"

"Per cosa?" le rispose, mettendosi a montare una scatola per torte.

Lei gli si avvicinò e gli ripulì la guancia. Will arrossì.

"Oh. Intendevi questo. No, non è mai troppo presto." Quando finì con la prima scatola, cominciò a montarne un'altra.

Jess mise una torta sfornata nella scatola e la sigillò. Poi scrisse "mirtilli" sul coperchio.

"Chi è quella fortunata questa settimana?"

"Che differenza fa?"

Lei sollevò un sopracciglio.

"Non distrarmi."

"Sì, siamo indietro perché sei arrivato in ritardo."

"Avresti potuto cominciare senza di me."

"Non è che io sia stata seduta sul divano a leggere per tutto il pomeriggio."

"Ok, ok. Ti chiedo scusa, ma adesso continuiamo."

Lavorarono insieme in silenzio e, dopo aver messo tutte le torte nelle scatole, le caricarono attentamente nel suo furgoncino. Will porse le chiavi a Jess. Lei mise in moto e si diresse verso il Meadow.

IL GIORNO DOPO, JESS mise trenta dollari sul tavolo.

"La tua parte, per avermi aiutata ieri."

"Soldi? Gentile da parte tua," disse Will, mettendo le banconote nel suo portafoglio.

"Non spenderli tutti insieme."

"Voglio portare Jennie al cinema stasera.", disse lui, sorridendo timidamente.

"Jennie Matthews?"

"Sì."

"È un errore, un grosso errore." Jess tagliò una generosa fetta di torta alle fragole e al rabarbaro e la porse a suo fratello.

"Solo perché non andava bene tra te e Chip," ribatté lui.

"Non andava bene? Stronzate! I suoi genitori si sono messi in mezzo. E anche nostra madre, che Dio la benedica, l'ha fatto."

"Ma sono passati molti anni. Sono sicuro che adesso l'abbiano superato." Lui prese una forchetta dal cassetto.

"Dici? Io penso di no." Jess riempì la caffettiera. Will prese una birra dal frigorifero.

"Birra e torta?" Jess fece una smorfia.

"La birra sta bene con tutto."

"Puoi frequentarla. Ma non fare sul serio. Ti avverto. Faranno in modo che finisca"

"Farò sul serio, se lo vorrò. Jennie è una ragazza fantastica."

"Ne sono sicura." Lei prese il latte dal frigo.

"Era solo una bambina quando tu eri fidanzata con Chip. Non la conosci." Lui si mise in bocca una forchettata di torta.

"Conosco la famiglia. Causano solo problemi."

"Non lo pensavi quando volevi sposare Chip."

"Io volevo sposare lui, non tutta la famiglia." Jess prese una tazza dallo sgocciolatoio.

"Questo è diverso."

"Ascolta, se farai sul serio e ti ostacoleranno, non venire a piangere da me."

"Quindi dovrei scegliere le mie ragazze in base alla loro famiglia?"

"Sto solo dicendo che la famiglia Matthews causa solo problemi."

"Non ho mai conosciuto una ragazza come Jennie," disse lui a bassa voce.

Jess si mise la testa tra le mani. "Cazzo, avrei dovuto capirlo."

"Sono felice. Perché non puoi essere felice per me?"

"Perché so già come andrà. Non ci sono assassini nella loro famiglia."

"Quella è acqua passata." Lui bevve un sorso di birra.

"Dici? È solo che non voglio che tu soffra," disse lei, dandogli una pacca sulla spalla.

"Lo so. Non soffrirò. Le ragazze come Jennie non si trovano tutti i giorni." Lui le sorrise.

"Ok. Fa' come vuoi. Buona fortuna."

"Voglio che tu conosca Jennie."

Jess aggrottò la fronte. "Perché?"

"Perché la amo, ecco perché."

"Oh, cazzo." Jess chiuse gli occhi.

"Posso invitarla a cena?"

Ci fu un lungo silenzio.

"Per favore?" le chiese.

"Venerdì," rispose lei.

"Prepara qualcosa di speciale."

"Stufato?" Jess mise mentalmente da parte un po' di soldi per la carne.

"Sì, adoro il tuo stufato."

"Tu sei il mio miglior cliente."

"E la torta con la crema al cioccolato?"

"Avrai anche quella," gli rispose lei, sorridendo.

Quando finirono di mangiare, Will la aiutò a ripulire. Prendendosi qualche minuto per sé stessa prima di iniziare a preparare la cena, Jess prese il suo libro e raggiunse l'amaca. Abbassò il romanzo per osservare i cardellini che si erano fermati sulle mangiatoie. Erano diventati suoi amici quando tutti in città avevano iniziato a evitarla. La gratitudine per la loro presenza le scaldò il cuore.

I colori brillanti dei cardellini erano in contrasto con le piume bianche e nere delle cince. Arrivò anche un picchio, che iniziò a lottare con gli altri per avere un posto sul trespolo. La vita sembrava molto semplice per quelle piccole creature. Perché anche la sua vita non poteva essere così semplice? Jess sospirò. Nel fine settimana, sarebbe andata alla ricerca di specie in via di estinzione nella proprietà di West.

Tornando al suo libro, rimase a leggere per un'ora, poi raccolse una zucca, dei cetrioli e della lattuga dal suo giardino. Era arrivato il momento di preparare la pasta con le verdure e un'insalata. Qualcuno bussò alla porta, facendola trasalire. Era Chip. Aprì la porta senza il suo permesso.

"Che cosa ci fai qui?" gli chiese, legandosi il grembiule dietro la schiena.

"Pensavo che avresti apprezzato questo," le disse, porgendole una busta di carta marrone.

"Che cos'è?" gli domandò, guardando il pacchetto.

"Pollo. Ne è avanzato un po' e ho pensato che potessi usarlo."

L'emozione la fece restare senza parole. Non essendo il tipo che chiedeva la carità e che fosse disposta ad accettarla, Jess non seppe cosa dire. Il suo gesto le toccò il cuore.

"Grazie," balbettò, prendendo la busta.

"Di niente." Lui si voltò per andarsene. Lei gli appoggiò una mano sul braccio.

"Non sei obbligato a farlo, lo sai."

"Lo so. Volevo solo essere gentile."

"Questo non cambia niente tra di noi."

"So di aver perso quel treno e me ne pento ogni giorno."

Lei abbassò la mano e lo lasciò andare.

"Grazie ancora," urlò lei da lontano. Lui le fece un cenno di saluto e continuò ad allontanarsi.

Jess tornò in cucina. Mise la busta sul bancone. Poi, appoggiandovi le braccia, abbassò la testa e lasciò scorrere le lacrime.

QUEL GIOVEDÌ SERA, Jess sostituì di nuovo la sua amica da Homer. Servì dozzine di birre ai soliti avventori.

"Beh, salve," disse una voce familiare.

Uh. Lei alzò lo sguardo appena in tempo per vedere Stryker West sedersi davanti a lei.

"Salve." *Gentile, Will ha detto che devo essere gentile. Sii gentile. Sii gentile.* Lei fece un sorriso forzato. "Grazie per aver ordinato tutte quelle torte."

"Mi hanno detto di averle apprezzate molto. La direttrice mi ha detto che non ne è rimasta nemmeno una briciola."

"Già. Non mangiano spesso dolci appena sfornati lì. Grazie ancora," disse lei, asciugando un bicchiere e avvicinandosi al bar.

"Scusami," le disse.

Cazzo, si sta comportando in modo educato. Ma questo non mi farà cambiare idea sul permesso.

"Sì?"

"Potrei avere una Vodka Collins?"

"Collins? Mi faccia dare un'occhiata," disse lei, guardando nel ripiano sotto il bancone. Ovviamente, una bottiglia di Collins era lì in bella vista. "Nessun problema."

"Dimmi un po'," proseguì lui, guardandola lavorare. "Perché ti importa così tanto di quella vecchia casa? Non sei cresciuta lì o niente del genere."

"È una questione personale."

"Oh?" Lui spalancò gli occhi. "Adesso sono curioso."

Lei gli mise davanti il suo drink. "È proprio questo che significa personale. Non ne parlo con gli estranei."

"Ma noi ci conosciamo già. Io mi sono presentato."

"Mi dispiace. Posso portarle qualcos'altro? Un hamburger?"

Lui esitò, senza mai smettere di guardarla. "Certo, perché no? Cottura media, per favore. Con formaggio."

"Arriva subito."

Lei scomparve sul retro per consegnare l'ordine di persona, invece di usare il sistema elettronico. L'avrebbe usato dopo. Qualunque cosa pur di allontanarsi dal suo sguardo e dalle sue domande. Non potendo rimandare troppo a lungo, ritornò dall'altra parte del bancone, evitandolo.

Lui prese un pretzel, diede un morso e lo consumò insieme al suo drink. Poiché teneva lo sguardo fisso sullo schermo della tv, lei ebbe la possibilità di esaminarlo. Aveva un profilo forte. Naso perfetto, mascella leggermente quadrata. `La sua barbetta e i suoi capelli scuri erano curati alla perfezione. Indossava una giacca sportiva blu scuro, che gli calzava perfettamente, sopra un paio di jeans attillati. La sua camicia bianca metteva in risalto il marrone scuro dei suoi occhi e la sua carnagione abbronzata.

Non aveva mai visto un uomo così bello e ben vestito. Ricordandosi quanto fosse cattivo, lottò con le sue emozioni. Eppure, guardarlo le accelerava leggermente il respiro e le faceva provare una sensazione di calore. Le sue labbra, cazzo. Lui si leccò il labbro inferiore per togliervi il sale del pretzel e lei si appoggiò al bancone per reggersi.

Come poteva sentirsi attratta dall'uomo che voleva uccidere il suo sogno? Uccidere era proprio la parola perfetta — proprio come se l'avesse messo sulla sedia elettrica per dare una scarica di corrente. Lei ebbe un fremito.

"L'hamburger è pronto!" gridò il cuoco dalla cucina.

Cazzo, avrebbe dovuto affrontarlo di nuovo. Prese il piatto, afferrò un tovagliolo e le posate e si diresse verso di lui.

"Sembra buono. Mi piacerebbe se ti unissi a me." Lui le sorrise.

Lei ricambiò il sorriso. Pensava davvero che fosse così stupida? Adesso basta con la gentilezza.

"Ascolti, signor West —"

"Chiamami Stryker, per favore,"

Lei sospirò. "Ok. Stryker. La carta del fascino non funzionerà. Mai vuol dire mai."

"Mi sto solo comportando in modo educato."

"Già, ha ragione. In modo quasi offensivo. Pensa che comprare le mie torte e qualche parola carina mi faranno mettere a pancia all'aria come un cane ammaestrato?" Lei lo guardò.

Lui scoppiò a ridere. "Tesoro, se riuscissi a farti mettere a pancia all'aria, l'ultima cosa che avrei in mente sarebbe quella vecchia casa."

Voleva dargli uno schiaffo, ma il viso le diventò rosso come un pomodoro.

"Lei è un porco, lo sa?"

Homer le si avvicinò. "Hai appena detto a un cliente che un porco?"

Stryker alzò la mano. "La ragazza ha ragione. Non avrei dovuto dirlo. Ti chiedo scusa. La mia sincerità ha superato il mio buon senso."

Homer sorrise. "Offre la casa.", disse, puntando il dito verso Jess. "Te lo toglierò dallo stipendio," disse allontanandosi.

La rabbia ebbe il sopravvento su di lei. "Perché viene qui? Solo per tormentarmi?'"

Lui smise di sorridere. "Non era mia intenzione."

"Allora qual è la sua intenzione?" gli chiese, lanciando uno straccio sul bancone.

"Fare pace. Perché siamo nemici?"

"Lei è un idiota, lo sa?" disse lei, abbassando la voce.

"È difficile fare pace se continui a insultarmi."

"Non ho nessuna voglia di fare pace con lei. Perché non mi lascia in pace?"

Lei lo guardò negli occhi. Il suo sguardo la ipnotizzò. Abbassò lo sguardo sulle sue labbra e i capezzoli le si irrigidirono. Cazzo, sì, era passato davvero molto tempo.

"Perché mi incuriosisci. Sei bella, povera, lavori sodo e ami la casa di mia zia. Credi che io possa andarmene senza scoprire perché?"

"Si costringa. Lo faccia. Se ne vada. Rimetta la casa in vendita e non ci pensi più."

"Ah! Adesso ho capito. Il *vendesi*! Volevi comprare la casa?"

Pur evitando il suo sguardo, lei era ancora rossa in viso. Non l'avrebbe mai ammesso, altrimenti tutti dentro al bar l'avrebbero derisa. Jess continuò a pulire il bancone, allontanandosi da Stryker. Lui le afferrò il polso.

"È così, non è vero?" le chiese, bloccandola.

"Non ho mai detto questo."

Sfidandolo, lei lo guardò negli occhi, nei quali trovò soltanto la sua comprensione.

"Ma non riesce a trovare abbastanza denaro, giusto?"

Alla sua affermazione, le lacrime minacciavano di uscirle dagli occhi. Lei rifiutò di cedere ma, allontanando la mano dalla sua, urtò il bicchiere di un altro cliente. La birra si rovesciò e quell'uomo fece un balzo dallo sgabello, urlando.

"Oh, Dio. Tom. Mi dispiace molto. Te ne porto subito un'altra. Offre la casa." Jess si avvicinò alla pozza di birra e la asciugò con alcuni stracci.

Tom la fissò. "Se tu avessi smesso di flirtare con quel ragazzo, questo non sarebbe successo."

"Non stava flirtando con me. Stavamo solo conversando. Sarò lieto di offrirle una birra e di pagarle la lavanderia," disse Stryker, mettendo una banconota da cinquanta dollari sul bancone. L'uomo la prese e se ne andò.

"Grazie." Cazzo, odiava essere in debito con Stryker West — per ben due volte in due giorni. O forse erano tre volte?

"Ascolta, non mi devi niente. Sono stato un idiota. A volte, gli uomini lo diventano davanti a una bella ragazza. Mi dispiace. Non succederà più. Non voglio assillarti. Sono solo curioso, se non vuoi dirmelo va bene lo stesso. Ti lascerò in pace." Tirò fuori un'altra banconota da cinquanta dollari e gliela porse attraverso il bancone.

"È troppo."

"Tienili," le disse, alzandosi dallo sgabello e dirigendosi verso la porta.

Beh, finalmente! Aveva detto che l'avrebbe lasciata in pace. Non era proprio ciò che voleva? Allora perché all'improvviso provava quella dolorosa sensazione di vuoto?

Capitolo Sei

"Beh, sei stato *davvero* perfetto, no? Adesso ti odia ancora più di prima. E le hai anche promesso di lasciarla in pace. Ottimo lavoro, Stryker, maledetto idiota," borbottò tra sé, scuotendo la testa mentre si dirigeva verso la sua auto.

Tolse il freno a mano e mise l'auto in moto. Mentre tornava a casa, pensò a ciò che aveva appreso. Jess Lennox aveva un sacco di problemi, no? Homer le detraeva i suoi errori dallo stipendio. Ci avrebbe scommesso che non guadagnava abbastanza per sopravvivere in quel posto. I clienti erano maleducati. Quanti ci provavano con lei e le diminuivano le mance o non gliele davano affatto quando lei li rifiutava?

Lui sospirò. Ormai da molti anni, stava lontano da quella parte del mondo del lavoro, ma i suoi ricordi erano ancora vivi. All'inizio, aveva incontrato molti ostacoli sulla sua strada. Quando aveva tredici anni, Stryker consegnava i giornali. Si ricordava la casa dalla quale il vicino rubava i giornali. L'abbonato l'aveva accusato di non consegnarli, così il giornale l'aveva licenziato.

Si era nascosto lì per diversi giorni, fino a quando non aveva colto il ladro sul fatto. Aveva scattato delle foto e aveva riottenuto il suo lavoro, ma il suo capo non si era più fidato di lui. Il ricordo di quell'ingiustizia ritornò ad ardergli nel petto. Che cosa provava Jess? Bastava che rovesciasse una birra perché Homer gliela detraesse dalla paga. Cazzo, un ragazzino che consegna giornali non mantiene una famiglia, ma Jess lo faceva.

Scosse la testa mentre scendeva dall'auto. In cucina, c'era la luce accesa. *Chris deve essersi svegliato.*

"Beh, com'è andata?" gli domandò Chris. Era seduto con addosso un paio di pantaloncini e una maglietta, intento a sorseggiare una birra.

"Ho rovinato tutto e adesso mi odia ancora di più."

Chris spalancò gli occhi. "La odia ancora di più?"

"Non pensavo che fosse possibile, ma è così."

"Che cosa è successo? Che cosa le ha fatto?"

Stryker si sedette a cavallo di una sedia, appoggiando gli avambracci sullo schienale.

"È andata così. Quando ha detto che…" disse lui, cominciando a raccontare.

Quando finì, caricò la macchinetta del caffè la accese.

"Che cosa ha intenzione di fare adesso?"

Stryker sollevò le spalle. "Bere una tazza di caffè."

"Le chiedo scusa per quello che sto per dire, ma credo che sia un atteggiamento da perdente."

"Come?"

"Lei non è il tipo d'uomo che accetta le sconfitte," proseguì Chris.

"È finita. Quella ragazza mi odia. Ogni volta che mi avvicino a lei, qualcosa va storto."

"Allora faccia in modo di cambiarlo."

"Come?"

"Non lo so. Ma stare qui a bere caffè e a commiserarsi non la porterà da nessuna parte."

"È vero," rispose Stryker, riempendosi la tazza. "Ne vuole uno?"

"La birra va bene per me, grazie."

"Che cosa mi consiglia?"

"La porti fuori a cena. Ho sentito dire che il ristorante Waterfall di Oak Bend è molto carino. Ed è anche costoso."

"Portarla a cena? E come faccio a farla parlare di nuovo con me?"

Chris scoppiò a ridere. "Lei è divertente. Affronta i suoi avversari per tutte le questioni di affari, ma quella donna, che non ha niente e non è nessuno, la mette in soggezione. Non l'avrei mai immaginato."

Stryker guardò il suo autista. "Ha ragione. Non posso gettare la spugna. Non ancora, almeno."

"Continui a provare."

"Ma come faccio a parlarle di nuovo?"

"Si comporti in modo gentile."

"Ci ho già provato. Non ha funzionato, o forse sono io che non sono molto bravo."

"Probabilmente è così," disse Chris, poi, quando il suo capo lo guardò, alzò le mani. "Ho solo detto la verità."

"Qualche volta la verità fa male."

"Fa sempre male, ma la verità è la verità. Non possiamo sfuggirle," rispose Chris.

"Ha ragione. Non posso dargliela vinta. Devo far demolire quella stupida casa e tornare a Londra."

"Oh, è arrivata un'e-mail di John. Sembra che ci siano dei problemi con i progetti architettonici per lo spazio di Londra. Ha detto che i disegni non saranno pronti prima di due mesi."

"Due mesi! Dovrò passare due mesi lì?"

"Potrebbe tornare al suo ufficio di New York."

"Fa troppo caldo. Odio i condizionatori."

"Allora la vita di campagna è perfetta per lei."

"Ok. Qual è la prossima mossa?"

"La inviti a cena. Devo spiegarle io come fare? Lei ha molta più esperienza di me."

"Sì, forse, ma lei ha più esperienza di me nell'essere gentile," ammise Stryker.

Chris scoppiò a ridere, poi gli diede qualche suggerimento.

"Potrei anche farlo adesso," disse Stryker, guardando l'orologio. "Lei dovrebbe finire di lavorare tra un quarto d'ora."

"Sono d'accordo, perché aspettare?" domandò Chris.

"Non riuscirei a dormire se non lo facessi." Finì di bere il caffè, prese le chiavi e si diresse verso il vialetto.

"ULTIME ORDINAZIONI. Chiudiamo tra un quarto d'ora," annunciò Jess ai clienti del bar.

"Ok. Un altro bicchierino," disse un uomo grasso, sui quarantacinque anni, che indossava un paio di pantaloncini e una t-shirt, tutto accasciato sullo sgabello.

"Ha già bevuto abbastanza, signore. Non posso servirle altro. È la legge."

"Oh, andiamo. Sto bene. Posso guidare. Guardi, riesco a toccarmi il naso."

Lei cercò di sorridere. "Mi dispiace, sono le regole." Lei si voltò, ma lui le afferrò il braccio.

"Andiamo, tesoro. Lascia che ti riaccompagni a casa. Vedrai che non sono ubriaco," sorrise lui, sollevando le sopracciglia.

"Ascolti, signore. Sono stanca. Per favore, si riprenda e torni a casa. Sono certa che sua moglie si starà chiedendo che fine abbia fatto."

"No, starà già dormendo."

"Torni a casa."

"Solo se lei ci torna con me."

"Bene, allora dorma pure per terra. Io torno a casa."

"Hai un ragazzo?"

"Arrivederci," rispose lei, dirigendosi verso la stanza sul retro.

Homer si era preso l'influenza ed era uscito in anticipo, lasciando le chiavi a Jess. Jose, il cuoco, aveva ripulito la cucina ed era tornato a casa. Tre clienti fissi pagarono il conto e uscirono dalla porta. Il tipo furbo era andato via senza pagare.

"Hey! Dov'è quel tipo?" domandò Jess, ma il locale era vuoto.

Stupendo! Non aveva pagato un conto di venticinque dollari, che le sarebbero stati detratti dalla paga. Quindi, escluse le mance, non aveva guadagnato un centesimo. Fece un respiro profondo, tirò fuori le chiavi dell'auto dalla borsa e spense la luce.

Ricordando la sua ultima esperienza con Stryker West, Jess scosse la testa.

"Gentilezza? Che cosa ne so io della gentilezza?" Non sapeva davvero più cosa volesse dire comportarsi in modo gentile. Era stata scortese, lui le aveva dato una risposta da idiota e così lei aveva accettato la sfida. Perché non era riuscita a lasciar correre? Perché non era riuscita a parlargli della casa e di quanto fosse importante per lei?

La rabbia e la confusione erano in conflitto con il suo desiderio. Voleva ucciderlo o andarci a letto? Forse entrambi. Inserì la chiave nella serratura. Poi prese il telefono e mandò un messaggio a Will.

Ho appena chiuso. Sto tornando a casa.

Lei sorrise. Suo fratello era un rompiscatole protettivo. La gratitudine le riempì il cuore. Che cosa avrebbe fatto senza di lui? All'improvviso, una voce risuonò nel silenzio della notte, facendole raggelare il sangue.

"Ciao, tesoro. Pronta per quel passaggio a casa?"

Un brivido di paura gli attraversò la schiena. Si voltò e vide il sorriso di quell'uomo grasso e fastidioso. Il parcheggio e la strada erano vuoti. Lei deglutì. Will l'aveva avvertita.

"Ho visto quel tipo mentre ti dava le chiavi."

"Sapeva che sarei stata da sola?"

"Già. Suppongo che sia il mio giorno fortunato."

"Non è così. Non provi ad avvicinarsi o mi metto a urlare."

"Nessuno può sentirti. Guardati intorno. Niente luci accese nelle case. Niente auto per la strada. Solo tu e io, bel bocconcino."

Jess indietreggiò verso la sua auto. Cercando di aprirla, le tremavano le mani. Il tintinnio delle chiavi di casa sembrava più forte nel silenzio della notte.

"Non devi aver paura. Non ti farò del male. Sii carina con me e io sarò gentile con te." Lui le si avvicinò.

Jess seguì il suo sguardo. Lui guardò le sue chiavi. Lei se le nascose dietro la schiena, ma poi inciampò su un sasso e le caddero dalla mano.

"Perfetto. Non ne hai bisogno. Farai un giro in auto con me, vero?"

"Non se ne parla! Si allontani!" La paura ebbe il sopravvento su di lei. Il battito del cuore le pulsava nelle orecchie, ma continuò a muoversi. Cazzo, dove diavolo era finita la sua macchina? Non era chiusa a chiave. Se solo fosse riuscita a entrarvi e a chiudere lo sportello, avrebbe potuto chiamare Will.

"Temo di non poterlo fare," disse lui, avanzando verso di lei. La sua voce si abbassò di un'ottava. "Sali in macchina."

Lo scricchiolio delle gomme sulla ghiaia attirò la loro attenzione. Una macchina si fermò bruscamente e Stryker West balzò fuori.

"Che cazzo sta succedendo qui?"

"Non sono affari suoi, signore. Sto solo dando un passaggio a questa bella ragazza."

"No!" gridò lei.

Stryker si mise davanti a Jess, spingendola dietro di sé con un braccio.

"Se ne vada immediatamente, prima che io chiami la polizia. Jess? Scattagli una foto. Un bel sorriso, coglione!"

Lei tirò fuori il telefono e seguì il suo consiglio.

"Un momento, un momento. Che cosa vuole fare?"

"Scattarle una foto per consegnarla alla polizia. Lei stava minacciando questa donna. Io sono un testimone. Lei andrà in prigione."

"Mi dia quel telefono!" L'uomo grasso allungò il braccio, ma Stryker gli diede un calcio sul polpaccio e unì le mani per colpirlo sulla nuca, facendolo cadere a terra.

"Chiama il 911," le disse Stryker.

Con le mani tremanti, lei compose il numero.

"Dammi il telefono," le disse Stryker. Mentre parlava con la polizia, spiegando cos'era successo, il telefono iniziò a squillare. L'uomo a terra gemette per il dolore e tentò di alzarsi in piedi. "Meglio che resti giù, se non vuole che continui."

"Non l'ho toccata," si lamentò lui.

"Ma l'avrebbe fatto. Aveva intenzione di farlo. Anche se lei le aveva detto chiaramente di non farlo. Lei è un porco e deve andare in prigione."

Il suono di una sirena in lontananza diede sollievo ai nervi a fior di pelle di Jess. Lei scoppiò in lacrime. Stryker la prese tra le braccia, stringendola al suo petto con una mano e accarezzandole i capelli con l'altra. Aggrappandosi a lui, lei si mise a singhiozzare sulla sua camicia, appoggiando il viso sui suoi muscoli robusti.

"Perfetto. Sta arrivando la polizia. Va tutto bene adesso. Tu stai bene?"

"Grazie," disse lei singhiozzando.

Subito dopo l'auto della polizia, arrivò un'altra macchina. Will balzò fuori e corse verso Stryker, con i pugni stretti.

"No! Non farlo, Will! Va tutto bene. È stato lui a salvarmi." disse Jess, mettendosi tra Stryker e suo fratello.

Will fissò l'uomo alto.

"È stato quel coglione laggiù," disse Stryker, indicandolo.

Stryker salutò i poliziotti. Loro chiamarono Jess.

"Come si chiama?" le chiese l'agente Jones.

"Jess Lennox."

"Mi dica, lei è la figlia di Betty Lennox?" le domandò il secondo ufficiale, il sergente Parker.

L'agente Jones lanciò un'occhiataccia al suo collega. "Va tutto bene, sergente. Le tendenze omicide non sono ereditarie."

"Ok. Vuole raccontarci che cosa è successo?" le chiese il sergente.

Dopo aver interrogato Jess e Stryker, gli agenti presero quell'uomo in custodia e si allontanarono in macchina. Troppo agitata per guidare, Jess si lasciò cadere su una grossa roccia.

"Andiamo, sorellina. Ti riporto a casa."

"E la mia auto?"

"Possiamo venire a riprenderla domani."

"Jess, posso parlarti un attimo?"

"Certo. Ti raggiungo in macchina tra poco, Will."

"Grazie per aver aiutato Jess, signor West," disse Will.

Stryker sorrise. Lui e Jess si avvicinarono al lampione che illuminava al parcheggio.

"Che cosa ci facevi qui? Non che io non te ne sia grata, credimi, lo sono. Davvero molto. Ma sei capitato qui per caso? A quest'ora? Una coincidenza?"

"No. Mi sono pentito delle cose che avevo detto. Sono tornato per invitarti a cena. Per supplicarti di darmi un'altra possibilità davanti a una buona cena."

"Davvero?" Il cuore le balzò in gola.

"Non avevo molte speranze. Ma immagino che quest'idiota mi abbia dato una mano, vero?"

"Intendi dire per l'invito a cena? Sì, accetto. E forse dovresti anche ringraziarlo per questo."

"Saresti riuscita a scappare se io non fossi intervenuto?"

Lei scrollò le spalle e mentì. "Non ne sono sicura."

Lui si mise a ridacchiare. "Molto diplomatico da parte tua."

Lui sembrava così forte lì in piedi all'ombra, con la luce soffusa che metteva in risalto il suo bel viso. Lei si appoggiò a lui per un momento.

"Ti va bene sabato?"

Lei annuì.

"A che ora?" le chiese.

"Alle sei?"

"Perfetto. Scrivimi il tuo indirizzo" disse, porgendole il suo telefono.

"Andiamo, Jess!" la chiamò Will.

"Adesso devo andare," gli disse, dirigendosi verso la macchina. Stryker la seguì. Lei si fermò e lo guardò. In punta di piedi, gli diede un bacio sulla guancia. Lui spalancò gli occhi.

"Grazie. Sei il mio eroe," gli disse dolcemente.

"Prego. È stato un piacere." Lui ridacchiò, passandosi il pollice sul mento.

Jess si sedette sul sedile posteriore, perché Jennie Matthews era seduta accanto a Will.

"Visto? È pericoloso stare qui da sola. Adesso forse la smetterai di pensare che sono matto," disse suo fratello.

"Stryker West è arrivato e mi ha salvato. Fantastico."

Jess guardò fuori dal finestrino e osservò Stryker mentre risaliva in macchina.

"Sei stata molto fortunata. La prossima volta, verrò a prenderti."

"Non posso crederci, proprio lui. Con tutte le persone che ci sono qui," disse Jess, rivolgendosi più a sé stessa che a suo fratello.

STRYKER RIMASE DA SOLO nel parcheggio, aspettando che l'auto di Will si allontanasse. Alzò lo sguardo verso la luna e poi lo abbassò di nuovo sulla strada tranquilla. Il suo corpo gli aveva mandato segnali di allarme. Poi si era ritrovato con Jess tra le braccia, provando una sensazione totalmente diversa da quella che si aspettava. Fece un respiro profondo, espirò lentamente e si diresse verso la sua auto.

Mentre guidava lungo le strade silenziose, cercava di mandar via i pensieri indesiderati dalla sua mente.

"Smettila di pensare. Mantieni il controllo. Sta' attento ai cervi per la strada." Pur riuscendo a distrarsi un po' con i cervi, non riusciva a fermare i pensieri.

Quando entrò nel vialetto e spense il motore, sospirò. Appoggiando la fronte sul volante, borbottò qualcosa.

"No, no, no, no, no."

I sentimenti lo trafiggevano come dardi. Come cazzo aveva fatto a permetterle di far crollare le sue difese? Non aveva intenzione di farsi sopraffare dai sentimenti per quella ragazza. Lei era soltanto un altro ostacolo per ottenere ciò che voleva. L'avrebbe allontanata in qualunque modo potesse funzionare. Tutta quella spavalderia e prepotenza, poi la seduzione, ma chi aveva finito per essere sedotto?

Non voleva affezionarsi a lei, ma i suoi problemi gli avevano toccato il cuore, o almeno ciò che ne era rimasto. Aveva vissuto nella sua torre d'avorio per così tanto tempo che si era dimenticato dei problemi che molte persone dovevano affrontare ogni giorno. Era cresciuto in quel modo. Suo padre non guadagnava molto lavorando per l'ufficio postale e sua madre era un'insegnante ma, quando loro erano morti e lui era andato a vivere con Minnie, il suo tenore di vita era peggiorato notevolmente.

Minnie faceva la sarta. Lavorava per un sarto di Oak Bend e non guadagnava molto. La casa era appartenuta ai suoi genitori, ma loro erano già morti all'arrivo del giovane Stryker.

Ricordava bene gli oggetti di seconda mano e gli abiti del negozio dell'usato. La vita era stata dura. Jess gli aveva fatto tornare alla mente tutto. Vederla lavorare giorno e notte, dovendo continuare comunque a lottare, fece risuonare in lui delle corde sopite ormai da tempo. I ricordi di quando era povero gli tornarono in mente. Saperla in difficoltà gli faceva mancare il fiato. E quando lei si era appoggiata a lui, così vulnerabile e dolce, beh, cazzo, dopo tutto anche lui era un essere umano, no?

Entrò in casa e accese la luce in cucina. Non aveva intenzione di andare già a dormire, così aprì una bottiglia di birra. Aveva classificato Jess come una stronza, difficile, intrattabile, determinata a fare a modo suo senza alcun motivo logico. Ma ora, avendo visto la paura nei suoi occhi, avendo sentito il suo corpo tremare per l'emozione, avendole sfiorato i capelli, avendo sentito il calore del suo corpo mescolarsi al suo, il desiderio di qualcosa di più che una semplice scopata si era fatto strada dentro di lui.

No! Non avrebbe ceduto per una creatura così patetica. Se pensava a una cacciatrice di dote, probabilmente lei era la regina della corte. Fece un sorrisino e bevve un sorso di birra. Eppure quell'immagine non corrispondeva alla realtà. Jess gli era sembrata troppo indipendente per essere interessata al suo denaro.

"Che cosa succede? Come mai ancora sveglio?" gli domandò Chris assonato, stropicciandosi gli occhi.

"Jess stava per essere rapita."

"Come?" L'autista si lasciò cadere su una sedia.

"Avrebbero potuto violentarla e ucciderla."

"Accidenti!"

"Già. Era da sola, dopo la chiusura del locale."

"E lei era lì? L'ha impedito?"

"Già. Ho messo ko quel coglione," rispose Stryker, prima di entrare nei dettagli.

"È stata una fortuna che lei si trovasse nei paraggi," disse Chris.

Stryker finì la sua birra. "Può dirlo forte."

"Questo dovrebbe darle qualche vantaggio con lei."

"Sabato verrà a cena con me."

"Ottimo! Quindi è riuscito a convincerla?"

"Proprio così," rispose lui, risciacquando la bottiglia di birra.

"E il prossimo passo dovrebbe essere semplice. Adesso è più bendisposta nei suoi confronti."

"Immagino di sì."

"Dove la porterà?"

"Oak Bend. John mi ha detto che lì c'è un bel ristorante."

"Sembra perfetto. Va tutto bene?"

"Certo. Perché me lo chiede?"

"Mi pare che lei sia arrossito un po'."

"Ho un'azienda da gestire. Non posso rimanere intrappolato in questo buco. Devo approvare i progetti per Londra. Sistemare i documenti per un aeroporto fuori Parigi. Ho una vita, un'azienda. Non posso farmi travolgere dalle stronzate di un piccolo villaggio."

"Ok."

Stryker osservò l'oscurità. Aveva pronunciato quelle parole più per convincere sé stesso che per Chris.

"Non ho intenzione di farmi coinvolgere da quella ragazza. Non ho tempo di affezionarmi a qualcuno. Non voglio innamorarmi di lei."

"Torno a letto," disse Chris, alzandosi dal tavolo. "Lascia la luce accesa?"

"No?" Chris premette l'interruttore. "Buonanotte."

Stryker rimase al buio, continuando a guardarsi intorno. Avrebbe mantenuto il controllo e protetto il suo cuore. Aveva evitato di legarsi a donne dieci volte più belle e dotate di Jess Lennox, ma c'era qualcosa in lei, qualcosa di così dolce, di così reale, di così genuino. E lui aveva risposto, senza volerlo, ma era stato travolto dalla sua vulnerabilità e dalla sua fragilità. La prima cosa che avrebbe fatto il giorno dopo sarebbe stato mettervi un freno. L'aveva invitata a cena, certo, ma questo era tutto. E poi l'avrebbe convinta a firmare quel permesso. Quelle stronzate sentimentali dovevano finire, doveva stroncarle sul nascere, immediatamente.

Stryker aveva salvato Jess, ma sarebbe riuscito a salvare sé stesso? Mentre si voltava verso le scale che conducevano alla sua stanza, pregò che non fosse troppo tardi.

Capitolo Sette

Con i nervi a fior di pelle, Jess tornò a casa dopo la sua seconda visita alla stazione di polizia. Will aveva riscaldato gli avanzi e la stava aspettando per la cena.

"Com'è andata?" le chiese, stappando una bottiglia di birra.

"Quel sergente mi dà i brividi. Crede che io sia una criminale a causa di mamma."

"Idiota. Perché le persone si comportano così? Perché pensano che sia contagioso?"

"Non lo so. Che alcuni lo facciano è comprensibile. Ma persone come quel poliziotto? Accidenti, sono sempre sospettose e pronte a credere che tu abbia fatto qualcosa di male."

"Che cosa? Forse pensava che sia stata tu a provocare quel verme?"

Lei annuì. "Non l'ha detto apertamente, ma le sue domande mi hanno fatto credere che lo pensasse."

"Dovresti essere davvero disperata per andare con quel porco."

"Puoi dirlo forte. Che schifo! Mi dà i brividi."

Will abbracciò sua sorella. "Adesso è tutto finito."

"Lo spero."

Si sedettero a tavola per cena.

"Allora uscirai con quel riccone?"

"Solo una cena. Per scusarsi di alcune cose che mi ha detto." Jess si mise nel piatto una porzione di sformato.

"Oh?" Will spalancò gli occhi.

"Non preoccuparti, so gestirlo. Nessun problema."

"Credo che tu gli piaccia."

Lei si strozzò mentre mangiava. Will le diede una pacca sulla schiena.

"Quel tipo mi odia."

"A me non è sembrato odio," ribatté Will, mettendosi a sedere.

"E tu che ne sai? Non lo conosci."

"Conosco gli uomini e quello mi è sembrato tutt'altro che odio."

"Vuole solo che gli firmi quel permesso. Per questo mi ha invitata a cena. Mamma direbbe che sta cercando di 'lisciarmi il pelo', di ammorbidirmi, sperando che io ceda. Io continuo a dirgli che mai vuol dire mai, ma lui non mi ascolta."

"A me sembra che ti abbia invitata a cena per altri motivi e probabilmente non saprai come affrontare la questione del dopocena."

"Anche quello sarebbe un mai."

"Davvero? Allora perché hai accettato il suo invito?"

"Una cena gratis?"

Will borbottò. "Certo, come se tu fossi il tipo di donna che esce con un uomo per una cena gratis."

"C'è sempre una prima volta."

Will abbassò la forchetta e fissò sua sorella.

"Che cosa c'è?" gli domandò lei, spostandosi sulla sedia.

"Non infognarti con lui. Non illuderlo e, qualunque cosa tu faccia, non illudere te stessa."

"Illudere me stessa?"

"Innamorandoti di quel tipo. È estremamente ricco e può avere tutte le donne che vuole."

"Tutte tranne me." Lei abbassò lo sguardo sul piatto.

Will le strinse il polso con le dita. "Adesso dici così, ma ti ho vista mentre lo abbracciavi. Stava succedendo qualcosa. Non sono più un ragazzino. So tutto sul sesso. Sta' attenta, Jess. Non voglio vederti soffrire."

"Pensi che io non possa piacergli o che lui non possa amarmi?" gli domandò, guardandolo negli occhi.

"Non ho detto questo. Tu sei la persona più adorabile che io conosca, ma quel tipo è un playboy. Ti sfrutterà e poi ti lascerà. Ti farà soffrire. Ti ho già vista soffrire una volta e non è stato un bello spettacolo. Non voglio che ti succeda di nuovo."

"So badare a me stessa."

"Non sei forte come pensi di essere."

"Oh, sì che lo sono."

Will scoppiò a ridere. "Sei una femminuccia."

"Come fai a dirlo?"

"Perché ti conosco. Accogli tutti i gatti randagi che incontri, compreso Chip Matthews."

"Lui non era un gatto randagio."

"Fattene una ragione, Jess. Non c'è niente di cui vergognarti."

"Intendi dire per il fatto che io abbia un cuore?"

"Proprio così. Un gran cuore. Ti fai sempre in quattro per i vecchietti del Meadow, anche per quelli che non possono pagare."

"Non è sempre una questione di soldi."

"Lo è per Stryker Alexander West."

"Non stasera."

"Sono sicuro che questa sia l'eccezione, non la regola."

"Ne deduco che proprio non ti piace, vero?" gli domandò lei, prendendo una forchettata di cibo.

"Non lo conosco bene, ma conosco quelli come lui. Quelli che sono nati con la camicia. Si aspettano che tutto il mondo cada ai loro piedi e che tutte le ragazze vogliano andare a letto con loro."

"Non io."

"Meglio così. Sta' lontana da lui. Quel tipo causa solo guai."

"Forse mi farà fare un buon affare per la casa."

"Jess, devi rinunciarci."

"Hai detto che mi aiuterai a sistemarla. Quando sarà nostra."

"Quando? Se, Jess. Se. Un grande, enorme se. Un gigantesco Empire State Building di se."

Finirono di cenare in silenzio.

"Puoi pensarci tu a risistemare? Ho un appuntamento."

"Certo. Jennie?"

Lui annuì.

"Divertiti. Non metterla incinta, ok? Posso sfamare solo due bocche."

Mentre lavava i piatti, Jess osservò gli uccelli sulla mangiatoia. Fuori c'era ancora luce e i trespoli erano tutti occupati. L'estate era il suo periodo preferito dell'anno. Attraverso la finestra aperta, udì il canto di una cincia.

E se Will avesse ragione su Stryker? Le era sembrato molto diverso la sera precedente, non il solito uomo presuntuoso e senza scrupoli. Non volendo fidarsi del suo istinto, decise di mantenere la mente aperta. A cena avrebbe saputo ciò che doveva sapere.

Quando Will le aveva chiesto perché aveva accettato l'invito, lei gli aveva mentito.

Non avrebbe mai ammesso la sua attrazione per West. A Will sarebbe venuto un infarto. Avendo accettato l'invito a cena del miliardario per le ragioni sbagliate, lei avrebbe tenuto i suoi pensieri per sé. Forse sognava qualcosa di diverso. *Fa' attenzione!* Avrebbe agito con cautela, sopraffatta dal timore di soffrire, ma la curiosità la attanagliava. Doveva scoprire di più su di lui. Era a questo che servivano gli inviti a cena, no?

QUEL SABATO MATTINA, Jess aprì il suo armadio, tutta ansiosa e con la fronte aggrottata. Non aveva nulla da indossare per l'appuntamento con Stryker. Ma, un momento! Non sapeva nemmeno dove sarebbero andati a cena. Escluse Herbie's Hot Dogs e Java the Hut.

Forse al Waterfall di Oak Bend? Era il ristorante più raffinato nel raggio di un centinaio di chilometri.

E lei non aveva vestiti. Niente di adatto. Jess chiamò Jory, la sua migliore amica.

"Stasera andrò a cena con un... un amico. Non ho niente da mettermi. Ho bisogno del tuo aiuto!"

"Finisco di lavare i piatti e arrivo."

"Grazie."

Jess prese un paio di bicchieri e li riempì di ghiaccio. Jory adorava il tè freddo alla menta di Jess. Il giardino le forniva un raccolto eccezionale, permettendole di prepararne una caraffa ogni giorno. Quando suonò il campanello, Jess versò il tè e urlò: "Entra pure! Sono in cucina."

Non appena Jory entrò, lei le porse un bicchiere.

"Stupendo! Come facevi a saperlo?"

"Ho una buona memoria. Preparati. Sarà terribile."

Mentre salivano le scale, Jory le chiese: "E con chi hai un appuntamento?"

"Non è un appuntamento."

Jory sollevò un sopracciglio. "Davvero? Andiamo, sono la tua migliore amica."

"Dico davvero. È solo una cena per chiedermi scusa."

"Oh? E di cosa deve scusarsi questo ragazzo?"

"Come fai a sapere che è un *lui*?"

"Perché non ti importerebbe come vestirti se fosse una lei." Jory appoggiò il bicchiere e si sedette sul letto. "Allora, che cosa hai lì dentro?"

"Niente. Questo è il problema."

Uno dopo l'altro, Jess tirò fuori magliette, gonne e vestiti. Non avendo molti vestiti, non ci volle molto tempo per esaminare il suo scarso guardaroba.

"Basta. Andiamo a casa mia."

"Perchè?"

"Ho l'abito perfetto. È un vestitino verde scuro."

Jess riappese tutti i vestiti nell'armadio. "Non posso. Non posso prendere i tuoi vestiti."

"È solo per una sera. E comunque puoi farlo. Siamo amiche, Jess. Tu faresti lo stesso per me."

Riflettendo sulle parole della sua amica, cedette alla tentazione. Sapeva a quale vestito si riferisse Jory e la sua amica aveva ragione, sarebbe stato perfetto per lei.

"Ok, ma solo per questa volta."

"Non così in fretta." Jory bloccò la porta della camera da letto. "C'è un prezzo da pagare."

"Sono al verde, come al solito."

"Non in quel senso. Devi dirmi con chi uscirai stasera." Jory sorrise.

"Questo è un ricatto!"

"Proprio così. Spara."

"Stryker West."

Jory spalancò la bocca. "Cazzo! Quel tipo? È talmente ricco che potrebbe portarti a cena a Parigi."

"E ha anche i suoi aerei, da quello che ho sentito," aggiunse Jess.

"Wow, Jess. È stupendo. Che tipo è?"

"Beh, mi odia. E comunque lo odio anch'io. Quindi, siamo pari."

"È una partita?"

"Puoi dirlo forte."

Jory scoppiò a ridere mentre salivano nella sua auto per il breve tragitto fino a casa sua. Entrarono nella stanza di Jory e tirarono fuori tutto il contenuto del suo armadio. Dopo averlo provato, Jess convenne che l'abitino verde scuro a fiorellini con la scollatura a cuore fosse il migliore per lei.

"Mmm, niente reggiseno," disse Jess, guardandosi allo specchio.

"Sono d'accordo. Stuzzicalo un po'."

"Dovrò ricordarmi di non chinarmi."

"Oh, non dire così. Lascia cadere il tovagliolo per terra. Dagli qualche emozione in cambio della cena," rispose Jory.

Jess tirò su i suoi lunghi capelli. "I capelli mi stanno meglio se li tiro su."

"Perfetti! E ho proprio la cosa giusta per te," disse Jory, frugando nel cassetto del suo comò. Tirò fuori una scatolina. "Indossa questi."

Jess osservò gli orecchini nella mano di Jory. "Sono quelli che Trent ti ha regalato per il vostro anniversario. Sono d'oro. Non posso accettare. Dico davvero. Sono troppo speciali."

"Sì che puoi accettare. E lo farai," le disse Jory, mettendo i cuori d'oro nella mano della sua amica.

"No, no, no. E se ne perdessi uno?"

"Non lo farai. Guarda, hanno una chiusura molto solida."

Dopo qualche discussione, Jory convinse Jess a indossarli. Lei li indossò per non perderli nel tragitto. Non aveva mai indossato niente di così elegante e costoso. Quella responsabilità la rendeva nervosa. Uno sguardo allo specchio confermò l'opinione di Jory. Erano il giusto tocco per rendere perfetto quell'abito.

Dopo aver abbracciato la sua amica, Jess tornò a casa. Will entrò in cucina.

"Non preparare la cena per me," le disse, prendendo un grappolo d'uva dal frigo.

"Perché no?"

"Porto Jennie a cena al Java the Hut, poi andremo al cinema."

"Quand'è che sei diventato ricco?"

Will prese il barattolo del caffè da sotto il lavello e agitò tre banconote da venti dollari davanti a lei, prima di metterle insieme alle altre.

"Ho dipinto il recinto di MacGregor."

"Oh? Fantastico."

"Mi ha dato centoventi dollari. Quindi, ho deciso di fare a metà. Sessanta per il fondo e il resto per un sabato sera fuori." Il fondo per l'acquisto della casa era aumentato ancora un po'.

"Va' e divertiti."

"Fa' attenzione con quel tipo stasera, Jess. Non mi fido di lui."

"Tu non ti fidi di nessuno che mi piace."

"Davvero? Beh, conosco gli uomini. E non ci si può fidare di loro."

Lei scoppiò a ridere. "Hai ragione. Fa' il bravo. Usa il preservativo."

Will arrossì. "Sono un uomo adulto, Jess. Non ho più bisogno di questo genere di consigli."

"Ok. Se lo dici tu."

"Vado a farmi una doccia. Solo una cena con quell'idiota, d'accordo?"

"Ciao, Will," disse Jess, andando al piano di sopra.

STRYKER SI ABBOTTONÒ la camicia e fece il nodo alla cravatta. Chris gli aveva detto che nessuno portava la cravatta in campagna, ma Stryker volle indossarla comunque. Era fatto così: gli piaceva vestirsi in modo formale per una cena formale. Con i nervi a fior di pelle, si leccò le labbra. Che cosa poteva aspettarsi da Jess? Lei gli aveva dato un bacio sulla guancia dopo lo scontro con quell'idiota del bar. Sarebbe stata ancora gentile con lui? O avrebbe ricominciato a odiarlo? Se avesse tirato fuori la questione del permesso per la demolizione della casa, lei se ne sarebbe andata. Ma, cazzo, a prescindere da ciò che le aveva detto, era quello il motivo per il quale l'aveva invitata a cena. Si guardò allo specchio. Si ripeteva sempre: "Non mentire mai a te stesso."

Arrossì sulle guance. Sì, aveva mentito. Quella non era l'unica ragione del suo invito a cena. Ammettere di trovarla estremamente attraente gli fece accelerare il battito cardiaco. Non era nemmeno sicuro che quella sera le avrebbe chiesto del permesso e non vedeva l'ora di andare a quell'appuntamento.

Sì, era un appuntamento. Dopo essersi messo il dopobarba, prese la sua giacca sportiva e si diresse verso la macchina.

"Non ha bisogno di me, vero?" gli chiese Chris.

"Si prenda la serata libera."

"Grazie." Chris gli lanciò un sorriso d'intesa.

Pensava che Jess sarebbe venuta a letto con lui? Tutto ciò che gli bastava fare con la maggior parte delle donne era mostrar loro il portafoglio e cominciavano a spogliarsi, ma dubitava che potesse funzionare con Jess. Certo, con le donne non si può mai sapere. Cazzo, quelle che non volevano i suoi soldi lo disprezzavano per quanto guadagnava. Chi l'avrebbe mai detto? Guidò la sua Bentley sul vialetto di terriccio e ghiaia che conduceva alla casa fatiscente in cui abitava Jess. Lei lo stava aspettando sul portico anteriore. Stryker accostò e scese dall'auto.

Quando lei si allontanò dall'ombra e raggiunse la luce, la sua bellezza gli tolse il fiato. Quel vestito accarezzava perfettamente la sua figura. Le bretelle così sottili gli fecero capire che lei non indossava il reggiseno, facendogli venire la tentazione di lasciarle scivolare sulle sue spalle per scoprire la sua pelle sensuale.

Lei portava i capelli raccolti in uno chignon, con qualche ciocca che le scivolava sulle spalle, incorniciandole il viso. Non si era mai accorto di quanto fosse lungo e grazioso il suo collo, perfetto per essere baciato. Due piccoli grappoli di cuori dorati pendevano dolcemente dalle sue orecchie. Lui pensò che probabilmente fossero finti, ma il loro luccichio aggiungeva il tocco perfetto al suo abito. Quando il suo sguardo raggiunse la sua provocante scollatura, il sangue gli arrivò fino all'inguine. Oh, no, non poteva succedere. Non poteva avere un'erezione in quel momento.

Respirò profondamente, cercando di calmarsi. La sua bellezza, così dolce e adorabile, senza alcun segno della durezza che aveva visto in lei prima, gli fece perdere la testa. Lui si schiarì la voce e le si avvicinò.

"Sei stupenda," le disse.

"Grazie. Anche tu non sei male," rispose lei.

Lui sorrise. Sotto quell'aspetto seducente, c'era sempre tutta la sua vitalità.

"Dove hai prenotato?" gli chiese.

"Al Waterfall. A Oak Bend. Ti va bene?"

"Perfetto. Ho sempre voluto andarci."

Una sensazione di dolore gli attraversò il corpo. Lei aveva vissuto lì per trent'anni e non era mai stata in quel ristorante? Si ricordò che i poveri non cenavano nei ristoranti costosi e si disse di smetterla di fare lo snob. Se quel ristorante fosse esistito quando lui viveva a Pine Grove, nemmeno lui avrebbe cenato lì. Lui le aprì lo sportello della macchina.

Jess si sedette, mostrando le sue gambe snelle e sensuali. Cazzo, avrebbe potuto fare la top model e guadagnare milioni.

"Bella auto! E che sedili! Wow! Sono morbidissimi," disse lei, appoggiando la mano sulla pelle.

"Concordo. Una Bentley è meno appariscente di una Rolls Royce."

"Non riconoscerei una Rolls Royce nemmeno se mi investisse," disse lei ridendo.

Per un attimo, l'imbarazzo di avere un'auto così costosa lo fece arrossire. No, Jess Lennox non avrebbe mai sprecato tutti quei soldi per un'auto. Lui colse il suo messaggio. Forse lei aveva ragione.

"Non ho intenzione di farmi investire dalla tua auto. È un vero piacere viaggiare in una macchina che ha ancora gli ammortizzatori funzionanti."

Lui scoppiò a ridere.

"Aria condizionata o aria fresca?"

"Sempre aria fresca. Se non ti dispiace. Sei tu a indossare giacca e cravatta. Decidi tu, io ho meno stoffa addosso."

"L'ho notato. E ti dona molto."

Lei si coprì gli occhi con le mani. "Decidi tu..."

"Mi dispiace. Ma ancora una volta me l'hai servita sul vassoio d'argento. Non ho potuto resistere. Che aria fresca sia," disse lui, abbassando tutti i finestrini.

"Ah. Che bel fresco! Non abbiamo l'aria condizionata a casa. Solo ventilatori a soffitto. E non ne sento la mancanza."

"Davvero? Io non resisterei. Ma a New York fa molto più caldo di qui."

"Già. Basta rallentare. Oppure fare un bagno nel laghetto o una bella doccia e si sta benissimo."

Jess era davvero soddisfatta della sua situazione o stava solo inventando delle scuse perché non poteva permettersi un condizionatore? Non lo sapeva per certo, ma credeva che la risposta fosse la prima.

IMPRESSIONATA DALLA sua auto, Jess non fece molti commenti. Non voleva sembrare una tipa rozza continuando a parlare della sua costosa auto. Certo, se anche lei avesse avuto tanti soldi, dubitava che li avrebbe spesi per un'auto come quella. Si sarebbe accontentata di un'auto efficiente, con gli ammortizzatori funzionanti e nessun sibilo, rumore o rallentamento.

Da quello che aveva letto e sentito, il prezzo di quell'auto, un paio di centinaia di migliaia di dollari, era una bazzecola per Stryker Alexander West. Non riusciva nemmeno a immaginare una tale ricchezza. Dovette ricordare a sé stessa di non sentirsi invidiosa o inferiore. Stryker aveva solo avuto esperienze di vita diverse dalle sue, tutto qui. Inoltre, era più grande di lei. Quando avrebbe raggiunto la sua età, avrebbe gestito con successo un bed and breakfast e fatto la bella vita a Pine Grove.

Lui trovò un parcheggio vicino all'ingresso. All'interno del ristorante, furono accolti da un uomo anziano.

"Salve, sono Joe Palermo. Il proprietario del Waterfall. Avete una prenotazione?"

"Sì. Stryker West."

"Oh, sì. Da questa parte, prego." L'uomo prese due menu e li accompagnò a un tavolo all'angolo. La sala da pranzo era già mezza piena. Jess non riconobbe nessuna delle persone presenti. Stryker la aiutò a sedersi, poi si sedette.

"La vostra cameriera arriverà tra un momento a prendere il vostro ordine," disse Joe.

"Grazie," rispose Stryker.

Jess si guardò intorno. Le pareti della sala erano rivestite di pannelli di legno scuro. Le luci soffuse conferivano a Stryker un bel colorito. La tovaglia era bianca e i tovaglioli rosso porpora. Due portacandele in vetro, dentro ai quali ardevano due piccole candele, giacevano al centro del tavolo per due. Lei sospirò. Quel posto era molto romantico. Era giusto stare lì con il suo più acerrimo nemico?

"Che cosa vuoi bere? Vino? Un Martini? Un Cosmopolitan?"

"Hai intenzione di farmi ubriacare?"

"Mai. Era solo una domanda."

"Un Cosmopolitan è perfetto." Lei non riusciva a staccare gli occhi dal suo viso. Capelli scuri, una leggera barbetta scura, occhi acuti e penetranti, così scuri da sembrare neri, che esaminavano ogni centimetro del suo corpo. Cazzo, quell'uomo le dava i brividi. Lei si strofinò le braccia.

"Non hai freddo? L'aria condizionata è molto forte qui."

"Un po'. Ci penso io."

Lui si alzò dalla sedia, si tolse la giacca e gliela mise sulle spalle. "Va meglio adesso?"

"Ma tu?"

"Gli uomini sono sempre accaldati," disse lui, arrossendo quando si rese conto del doppio senso. "Voglio dire, abbiamo una temperatura corporea più alta. Indosso una camicia a maniche lunghe e una cravatta. Sto bene così."

"Grazie."

Wow, avrebbe giocato tutte le sue carte solo per ottenere quel permesso? Lei si fermò. Forse non era giusto. E se volesse semplicemente essere gentile e premuroso, come per un vero appuntamento? Lei dovette riconoscere che poteva essere così. Gli sorrise con gratitudine.

"Così va meglio?"

"Molto."

"Sai di non dover sopportare sempre tutto, vero?" le disse.

"A volte è più semplice adattarsi."

Lui annuì. La cameriera si avvicinò al loro tavolo. "I piatti del giorno sono," cominciò, poi si fermò e guardò Jess a lungo prima di continuare. "I piatti del giorno sono: anatra arrosto con salsa di ciliegie e trota alle mandorle. Poi c'è una vellutata di zucca e un'insalata di lattuga romana con cetrioli, pomodori e olive greche."

"Che cosa ti piacerebbe, Jess?" le chiese Stryker.

"Forse ci conosciamo?" chiese la cameriera a Jess.

"Non credo."

"Begli orecchini. Sono proprio come quelli di Jory Walker," disse lei. "Viene sempre qui con suo marito. Lui glieli ha regalati per il loro anniversario. L'hanno festeggiato qui. Sono stata io a servirli. Lui era un militare."

"Molto interessante. Jess?"

"La trota sembra buona."

"Ecco! Ora ricordo. Tu sei Jess Lennox, la figlia di Betty Lennox. E quelli sono gli orecchini di Jory. Li hai rubati? Sono molto particolari. Unici, direi. Non ne ho mai visto un paio uguale. Glieli hai fregati?"

"Come?" Il battito di Jess aumentò all'impazzata.

La cameriera si rivolse a Stryker. "Sa con chi sta cenando? Sua madre è in prigione per omicidio."

"Che sta succedendo?" disse lui.

"Questi orecchini sono suoi?" chiese la cameriera, con un tono di voce acuto e accusatorio.

"No, sono di Jory."

"Visto? Lo sapevo. Penso che dovremmo chiamare la polizia."

Stryker si alzò. "Che cos'è questa storia? Questo è il comportamento più oltraggioso che abbia mai visto in un ristorante."

"Me li ha prestati Jory."

"Spiegazione convincente."

"Signorina, farebbe meglio a stare zitta. La smetta di accusarla."

Il proprietario raggiunse il loro tavolo. "Qualcosa non va?"

"Quegli orecchini sono rubati. Ha ammesso che non sono suoi. Penso che dovremmo chiamare la polizia."

"Come si permette?" disse Stryker, stringendo i pugni.

"È vero, signorina?"

Jess impallidì in viso. "No. Jory me li ha prestati."

"Sua madre è un'assassina. Che altro ci si può aspettare? Scommetto che se chiamassimo la polizia direbbero che gli orecchini sono stati rubati e che li stanno cercando. Magari c'è anche una ricompensa."

"Sta' zitta, Mary," disse Joe, aggrottando la fronte.

"Se Jess dice che glieli hanno prestati, vuol dire che glieli hanno prestati. Non sono affari suoi. E non me ne frega un cazzo di quello che ha fatto sua madre. Questa non è una caccia alle streghe!" Lui lanciò il tovagliolo.

Confusa, Jess cercò di alzarsi, ma le girava la testa. Stryker le si avvicinò immediatamente. Tutti nel ristorante avevano smesso di mangiare e la stavano fissando.

"Le dispiacerebbe se chiamassimo Jory, signorina?" le chiese Joe, stringendo le mani.

Non riuscendo a parlare, Jess annuì. Le lacrime le inondarono gli occhi. Si resse alla mano di Stryker. Lui le mise un braccio intorno alle spalle e la strinse a sé.

"Torno subito."

"Io resto qui. Per assicurarmi che non scappi. I Lennox. Non ci si può fidare di loro, sa?"

Respirando a fatica, Jess pensò che fosse solo un incubo.

"Nessun problema. Sono sicuro che avrai giustizia. Che stronza! Mi dispiace che tu abbia dovuto sopportare tutto questo. Io ti credo," le disse Stryker.

"Grazie," balbettò lei, non essendo abituata ad avere qualcuno dalla sua parte.

Anche se erano passati solo cinque minuti, Jess ebbe la sensazione che fossero passate molte ore quando il proprietario tornò al loro tavolo.

"Mi dispiace molto. La prego di accettare le mie scuse. La signora Walker ha confermato la tua storia, signorina."

"Come? Questa è una bugia!" esclamò la cameriera.

Joe si voltò verso di lei, con un'espressione infuriata. "Mary, sei licenziata. Togliti il grembiule e vattene subito."

Stryker diede a Jess un bacio sulla testa. "Andiamocene da qui," le sussurrò.

"Mi dispiace molto. Per favore, non andatevene. Se resterete, vi offrirò la cena."

Stryker guardò Jess, che scosse la testa. "Non penso proprio. Avete insultato la mia amica. Non potremmo mai goderci la cena qui adesso."

Jess bevve un grosso sorso d'acqua, poi strinse la mano di Stryker. Gli altri avventori avevano ricominciato a mangiare. L'umiliazione le ardeva nel petto. Doveva andare via.

"Forza. Andiamocene. Andremo a cena da un'altra parte," disse Stryker.

Capitolo Otto

Quando uscirono all'aria fresca, le ginocchia di Jess cedettero. Stryker la prese appena in tempo. Lei si aggrappò a lui, obbligandosi a non piangere, nascondendo il viso nella sua camicia.

"Mi dispiace molto. Sono solo persone ignoranti e cattive. Se fosse stata un uomo, gliele avrei date di santa ragione."

La stoffa attutì la sua risata.

"C'è un altro posto dove vorresti andare?"

Lei scosse la testa, fece un respiro profondo e indietreggiò. "Ultimamente, sembra che ogni volta che ti vedo scoppio in lacrime."

Lui sollevò una mano. "Non importa. Troviamo un altro posto."

"Sabato. Mmm, è la serata delle costolette da Homer. Faccio subito una telefonata," disse lei.

"Dobbiamo mangiare lì? Ci sono troppi idioti al bar," disse lui.

"Che ne dici del take-away? Ho un'idea."

Lei telefonò e fece l'ordine. Quando arrivarono, il cibo era pronto.

"Stasera offre la casa. Ho aggiunto anche un'insalata e una cheesecake. Ho saputo di quello che è successo con quel tizio l'altra sera. Accidenti, Jess, mi dispiace molto. Non lo lascerò più entrare qui. C'è mancato poco. Sono contento che tu stia bene," disse Homer, porgendole una grossa busta.

"Grazie, Homer," Jess lo abbracciò e porse il cibo a Stryker.

Lui mise la busta nel bagagliaio. "Ok. Dove andiamo adesso?"

"C'è ancora luce fuori. Non fa troppo caldo. Passiamo qualche minuto da casa mia."

Si fermarono a casa di Jess per cinque minuti, poi si diressero verso il lago. Lui si fermò a casa di Minnie.

"Qui?" disse Stryker, spalancando gli occhi.

"Già. Un picnic," disse lei, dirigendosi verso il bagagliaio. Dopo aver preso una coperta e una grossa candela, lei gli afferrò la mano. "Seguimi." Lui prese la busta.

Jess lo condusse lontano dalla casa, fino a un boschetto di alberi nei pressi di un ampio lago.

"Quando ero piccolo, venivo qui a fare il bagno tutto nudo," le raccontò Stryker.

"Non farti strane idee," rispose lei.

Lui si mise a ridacchiare e la seguì.

"Proprio qui. Da qui si può vedere la casa, ma nessuno può vederti dalla strada." Lei stese la coperta sotto un albero di acero.

"Ok, niente bagno nudi — per il momento — ma devo assolutamente togliermi questa cravatta," disse lui, strappandosela dal collo e riponendosela in tasca. Si tolse la giacca e si arrotolò le maniche della camicia, rivelando i suoi robusti avambracci, cosparsi di peli scuri.

Mentre lui svuotava la busta, Jess si sedette con le gambe distese, incrociò le caviglie e si mise a osservare il cielo.

"Si vede un po' la luna. Il sole sta per tramontare. Dopo, potremo accendere la candela."

Quando finì di tirare fuori il cibo, Stryker la raggiunse sulla coperta. "Questo è il posto perfetto," disse lui, prendendo una costoletta.

"Homer è famoso per le sue costolette," gli spiegò lei. "Adoro questo posto. Il posto più tranquillo dell'universo."

"Tranne che per le rane. Sembra che qualcuno stia avendo una vita sociale attiva stasera."

Lei scoppiò a ridere. "Le rane non si fermano mai. Sono come una musica di sottofondo."

Mangiarono in silenzio per un po'.

"Ti dispiace se ti faccio qualche domanda?"

"Non lo saprò finché non lo farai, non trovi?" ribatté lei.

"Immagino di no," disse lui, ridacchiando. "Soffri ancora molto per quello che ha fatto tua madre?"

"Non così tanto ultimamente. Sono passati dodici anni. Ma ci sono un sacco di persone che ancora non mi parlano. Ho perso molti amici e un fidanzato."

"Un fidanzato?"

"Già. I suoi genitori decisero che in famiglia non volevano che si tramandasse il gene dell'omicidio."

"È terribile. Ti ha spezzato il cuore?"

"In un milione di pezzi."

Iniziarono a mangiare le patate dolci e l'insalata di gorgonzola.

"Deliziosa," disse Stryker.

"La mia preferita," rispose lei.

"Come mai non hai deciso di andartene?"

"Non avevo abbastanza denaro. Inoltre, non avevo fatto niente di male. Perché avrei dovuto lasciare la mia casa? Will andava alle scuole medie. Non volevo iscriverlo in una nuova scuola."

"Quanti anni avevi?"

"Avevo diciotto anni quando la mamma andò in prigione. Ho assunto la custodia del mio fratellino."

"Molto impegnativo a quell'età."

"Sì, beh, avevo diciotto anni. Sono sempre stata quella responsabile della famiglia."

"Sono molto colpito."

"Non sto cercando di impressionarti. Ti sto solo raccontando i fatti."

Lui si sporse per baciarla, leccandole una goccia di salsa dal labbro inferiore. Lei indietreggiò. "Non farlo."

"Scusami. Non sono riuscito a resistere. Sei così bella qui fuori, alla luce della sera."

"Non ho intenzione di venire a letto con te."

"Non mi pare di avertelo chiesto," disse lui.

Lei si sentì arrossire sulle guance. "Mi dispiace. Non volevo essere presuntuosa. Volevò solo essere chiara. Mi piace essere diretta, per evitare equivoci."

"Lo apprezzo molto. Ma un semplice bacio è innocuo."

"Dubito che un tuo bacio possa essere semplice o innocuo," ribatté lei, guardandolo negli occhi.

Cazzo, con la camicia leggermente sbottonata, le maniche arrotolate e i capelli mossi dal vento, era l'uomo più attraente del mondo. Il calore le attraversò il corpo, fermandosi in un posto dove non aveva il diritto di fermarsi. Essendo onesta con sé stessa, sapeva di volerlo. Ed era proprio per quel motivo che aveva messo le mani avanti. Aveva precisato che non si sarebbe concessa di fare l'amore con quell'uomo, per quanto lui fosse irresistibile. Almeno non ancora.

"Dato che non verrai a letto con me, potresti rispondere a una domanda? Sinceramente?"

"Ok. Spara."

"Perché non vuoi che demolisca la casa di Minnie?"

STRYKER CERCÒ DI CONTROLLARSI e di avere tutta la forza di volontà necessaria per trattenersi dal prendere Jess tra le braccia e fare l'amore con lei. Avevo conosciuto molte donne nel corso degli anni, ma non ne aveva mai vista una così vulnerabile, che contasse solo sulla sua forza interiore. In quel vestito succinto, che metteva in evidenza le sue curve, invitandolo a toccarla, emanava sensualità.

Il rispetto. Ecco cosa lo eccitava. Non aveva conosciuto molte donne sexy che rispettava. L'insieme di quelle due caratteristiche gli faceva perdere la testa. Certo, avrebbe rispettato le sue richieste e avrebbe tenuto le mani a posto, per quanto potesse essere difficile.

Appoggiò la costoletta e rivolse la sua attenzione a Jess. Lei gli sorrise e appoggiò le mani dietro la schiena, sulla coperta. Inclinò la testa all'indietro e alzò lo sguardo verso il cielo. Lui immaginò che alla fine avrebbe avuto la risposta alla domanda che lo tormentava da settimane. Rimase seduto, completamente immobile, come se fosse inchiodato a terra.

"Bene. Mmm. Immagino che tu abbia il diritto di saperlo."

"Ti ascolto."

"Quando ero piccola, c'era una situazione molto tesa in casa. In realtà, è un eufemismo. Uscivo da casa ogni volta che potevo. Pioggia, sole, neve o caldo, uscivo per strada, alla ricerca di un posto dove nascondermi dalla mia vita."

Lui annuì, guardandola.

"E quando ho trovato la casa di Minnie, beh, mi ha incuriosita. Non avevo mai visto una casa così grande. Quella casa è enorme. Ed è vecchia. Qui non c'è nessun posto che abbia colonne come quelle."

"Ci sei mai entrata dentro?"

Lei annuì. "Un giorno, Minnie mi ha scoperta mentre guardavo la casa, nascosta tra i cespugli. Mi ha invitata a prendere un tè con dei biscotti. Faceva dei biscotti buonissimi. Mi ha anche dato la ricetta."

"Era una donna gentile."

Jess annuì. "Già. Aveva anche messo una panchina lì vicino. La vedi?" gli disse, indicandola. "Eccola. Laggiù. Ce l'ha messa per me. Almeno così mi ha detto lei."

"Non ho alcun motivo per dubitarne."

"Poi mi ha fatto girare la proprietà. La casa è grandiosa. Non avevo mai visto niente di simile. Non ancora. E me ne sono innamorata. Desideravo vivere qui un giorno, lontano da tutta la rabbia e l'odio della mia vita."

Lui si sentì sopraffatto dall'emozione.

"Il mio sogno ha cominciato a prendere forma quando frequentavo il liceo. Ho preso un paio di lezioni di cucina. E poi mi è venuta un'idea. Se potessi comprare quella casa e sistemarla, mi piacerebbe aprire un bed and breakfast."

"Ah. Capisco."

"Sono una gran lavoratrice. Riuscirei a farcela."

"Ne sono sicuro. Ma hai bisogno di soldi per un sogno del genere."

"I sogni non si basano sul denaro. Si basano sugli 'e se' e sui desideri."

Stryker ebbe un groppo in gola. I suoi unici sogni di costruire un nuovo aeroporto da qualche parte si erano sempre basati sul denaro, non sui desideri. Non erano davvero sogni, erano aspirazioni, scaturite dall'ambizione. La vergogna ebbe il sopravvento su di lui.

"Non mi aspettavo che tu capissi. Ecco perché non te l'ho detto prima. Will e Grey Andrews sono gli unici a saperlo. Mio fratello è in grado di sistemare la casa. Abbiamo risparmiato. Nel corso degli anni, siamo riusciti a mettere da parte duemila dollari. Non è molto, ma ormai quella vecchia casa non vale molto, vero? Non per le altre persone. Ho visto gente che veniva, osservava e se ne andava scuotendo la testa. Cerchi di vendere quella casa da quando Minnie è entrata in una casa di riposo, invano."

"Già."

"Ecco tutto. Se la demolisci, distruggerai i miei sogni."

"I sogni non valgono molto."

"Come fai a saperlo? Hai mai avuto un sogno?"

Lui scoppiò a ridere. "Pensi di essere l'unica? Ho imparato presto che i sogni sono una perdita di tempo."

"Come mai?" chiese lei, sollevandosi.

Lui agitò una mano. "Ormai è acqua passata." Non le avrebbe mai parlato del suo sogno. E per cosa poi, perché lei scoppiasse a ridergli in faccia?

"Io ti ho parlato del mio."

"È una stupidaggine. Un sogno idiota. Scoppieresti a ridere."

Lei gli si avvicinò ancora un po'. "Non mi metterò a ridere. Spara."

Per quanto ci provasse, lui non riusciva a non guardarla negli occhi. Il sole incendiava il cielo di colori, attirando la sua attenzione.

"Guarda. Il tramonto è magnifico."

"Oh," disse lei, indietreggiando. "Capisco. Sei uno di quelli."

Lui aggrottò la fronte. "Quelli chi?"

"Uno di quelli che ritengono giusto che gli altri rivelino i loro segreti, ma non rivelano mai i propri. Non vuoi essere vulnerabile? Dubito che ti interessino le opinioni di una persona insignificante come me. Quindi, continua così. Tieni il tuo sogno per te. Ho capito. Io me ne vado." Lei fece per alzarsi.

"Aspetta! No. Aspetta. Per favore. Non andartene. Tutto questo è bellissimo."

Jess tornò a sedersi. "Dimmelo."

"Va bene, va bene. Ma devi promettermi di non metterti a ridere."

Lei incrociò le dita sul cuore. "Te lo prometto."

"Quando avevo quattro anni, i miei genitori morirono in un incidente d'auto, di ritorno dall'ospedale. È stato allora che sono andato a vivere con zia Minnie."

"E qual era il tuo sogno?"

"Adesso ti racconto. Ogni sera, quando andavo a letto e spegnevo la luce, esprimevo un desiderio, un sogno, in realtà." L'emozione gli inondò il petto, facendogli mancare l'aria. Il mento iniziò a tremargli.

Jess gli si avvicinò. Gli mise un braccio intorno alle spalle. "Respira profondamente."

Lui respirò e distolse lo sguardo. "Ok. Sognavo che i miei genitori tornassero. Lo volevo così tanto che finii per crederci davvero. Ero convinto che ci fosse stato un errore e che loro avrebbero varcato la porta all'improvviso. Quello era il mio sogno. Che non fossero morti davvero. Avanti. Ora dimmi che ero un idiota."

Voltandosi verso di lei, vide i suoi occhi lucidi. Lui le accarezzò la guancia, asciugandole le lacrime con il pollice. "Ho continuato a sognarlo fino all'età di dieci anni. Al campo estivo, un ragazzo di nome Bobby mi disse che i morti non tornano indietro. Che ero un idiota, un bambino, poi mi picchiò. Quella è stata la fine del mio sogno."

"Oh, mio Dio," sussurrò lei, accarezzandogli il viso. Lei gli si avvicinò, mettendogli le braccia intorno alla vita. Lui respirò profondamente, chiuse gli occhi e si perse nel suo abbraccio.

"Da quel giorno, decisi che i sogni sono stupidi. Uno spreco di tempo e di energie. Non ho mai più sognato da allora. Io vivo nel mondo reale. I sogni sono per le persone che non riescono ad affrontare la realtà. Almeno così credevo."

"E adesso?" gli chiese lei, liberandolo dal suo abbraccio.

"Il tuo sogno è diverso."

"I sogni non sono tutti una via di fuga?"

"Forse," rispose lui.

"Il mio è possibile. Non molto probabile, forse, ma possibile."

"Ci vogliono un sacco di soldi per riparare quella vecchia casa. Anche se tu potessi comprarla per pochi dollari, dove prenderesti i soldi per ristrutturarla?"

"Se ne occuperebbe Will. Forse un prestito bancario?"

"Non dopo che una banca venga a sapere di cosa si tratta."

"Davvero?"

Lui odiava calpestare le sue speranze.

"Forse una banca locale avrebbe pietà di me. Potrebbero vederne il potenziale."

"Potrebbero," disse lui, convinto del contrario. Non aveva il coraggio di dirle che le banche sono fredde e che sono interessate solo ad avere un profitto sugli investimenti.

"Non sei arrivato dove sei seguendo i tuoi sogni, vero?" gli chiese.

"Ho lavorato molto duramente e ho fatto dei buoni investimenti. Alcuni fortunati, altri in seguito a buone scelte. Non lascio mai che qualcuno o qualcosa si metta sulla mia strada."

"Vorrei essere come te." Lei accese la candela.

Lui le si avvicinò leggermente e le mise un braccio intorno alla vita. "Non cambiare. Sei meravigliosa così come sei."

Il cielo divenne rosa e arancione, mentre il sole tramontava all'orizzonte. Seguirono delle sfumature color foglia di tè, pronte a dominare il cielo prima che il sole si addormentasse. Jess gli prese la mano e lo guardò negli occhi.

"È orribile quello che è successo al tuo sogno. Mi dispiace molto. Per favore, non smettere di sognare. I miei sogni mi hanno aiutata a superare tutte le situazioni difficili."

Lui la osservava dalla fronte al mento e viceversa. I suoi occhi, grandi e luminosi, esprimevano comprensione. Le sue labbra la tentavano, facendole perdere il controllo.

"Sei adorabile," disse lui, mentre le sfiorava le labbra con le sue.

JESS SOFFRIVA PER STRYKER. Non riusciva a immaginare come dovesse essere perdere tutto a soli quattro anni, poi aggrapparsi alla speranza e scoprire la dura verità ad appena dieci anni. Lui parlava piano e non era più spavaldo e arrogante. Non si aspettava che lui le aprisse il suo cuore. Lei gli toccò il viso e incrociò il suo sguardo. Sorprendentemente, avevano qualcosa in comune: la consapevolezza che la vita può essere dura e triste.

La sua confessione lo rese più sexy ai suoi occhi. Quando le sue labbra toccarono le sue, fu come un fiammifero con la benzina. Lei rispose, facendo scivolare la mano dietro la sua nuca e schiudendo la bocca. La sua lingua si tuffò dentro di lei, in cerca della sua. Lei non lo deluse.

Stryker la strinsé a sé, sfiorandole il seno con i robusti muscoli del suo petto. Dentro di lei, il calore aumentava. Lui le mise una mano sulla guancia, fissandola e tenendola stretta. Quando finalmente si separarono per respirare, i suoi occhi brillavano dal desiderio.

"Scusami. Non avrei dovuto farlo."

"Nessun problema. Volevo che lo facessi."

"Non voglio iniziare qualcosa che non vuoi finire."

"Lo apprezzo molto." Il sole era scomparso. Rimasero seduti, illuminati solo dalla luce della candela e dalla luna.

Mentre il suo corpo la spingeva a fare l'amore, la sua mente teneva a freno le sue emozioni. Lasciarsi andare fisicamente avrebbe potuto aprire il suo cuore. Si fidava di Stryker? Neanche un po'. Era ora di fare un test. *Vediamo se dopo mi vorrà ancora.*

"Devo confessarti una cosa." Lei si allontanò, avvicinandosi al laghetto. Il suo corpo si raffreddò quando l'aria prese il suo posto accanto a lei.

"Oh?" disse lui, sollevando un sopracciglio.

"Ho esaminato la tua proprietà e ho trovato tre specie di mammiferi e di rane in via d'estinzione, tutelate dall'EPA."

"Davvero? Perché me ne stai parlando adesso?"

"Solo per fartelo sapere. Ho comunicato queste informazioni a chi di dovere. Ti impediranno di demolire la casa, perché potrebbe disturbare l'habitat di queste specie protette."

Rimase sorpresa vedendo la sua espressione sconvolta. *Già. Si tratta del permesso. Prima mi seduci e poi mi chiedi di firmare. Oh, no. Mai vuol dire mai.* Il calore del suo corpo si attenuò, lasciando il posto alla fredda realtà.

"Non pensavi che sarei arrivata a tanto, vero?" gli chiese.

"Proprio così."

"Sorpreso?"

"Decisamente," le rispose.

"Quindi ora che cosa hai intenzione di fare?" gli chiese, incrociando le braccia sul petto.

"Non lo so. Penserò alla casa più tardi."

"Mangiamo la nostra cheesecake e andiamocene. Si sta facendo tardi."

"È sabato sera e sono solo le nove!" esclamò lui.

"Domani lavoro. Lavoro tutti i giorni tranne il martedì."

Stryker socchiuse gli occhi. "Anche in questo caso, non puoi tornare a casa adesso. Che cosa succede?"

"Immagino che tu voglia lasciar perdere tutto adesso. Una volta che hai capito che non verrò a letto con te e non ti firmerò il permesso."

"Ahia. Accidenti. Pensi che io sia così superficiale? Quel bacio è stato solo per il permesso?" le chiese, aggrottando la fronte.

"Beh, non è per questo che mi hai baciata?"

"Hai ragione. Lascia perdere la cheesecake. Puoi tenerti la mia. Dalla a Will. Andiamocene," disse lui scontrosamente, alzandosi in piedi e raccogliendo le cose della cena.

"Aspetta," gli disse lei, prendendolo per un braccio.

"Perché? Hai sganciato la bomba che aspettavi di sganciare. Mi hai messo i bastoni tra le ruote, probabilmente in modo permanente. Hai vinto. Devo ammettere la sconfitta. Beh, che altro dire?"

"Non volevo che le cose finissero in questo modo."

"Davvero?" disse lui, aggrottando la fronte. "Hai aspettato il momento giusto per darmi quell'informazione."

"Ho pensato che volessi uscire con me solo per ottenere il permesso."

"Hai immaginato male. Ma cosa importa? Non sei interessata a me. O alla verità. Va bene così. Andiamo."

Lei non riusciva a credere alle sue orecchie. Il grande e potente Stryker Alexander West si sentiva ferito. E se si fosse sbagliata? Se lui fosse stato davvero interessato a lei? Era impossibile che un uomo così ricco potesse volere una ragazza come lei. Lei aveva solo pochi vestiti e la sua metà di duemila dollari. Stryker West avrebbe sposato una donna ricca, che avesse delle conoscenze e potesse aiutare i suoi affari. Di certo non Jess Lennox. Aspetta. Matrimonio? Chi ha mai parlato di matrimonio?

Mentre si rialzava, accadde qualcosa di magico. Il suo sogno era cambiato. Jess gestiva un bed and breakfast insieme a Stryker West, suo marito. Lei sbatté le palpebre più volte. No, no, questo nuovo sogno non era una buona idea. Più assurdo del suo sogno originale, peggiorava ulteriormente le cose.

"Mi dispiace," disse lei, toccandogli la spalla.

"Non fa niente. Sono stato benissimo, ho scoperto quello che volevo sapere e ora ho una soluzione per quanto riguarda la casa."

"Che cosa pensi di fare?"

"Rimettere la casa in vendita e tornare a Londra."

"Londra?"

"Ho degli affari di cui occuparmi lì."

"Oh."

"Delusa?" le chiese, con una nota di speranza nella voce.

"Certo. In un certo senso." Jess rifiutò di rivelargli i suoi sentimenti.

Lui scoppiò a ridere. "In un certo senso. Questo la dice lunga."

"Quando torni?"

"Solo quando dovrò firmare i documenti per la vendita. Poi avrò chiuso per sempre con questa città."

La tristezza ebbe il sopravvento su di lei. "Mi dispiace."

"Non dispiacerti," le disse, aprendole lo sportello dell'auto. "Mi hai fatto capire qualcosa."

"Che cosa?" gli chiese lei, salendo in macchina.

"Che le donne mentono. Non sai mai cosa hanno in mente. Ti fanno credere che ti vogliono, poi ti scaricano. E non appena volti le spalle, ti pugnalano."

"Non ne avevo intenzione."

"Oh, però l'hai fatto. L'hai decisamente fatto. Mi hai imbrogliato e poi mi hai distrutto. Non importa. Non è la prima volta che mi succede. Ma, credimi, sarà l'ultima."

Capitolo Nove

Tornarono in silenzio verso casa di Jess. Lei cercò qualcosa da dire, ma non riuscì a parlare. Lui parcheggiò, aprì lo sportello e prese le cose di Jess dal bagagliaio.

"Mi dispiace davvero," disse lei, mettendosi la coperta sul braccio.

"Continui a ripeterlo. Perché non riesco a crederti?" disse lui, lanciandole un'occhiataccia.

"Grazie. È stato, la serata è stata —"

"Indimenticabile? Puoi scommetterci."

"Memorabile," ribatté lei.

Lui scoppiò a ridere. "Puoi dirlo forte. Una serata che non dimenticherò mai."

Jess gli si avvicinò, appoggiandogli la mano sul braccio. Lui la respinse.

"Ascoltami, non hai bisogno di fingere. Hai manipolato la situazione per ottenere ciò che volevi. Ce l'hai fatta. Smettila di fingere che ti dispiaccia, ok?"

"Ma mi dispiace veramente. Non sapevo niente di te, dei tuoi, dei tuoi sogni, della tua vita."

"Ti chiedo solo di farmi un favore. Dimentica tutto quello che ti ho detto. A volte non riesco a tenere la bocca chiusa."

"Come potrei dimenticare quella storia?" gli chiese, allungando la mano verso il suo viso. Lui fece un passo indietro, impedendole di fare quel gesto.

"Buonanotte. Grazie per, beh, questa piacevole serata."

Lui risalì in macchina, sbatté lo sportello e ripartì. Guardando nello specchietto retrovisore, notò il suo sguardo triste mentre lo guardava allontanarsi. Cazzo, lei l'aveva tentato in ogni modo possibile. Ma era velenosa, come la maggior parte delle donne che aveva incontrato. L'adorabile Jess si era rivelata come tutte le altre, solo per ottenere quello che voleva.

E c'era riuscita. Certo, lui avrebbe potuto fare una causa legale, ma sarebbe stato molto costoso, gli avrebbe fatto cattiva pubblicità e probabilmente l'avrebbe persa comunque. La piccola e insignificante Jess Lennox aveva sconfitto il grande e potente Stryker Alexander West. Lui scoppiò a ridere per l'ironia della situazione.

La sua umiliazione non era niente in confronto al suo cuore spezzato. Non era sua intenzione affezionarsi a Jess ma, da un semplice ostacolo ai suoi desideri, lei era diventata una donna in carne e ossa. Aveva finito per apprezzare la sua intraprendenza e il suo duro lavoro. Non essendo il tipo di donna che si lamentava della sua condizione, si era rimboccata le maniche per preparare i suoi dolci, lavorare e risparmiare. Lui ammirava tutto questo.

A un certo punto, la sua ammirazione si era mescolata all'attrazione e si era trasformata in qualcosa di più, qualcosa che non voleva, ma che non riusciva a evitare. Era troppo presto per chiamarlo amore? Forse. Del resto, che cosa sapeva lui dell'amore? Niente.

Rallentò, guardando da un lato all'altro, facendo attenzione all'eventuale presenza di qualche cervo. Quindi che cosa avrebbe potuto fare adesso? Era tornato al punto di partenza con quella maledetta casa che nessuno avrebbe comprato e in più adesso aveva anche il cuore spezzato. Scosse la testa. *Dovrei saperne di più prima di lasciarmi coinvolgere in qualcosa di cui sono totalmente all'oscuro. L'amore non fa per me.*

Entrò nel vialetto. Parcheggiò la sua auto accanto a un'altra e vide che la luce del soggiorno era accesa. E se avesse anche trovato Chris nel salotto a fare sesso con qualche donna? Scosse la testa, poi si assicurò di fare un gran rumore mentre entrava nel garage e saliva i gradini della cucina.

Pochi istanti dopo essersi versato un whisky, Chris entrò nella stanza, tutto sudato e rosso in volto, abbottonandosi la camicia.

"Non mi aspettavo che tornasse così presto," disse il giovane.

"L'ho notato." rispose Stryker ridacchiando.

"Mi dispiace. Ho conosciuto qualcuno qui. Si chiama Molly."

"Almeno uno di noi ha segnato un punto."

"Non esattamente, ma se lei fosse arrivato un po' più tardi, probabilmente sarebbe stato così."

"Dovrei andare a vedere un film o qualcosa del genere?" gli chiese Stryker.

"Nessun problema. Piuttosto, come mai a casa così presto?"

"Mentre lei andava in buca, il suo capo falliva miseramente."

"Oh, accidenti. Mi dispiace molto."

"La prego!" esclamò Stryker, alzando la mano. "Non voglio più sentire quelle parole per molto tempo."

"Ok. Vuole raccontarmi quello che è successo?"

"Voglio solo finire il mio drink e andarmene a letto. La casa è tutta tua."

"Grazie."

"Oh, domani partirò per Londra. Mandi un'e-mail a John dicendogli di preparare tutto e mi prenoti un volo, va bene?"

"Certo. E questa casa?"

"L'affitto è pagato per un anno. Non so quando tornerò. Perché non rimane qui, per evitare che qualcuno entri in casa forzando la porta? Può anche usare la mia auto."

"Davvero? Sarebbe meraviglioso. Posso lavorare da qui tramite computer."

"Esattamente. Non c'è motivo di spezzare un altro cuore, giusto?"

"Oh, mio Dio. Mi disp...—"

Stryker alzò la mano. "Non lo dica!"

"Oops. Va bene. Ha capito cosa intendo."

"Certo. Buonanotte, Chris. Buona fortuna," disse Stryker, dirigendosi verso le scale.

Si spogliò rapidamente e si distese sotto le lenzuola. La stanza era calda, ma non in modo sgradevole. Con le finestre aperte, una fresca brezza gli accarezzava la pelle. Intrecciò le dita dietro la testa e si mise a osservare la luna fuori dalla finestra.

"Londra. Devo occuparmi di quell'ufficio."

Un nuovo progetto sarebbe stato il perfetto rimedio contro l'infelicità. Tenersi occupato l'avrebbe fatto distrarre, alleviando il suo dolore. Quando le aveva rivelato il suo sogno, Jess gli era sembrata molto comprensiva, ma poi l'aveva pugnalato, affondando bene la lama. Perché Jess voleva riportare quella casa al suo antico splendore?

Dopo aver ascoltato il suo sogno, aveva mentalmente messo da parte tutti i suoi tentativi di ottenere il permesso di demolizione. Già un po' innamorato di lei, non poteva distruggere la casa e il suo sogno insieme a essa. Aveva un'altra soluzione? No. Se solo lei avesse aspettato fino al giorno dopo, lui le avrebbe detto che il suo sogno era salvo. Invece, lei aveva cercato di ottenere tutto subito.

Sospirò, pensando che la cosa migliore che potesse fare era andare a Londra, non tornare mai più a Pine Grove e dimenticare Jess Lennox, o almeno cercare di dimenticarla. Chiuse gli occhi. Il giorno dopo, avrebbe ripreso il controllo della sua vita, affrontando nuove sfide e lasciandosi per sempre l'amore alle spalle.

JESS RIMASE FERMA NEL vialetto d'accesso, prese la candela e la coperta e guardò Stryker West che si allontanava. Il dolore le ardeva nel cuore. Che cosa aveva fatto? Che errore! Aveva lasciato che il cervello prendesse il sopravvento! Il suo commento sull'EPA aveva rovinato tutta la serata.

"Quel ragazzo si apre con te, e tu, pur sapendo che probabilmente non lo fa tanto spesso, che cosa fai? Cominci a parlare di quella stupida casa! L'hai distrutto. Non l'hai ascoltato mentre ti parlava del suo sogno? Non hai sentito il suo dolore? Jess Lennox, sei una stronza," disse, voltandosi per entrare in casa.

Si sentì sopraffatta dal pentimento. Si mordicchiò il labbro mentre riponeva la coperta e prendeva dal frigorifero una brocca di tè freddo alla menta. Come avrebbe potuto risolvere quella situazione? Il suo addio le era sembrato definitivo. Forse era troppo tardi. Il rumore della ghiaia sul vialetto d'accesso attirò la sua attenzione. Sbirciando dalla finestra, vide suo fratello fermare il furgoncino e iniziare a sbaciucchiarsi con Jennie.

"È così facile per lui," sussurrò.

Certo, Will aveva sempre avuto sua sorella a proteggerlo, pronta a difenderlo e a lottare per lui mentre cresceva, ma nessuno aveva mai protetto lei dalla violenza della loro famiglia. Sua madre dava tutta la colpa alla costante ubriachezza di suo padre, ma Jess conosceva la verità. Sua madre odiava suo padre e lo spingeva a litigare. Era sempre Betty a dare il via a tutto.

Ovviamente non approvava che suo padre picchiasse sua madre ma, se lei l'avesse lasciato in pace quando era ubriaco, permettendogli di addormentarsi tranquillamente, sarebbe stato molto diverso.

Dopo ogni lite, sua madre chiamava la polizia e mentiva. Intimorita dalle autorità, Jess diceva la verità. Così, quando alla fine Betty gli sparò, dichiarando anni di abusi, i rapporti della polizia dimostrarono che i suoi lividi, nella maggior parte dei casi di poca entità, erano stati causati da liti che lei stessa aveva provocato. Nonostante l'avvocato d'ufficio avesse dichiarato che suo padre non aveva alcuna scusa per aver picchiato sua madre, la giuria non ne era convinta.

Quando l'avvocato dell'accusa sottolineò che sua madre avesse provocato quelle liti con l'idea di uccidere suo padre, la giuria la dichiarò colpevole e fu condannata a quarant'anni di carcere. Jess aveva testimoniato contro sua madre, causando una frattura tra di loro. Per tre anni, Betty si era rifiutata di vedere sua figlia.

Jess aveva così smesso di andare a trovarla finché un Natale ricevette una lettera in cui la pregava di andare a trovarla e di portarle delle caramelle. Da allora, una volta al mese, Jess prendeva il pullman per andare a trovare sua madre. Betty parlava tutto il tempo e Jess fingeva di ascoltarla. Odiava sua madre? Provava dispiacere per quella donna. Aveva fatto delle pessime scelte e non aveva avuto una vita.

"Almeno uno di noi è cresciuto normalmente," disse Jess tra sé e sé, fiera di Will.

Lo sportello del furgoncino si aprì e lui e Jennie entrarono in casa.

"Sei già qui?"

"Sorpresa!" esclamò Jess.

Will spalancò la bocca. "Oh."

"Mi dispiace di rovinarti la serata." Jess riempì il suo bicchiere. "Un po' di tè?"

Will e Jennie scossero la testa.

"Che cosa è successo con Stryker?"

"Ho rovinato tutto. È finita."

Al suono delle sue parole, si rese conto della dura verità. Gli occhi le si riempirono di lacrime e si tuffò su una sedia. Appoggiando la testa sulle braccia, iniziò a singhiozzare.

"L'ho fatto scappare. Ho rovinato tutto, come faccio sempre."

Un braccio forte le si appoggiò sulle spalle. Lei alzò lo sguardo e vide il volto preoccupato di Will.

"Ti aspetto fuori," disse Jennie, lanciando a Jess uno sguardo comprensivo.

"Che cos'è successo?" le domandò Will, bevendo un sorso dal bicchiere di sua sorella.

Tra le lacrime, lei gli raccontò quasi tutto ciò che era successo quella sera, tranne il sogno di Stryker. Will la ascoltò con attenzione.

"Quindi, dopo averlo baciato, hai tirato fuori quella storia dell'EPA?"

Lei annuì.

"Cazzo, Jess! Pessimo tempismo."

"Ha pensato che tutta la cena sia stata solo un piano per rivelargli tutto."

"Ed è andata veramente così?"

"No! No. Io non avevo intenzione di dirglielo subito. Stavo aspettando per vedere che cosa avrebbe fatto dopo, ma lui era così, così...beh, lo sai. Dovevo essere sicura che non l'avesse fatto solo per convincermi a firmare il permesso."

"Perché pensi di non poter piacere a un uomo per quello che sei? Sei carina, simpatica e intelligente. Molti uomini sarebbero fortunati ad avere una ragazza come te."

"Grazie," disse lei, abbassando lo sguardo.

"Noi gli hai creduto? Così lui adesso se n'è andato?"

"È quello che ha detto."

"Beh, come uomo, c'è una cosa che so. Se gli interessa davvero, tornerà."

"Non penso proprio, Will."

"Credimi, lo farà. E se non dovesse farlo vorrebbe dire che avevi ragione fin dall'inizio e che aveva fatto tutto questo soltanto per farti firmare quel maledetto permesso."

"Sembrava una scelta definitiva. Mi ha detto che sarebbe tornato a Londra."

"Ritornerà. Ho visto il modo in cui ti guardava e non aveva niente a che vedere con quel permesso."

"Spero che tu abbia ragione."

"Però, quando tornerà, non rovinare di nuovo tutto, d'accordo? Un uomo torna indietro una volta, ma non due. Capito?"

"Capito." Lei diede un bacio sulla guancia a suo fratello e gli sorrise. "Come farei senza di te?"

"Non lo so, ma potresti scoprirlo presto."

"Davvero? Allora fai le cose sul serio con Jennie?"

"Forse. Adesso devo andare, mi sta aspettando."

"Buonanotte, Will, e grazie."

"Non preoccuparti, buonanotte."

Jess salì al piano di sopra. E se suo fratello avesse avuto ragione su Stryker? Ne dubitava. Un uomo come lui, abituato a ottenere tutto ciò che voleva, non sarebbe mai tornato strisciando da lei. Ormai aveva perso quel treno, ma poteva continuare a sognare. Si svestì, si mise a letto e chiuse gli occhi. Nella sua mente, si immaginò quella bella casa e Stryker seduto a capotavola nella stanza da pranzo per il Ringraziamento. Sospirando, si abbandonò al sonno.

QUELLA MATTINA FU MOLTO movimentata per Stryker. Fece velocemente le valigie, prese un sandwich all'uovo al Java the Hut e si precipitò verso l'aeroporto. Chris premette l'acceleratore per fare in modo che il suo capo arrivasse in orario. Salì sull'aereo solo pochi secondi prima del decollo.

Comodamente seduto in prima classe, si addormentò immediatamente. Mentre sorvolavano l'Atlantico, si svegliò e si collegò. John sarebbe venuto a prenderlo in aeroporto e l'avrebbe accompagnato al Claridge's. L'eleganza vecchio stile di quell'hotel si adattava perfettamente a Stryker e la sua suite preferita era libera. Finalmente, qualcosa stava andando per il verso giusto.

Dopo un giorno per abituarsi al nuovo fuso orario, Stryker si alzò, pronto per affrontare la giornata. Fece colazione nel lussuoso salone della sua suite. Il suo braccio destro, John Sweet, lo raggiunse. Pranzarono insieme mentre John riesaminava il programma di impegni di Stryker.

"Rafe può mandare i progetti a Pine Grove," disse John, spalmando la confettura sul suo scone.

"Davvero? Come? Via fax?"

"No, no. Rafe Pelletier, il nostro architetto, viene da una ditta di Pine Grove. Il suo socio è ancora lì. Rafe può mandargli un'e-mail con i progetti per l'ufficio di Londra e Charlie, il suo socio, li stamperà per esaminarli con te. Credevo di essere stato chiaro."

"Avevo capito che volessi mandare i progetti via fax. Non potevo immaginare come funzionasse. Voglio dire, i disegni dei progetti architettonici sono piuttosto grandi."

"È vero, ma Charlie ha le attrezzature giuste per stamparli."

"Quindi non c'era bisogno che venissi? Beh, adesso sono qui. Quando posso incontrare Rafe?"

John completò il programma della settimana, poi si rivolse a Stryker.

"Che cazzo hai intenzione di fare con quella maledetta casa?"

"Non lo so," rispose Stryker, scuotendo la testa.

"Vendila e liberatene."

"Lo farei, se potessi. Chris ha rimesso il cartello del vendesi. Nessuno si è dimostrato interessato in passato e dubito che le cose cambieranno."

"I costi per sistemarla sono astronomici," disse John.

"Già, e adesso non posso nemmeno demolirla."

Stryker raccontò al suo socio la questione dell'EPA.

"Stupendo! Che cazzo è successo? Avresti dovuto parlare con quella ragazza in modo gentile per convincerla a firmarti quel permesso."

"Lascia perdere, non succederà mai."

"Mmm. L'unica persona che ha abbastanza denaro ed è abbastanza stupida da investire in quella casa sei tu. Quindi adesso siamo bloccati. Anche il terreno che la circonda e di valore. È un vero peccato."

"Che cosa hai detto, John?"

"Ho detto che tu sei l'unico ad avere abbastanza denaro per ristrutturarla."

"Perfetto!! Esattamente! Sei un genio!" Stryker si alzò in piedi e cominciò a passeggiare. "Non posso vendere quella maledetta casa così com'è. Quindi, ci penserò io a ristrutturarla, così poi potrò venderla."

"Ottima idea! Una volta riparata, potrai venderla a una bella cifra."

"Sarebbe un B&B perfetto," disse Stryker.

"Potresti chiedere almeno mezzo milione di dollari, forse anche di più."

"Certo! Posso venderla come edificio commerciale. Dovremo cambiare la destinazione d'uso."

"Puoi tirare qualche filo?" gli chiese John.

"Qualcuno al municipio mi deve un favore. Sicuramente ci riuscirò."

"Perfetto. Ehi! Rivolgiti alla ditta di Rafe. Se ti piace il suo lavoro qui a Londra, il suo socio a Pine Grove potrebbe occuparsi della ristrutturazione."

"Ottima idea. Dobbiamo fare in modo che comincino subito."

"Ci penso io."

"Oh, aspetta un attimo. Di' a quel tipo, Charlie, che voglio che assumano Will Lennox. Sì, di' a Charlie di assegnare il lavoro a Will Lennox, e a chiunque altro di cui lui abbia bisogno per la ristrutturazione."

"Lo conosci?"

"L'ho incontrato. Ha bisogno di lavorare. Credo che sappia fare il suo lavoro."

"Un caso di beneficenza, eh?"

"Non esattamente. È solo qualcuno che ha bisogno di una mano."

"Stryker, questo non è da te. Stai diventando troppo buono."

"Fallo e basta, d'accordo?"

"Agli ordini, capitano."

"Mentre te ne occupi, ordiniamo altro tè e altri scones. Ho ancora fame."

John sollevò la cornetta del telefono accanto al divano. Stryker si avvicinò alla finestra per osservare il bel panorama della città e sorrise. Anche se lei non l'amava, poteva comunque aiutarla, anche per vie traverse. Una sensazione di calore ebbe il sopravvento su di lui. Will sarebbe stato pagato bene e avrebbe avuto più lavoro di quanto potesse gestire. Jess avrebbe potuto andarci di tanto in tanto per guardare quella casa ritornare al suo antico splendore. Anche se non sarebbe stata sua, almeno l'avrebbe vista ritornare come prima. Non era questo che voleva?

Una volta finita la ristrutturazione, qualche scaltro uomo d'affari l'avrebbe comprata rapidamente, pagandolo profumatamente. Sembrava che entrambi ci avrebbero guadagnato qualcosa.

ALLA FINE DELLA SETTIMANA, Stryker e John andarono a cena insieme.

"Quindi domani torni a Pine Grove?"

"Già, ho delle questioni in sospeso."

"I progetti della casa non saranno ancora pronti."

"Lo so, ci vuole tempo. Quella casa è enorme."

"Perché non vai a stare lì? Sicuramente servirà qualcuno che firmi per approvare le modifiche ai progetti."

"Sei perfettamente capace di farlo da solo, non hai bisogno di me."

"Apprezzo la tua fiducia, ma dovresti essere tu ad avere l'ultima parola."

"Ok, ci tornerò."

"Sei un vero viaggiatore. Vai e torni da Londra continuamente."

"Faccio ciò che è necessario."

"Con questi due progetti, sarai molto impegnato." John lo guardò.

"Esattamente ciò di cui ho bisogno."

John scosse la testa. "Non volevo dirtelo, ma Chris mi ha raccontato tutto. Vuoi tornarci per lei, ammettilo."

"E se anche fosse così?"

"Se non riesci a essere sincero con me, almeno fallo con te stesso."

"D'accordo, d'accordo, ma ripeto, se anche fosse così?"

Un sorrisino comparve sul volto severo di John. "Era ora."

Stryker scoppiò a ridere.

John lo accompagnò all'aeroporto. Mentre si facevano strada nel traffico, parlarono dei dettagli della costruzione dell'ufficio di Londra. Dieci volte più entusiasta di ritornare nella piccola Pine Grove di quanto fosse stato di tornare a Londra, Stryker sorrise. Non aveva idea di cosa avrebbe detto a Jess se l'avesse vista di nuovo. Lei avrebbe voluto parlargli ancora? Era riuscita a salvare la casa e adesso non aveva più bisogno di quell'uomo ricco, arrogante ed egoista, no?

Voleva parlarle della ristrutturazione. Probabilmente, Will gliene aveva già parlato. Sperava che lei fosse felice che quella casa ritrovasse il suo orgoglio, riacquistando il più possibile la sua vecchia gloria. Non l'aveva fatto per lei, ma per il denaro e per liberarsi da quella spina nel fianco. Almeno, era ciò che continuava a ripetersi.

Chris andò a prenderlo all'aeroporto.

"Come sta la sua ragazza?" gli chiese Stryker.

Chris arrossì. "Bene."

"È bello che almeno uno di noi abbia successo in amore. Ha visto Jess?"

"No. Esce presto per consegnare le sue torte. Le trovo già lì quando vado al Cozy Café a fare colazione."

"Lo immaginavo, a che ora aprono?"

"Alle sei e mezza, mi pare."

"Cazzo! Non ho intenzione di alzarmi così presto per incontrarla."

"Dipende da lei."

"Hanno cominciato i lavori di ristrutturazione?"

"Non ancora. Ho chiamato Charlie. Avete appuntamento domani pomeriggio."

"Bene. Ho bisogno di sapere esattamente quanto mi verrà a costare. Ho intenzione di incontrare tre agenti immobiliari. Aspetterò due settimane. Allora avrò un'idea migliore di quanto dovrò spendere per trasformare quella vecchia catapecchia in una reggia."

"Ha intenzione di venderla dopo averla ristrutturata?"

"Può dirlo forte. Non ho intenzione di sprecare duecentomila dollari per quella casa. E questa è solo una mia stima approssimativa. Probabilmente saranno di più ma, una volta finiti i lavori, dovrei riprendere quei soldi e guadagnarcene altri."

"Sembra che lei abbia un progetto. E Jess?"

"Ha ottenuto quello che voleva. Non demolirò la casa, anzi la riporterò in vita. Potrà andarci a prendere il suo tè del pomeriggio e sentirsi bene per averla salvata."

Aggrottando la fronte, Chris annuì.

"C'è qualcosa che non va?"

"Niente."

"Forza, conosco quello sguardo. Non è d'accordo?"

"Non sono affari miei."

"Gliel'ho chiesto."

"Vuole sapere la mia opinione? Non penso che quella ragazza sarà felice se qualcun altro comprerà quella casa."

"Ehi, forse sono un po' confuso, ma non sono stupido. Non butterò all'aria una fortuna per una cotta, o qualsiasi cosa sia."

"È stato lei a chiedermelo," rispose Chris.

"Apprezzo la sua onestà, ma questa è la vita reale. Le persone non fanno cose del genere."

"Certo, capisco."

Ma l'espressione sul viso di Chris rimase la stessa. Dopo aver disfatto le valigie, Stryker salì in macchina e raggiunse la vecchia casa. Camminò fino all'albero dove Jess e lui avevano fatto il picnic. Com'era possibile che qualcosa che era iniziata così bene potesse finire così male? Lui scosse la testa.

Non aveva smesso di pensare a Jess dal momento in cui l'aveva riaccompagnata a casa. Subito dopo, se ne era pentito. Poi, anche John e Chris avevano infierito. Ovviamente, avevano ragione. Gli sembrava di non riuscire più a ragionare. Dove aveva la testa? Perché non riusciva più a pensare in modo lucido?

Forse perché non si trattava di dollari e centesimi, ma di sentimenti ed emozioni. Quando andava a Yale, se ci fosse stato un esame di quella materia, l'avrebbero bocciato. Temeva che l'unica persona che sarebbe stata felice di vederlo tornare in città fosse Laura Dailey del Cozy Café.

Il mattino dopo, andò presto al locale per fare colazione. Erano le sei e mezza e lui era già vestito, pronto a uscire da casa, ancora sbadigliando.

"Stryker! Bentornato. Sei arrivato appena in tempo per il festival del granturco. Prendi il solito?" gli domandò, giungendo mezzo cucchiaino di zucchero al suo caffè. "Il tuo tavolo è libero."

Lui sorrise e si sedette al tavolo che occupava ogni mattina al Cozy Café durante il suo soggiorno in città. Com'era possibile che si sentisse così felice di essere tornato? Quel piccolo villaggio, che era solo un puntino sulla cartina, gli era entrato nel cuore. O era per Jess Lennox? Mentre sorseggiava il suo caffè, lei entrò dalla porta, con le mani piene di torte.

Quando lo vide, fece quasi cadere le scatole. Lui si precipitò ad aiutarla, appoggiandone due sul bancone.

"Che cosa ci fai qui?" gli chiese, illuminandosi in volto.

"Anch'io sono felice di vederti."

"Scusa. Non che io sia triste di vederti. Non lo sono. Triste, intendo. Sono felice. Non triste."

"L'avevo capito," disse lui.

"Non pensavo che saresti tornato."

"Nemmeno io," le rispose.

Capitolo Dieci

Quando mise gli occhi su Stryker West, il cuore di Jess ebbe un sussulto. Will aveva ragione sui soldi e lui era tornato. Perché? Will le aveva detto di essere stato assunto per ristrutturare la casa di Minnie. Entusiasti e sollevati di avere un'altra entrata fissa per alcuni mesi, i due fratelli avevano festeggiato con le costolette di Homer.

Quando aveva chiesto a Will per quale motivo Stryker avesse deciso di ristrutturare la casa, lui aveva sollevato le spalle.

"Non ne ho idea. Sono stato contattato dallo studio di architetti Pelletier e Grand. In questi casi non si fanno domande, si accetta e ci si mette al lavoro."

"Mmm. Certo, ma lo trovo strano. Sei d'accordo? Perché vuole ristrutturarla? Per andarci a vivere?" disse lei, cercando di mantenere la calma. Cazzo, se lui avesse deciso di tornare in città, lei avrebbe avuto la possibilità di far pace con lui, di porre rimedio al danno che aveva fatto. Si sentì sollevata.

"Davvero, Jess? Sii realista. Un tipo come quello non va a vivere in un piccolo villaggio come Pine Grove, nemmeno se ha una casa enorme."

"Probabilmente hai ragione."

Lui sorrise. "Io ho sempre ragione."

"Bada bene a quello che dici. Ricordati che sono sempre più grande di te."

"E allora? Vuoi picchiarmi? Non credo proprio." Lui si mise ridacchiare.

"Scommetto che Jennie abbia molto lavoro da fare con quella tua testaccia dura."

"Forse sì, forse no. Non lo so. Adesso devo andare. Devo riparare i muri del salotto e dipingerli prima di iniziare a levigare il pavimento. Accidenti, spero che l'odore vada via presto."

"Anch'io. Buona fortuna." Lei gli diede una pacca sulla spalla e lo guardò andar via.

Alle otto in punto, riempì di nuovo la sua tazza di caffè e si sedette sul portico. Stryker l'aveva invitata a colazione, ma aveva altre consegne da fare e aveva rifiutato. Quando lei gli aveva proposto di pranzare insieme, lui aveva colto la palla al balzo. Si sarebbero incontrati da Homer a mezzogiorno.

Guardando gli uccelli, si accorse di sentire caldo. Era la temperatura esterna o il calore del suo corpo? Pensare a Stryker West tendeva a fargliela aumentare. Nella sua mente, il loro appuntamento per pranzo era sempre più vicino. Di che cosa poteva parlargli? Quante volte poteva scusarsi? No. Gli avrebbe chiesto dei suoi progetti per la casa. Doveva sapere che cosa aveva in mente di fare. Si sentì sollevata. Almeno, la casa era al sicuro. Forse Will le avrebbe permesso di dare un'occhiata all'interno mentre lavorava.

Che sapore aveva la vittoria? Un'ondata di soddisfazione la travolse. Adesso che la casa era al sicuro, avrebbe dovuto mettere da parte il suo sogno. Sospirò. Una volta ristrutturata, non avrebbe mai potuto permettersi di comprarla. Dopo la partenza di Stryker, il *vendesi* era ricomparso come per magia. Si sentiva tentata. Adesso, avrebbe dovuto controllare le sue emozioni e vedere come andava a finire.

Per distrarsi dalle sue preoccupazioni, avrebbe aiutato gli anziani a fare la spesa. Finendo il suo caffè, si mise a osservare gli uccelli. Il caldo di agosto sarebbe andato via presto. Settembre e l'autunno erano imminenti, nell'attesa che cambiasse tutto. Lei amava l'estate, le giornate calde, le serate fresche, le nuotate nel lago. Sospirò, ricordandosi le serate in cui lei e Chip sgattaiolavano furtivamente fino a Cedar Lake a mezzanotte per fare il bagno nudi. Facevano l'amore e tornavano a casa prima dell'alba, mantenendo il loro segreto. A lui piaceva ridere e divertirsi e la riempiva di affetto.

Chip era stato il suo punto di riferimento e l'aveva aiutata ad affrontare la sua vita difficile. Le ore trascorse con lui l'avevano resa felice. Lei lo aiutava a dar da mangiare alle capre, a portare le pecore al pascolo e a strigliare i cavalli. Quando era nato quel puledrino, Chip le aveva promesso di regalarglielo, ma suo padre l'aveva trascinata via, scalciando e urlando. Le aveva spezzato il cuore.

Poco tempo dopo, sua madre mise in piedi l'ultimo atto con suo padre, troppo ubriaco per reagire. Gli sparò, uccidendolo a sangue freddo. Quel giorno, la vita di Jess cambiò all'improvviso. Non appena sua madre fu messa sotto processo, Chip ruppe il loro fidanzamento. Le giornate di Jess erano diventate sempre più cupe, dopo essersi assunta la responsabilità di prendersi cura di suo fratello e di pagare le bollette. L'infelicità aveva bussato alla alla sua porta e da allora non l'aveva mai più lasciata.

Jess si sentì sopraffatta dalle emozioni. Adesso le cose andavano meglio. Il nuovo lavoro di Will per la ristrutturazione di quella casa avrebbe alleggerito il carico pesante che si portava dietro. Doveva essere stato Stryker a organizzare tutto. Pelletier e Grand non avevano mai assunto Will prima d'ora. Dubitava anche che sapessero della sua esistenza. Sorrise. Quell'atto di incredibile fiducia e gentilezza da parte di Stryker l'aveva sorpresa. Forse il suo destino stava per cambiare? Non osava nemmeno sperarci.

STRYKER SI DIRESSE verso il locale di Homer. Che cosa avrebbe pensato Jess della ristrutturazione della casa di Minnie? Si sarebbe arrabbiata? Una volta venduta la casa, sarebbe stata la fine del suo sogno. Voleva essere lui a prendere il posto di quel sogno per lei?

Scosse la testa. Era un'idea ridicola. Sapeva già di non essere adatto per il matrimonio. Matrimonio? Cazzo, non riusciva nemmeno a portare avanti una relazione di due settimane. Fece una smorfia al ricordo dell'ultima ragazza con cui aveva avuto una storia.

Stryker era bravissimo a guadagnare denaro, ma non a innamorarsi. Se n'era fatto una ragione ormai da molto tempo, o almeno così credeva. Un nuovo bisogno si fece strada dentro di lui, simile alla fame di denaro e di sicurezza economica che aveva cominciato ad avere quand'era appena un ragazzino. Aveva cercato di ignorare il suo nuovo bisogno di sentirsi amato e accettato, ma questo, invece di sparire, continuava a crescere, affollando tutti i suoi pensieri.

Anche se lui aveva tutto e lei non aveva niente, erano molto simili. Avevano lottato e affrontato le difficoltà che la vita aveva presentato loro. Erano due sopravvissuti, per quanto in modi diversi. Sentendosi attratto da Jess come una mosca dal miele, Stryker non riusciva a smettere di pensare a lei. Nuove sensazioni si stavano facendo strada dentro di lui. Stava perdendo il controllo e il suo atteggiamento freddo, distaccato e professionale stava sparendo. Che cos'era rimasto di lui? Un idiota che riusciva a malapena a balbettare qualcosa quando si trovava al cospetto della donna che amava. Chi era diventato Stryker Alexander West? Non ne aveva idea.

Parcheggiò l'auto, entrò nel locale e scelse il tavolo migliore, con vista sul lago. Essendo arrivato in anticipo, ordinò una birra e si mise a osservare le moto d'acqua che sfrecciavano sul lago. Il rumore della porta attirò la sua attenzione. Voltandosi, ebbe quasi una visione. Jess indossava una gonna a fiori e un top turchese. I suoi capelli sciolti e fluenti tentavano le sue dita. Si alzò in piedi e la aiutò a sedersi.

"Sei bellissima," le disse.

"Grazie," rispose lei, sedendosi e arrossendo leggermente in volto.

Lui non riusciva a staccarle gli occhi di dosso. Com'era possibile che fosse ancora più bella di prima? Soffermando lo sguardo sulla sua scollatura, sorrise. Rivelava abbastanza da destare il suo interesse e da fargli pompare il sangue nelle vene.

"Menu?" le domandò.

"Lavoro qui, ricordi? Prenderò un hamburger. Dopo le costolette, è il piatto migliore."

"Allora perché non prendi le costolette?"

"Mi sporcherei troppo."

"Ah," disse lui, annuendo.

Ordinarono due hamburger e una birra per Jess. Lei lo guardava, facendolo sudare. Che cosa ne sapeva lui di come essere un eroe senza ricorrere al denaro? Aveva sempre comprato tutto ciò che voleva: gioielli, viaggi costosi e una volta persino un'auto davanti a una bella donna per ottenere ciò che voleva. Aveva ottenuto il loro amore? No. Loro gli avrebbero donato il loro corpo, ma avrebbero nascosto il loro cuore dietro dei muri di pietra.

Comprare Jess? Impossibile. Il suo denaro non gli sarebbe servito per corteggiarla. La sua forza la proteggeva dagli uomini che volevano solo adularla per portarsela a letto, ma lei era troppo saggia per cascarci. Forse la mancanza di fiducia causata da una vita difficile serviva a proteggersi? Stryker lo faceva da anni. Essere la persona più diffidente che conoscesse gli era stato molto utile negli affari, ma adesso? Quando si trattava d'amore, le sue esperienze con i sentimenti lo facevano sembrare un dodicenne. Eppure, era amore quello che voleva da Jess, solo che gli sfuggiva come ottenerlo.

Il cameriere arrivò con i loro piatti. Mentre Stryker stava per dare il primo morso, Jess iniziò a parlare.

"Allora," fece una breve pausa, poi proseguì, "Che cosa hai in progetto di fare con la casa?

"Will la sta ristrutturando, ma questo lo sai già."

"Certo. Ci sono un paio di ragazzi che lavorano con lui. Mi ha detto che si tratta di un grosso lavoro e che deve essere completato prima delle vacanze."

"Proprio così, entro il primo novembre."

"Perché?"

Lui si agitò sulla sedia. "Per quanto mi piacerebbe farlo, non posso darti la casa, Jess."

Lei si innervosì e raddrizzò la schiena. "Non te l'ho mai chiesto."

"Certo che non l'hai fatto. Ci sono le tasse da pagare. Il procuratore non accetterebbe mai che quella casa, persino nelle sue misere condizioni, valga meno di 13.500 dollari."

"E quindi?"

"Quindi, ogni valore al di sopra di quella cifra sarebbe considerato un introito tassabile. Se lo valutassero a 60.000 dollari, che potrebbe essere una cifra giusta considerando anche il terreno circostante, dovresti pagare un'imposta sul reddito di 48.000 dollari."

Lei spalancò la bocca. "Davvero?"

"Il valore di donazione massimo senza imposte sul reddito è di 13.500 dollari."

Lei annuì. "Allora perché la stai ristrutturando?"

"Come sai, non c'è modo di venderla così com'è. È rimasta sul mercato per anni senza ricevere alcuna offerta. Ho deciso di ristrutturarla per poterla vendere. In buone condizioni, sarà più facile venderla."

"Allora vendila," disse lei, giocherellando con una patatina.

"È questo il piano." Lui appoggiò una mano sulla sua. "Mia dolce Jess, tu non hai mai gestito un bed and breakfast. C'è molto di più da fare che cambiare le lenzuola e cucinare qualche uovo strapazzato."

Lei annuì ancora una volta. Senza spostare la mano, mangiò una patatina e distolse lo sguardo dal suo.

"Per favore, tesoro, cerca di capire."

"Non parlarmi in questo modo. Capisco benissimo," ribatté lei, lanciandogli un'occhiata decisa.

"Sono affari."

"Lo capisco, io non ho esperienza. E probabilmente sono troppo stupida per imparare. Chiunque abbia i capelli biondi e un bel seno ovviamente non ha un briciolo di cervello in testa."

"Non volevo dire —"

"So esattamente cosa volevi dire. Adesso ti dico io qualcosa. Credi che io non capisca nulla di affari? Ho imparato a gestirmi quando avevo diciotto anni. Già. È stato allora che mi hanno affidato mio fratello per prendermi cura di lui. È stato allora che sono diventata una madre, un padre, una sorella, una lavoratrice e una cuoca. Siamo riusciti a farcela per dodici anni. Non ci hanno mai tagliato il gas e non ho mai pagato l'affitto in ritardo. Tutto questo grazie a me. Quindi non osare parlarmi in quel modo. So come gestire le cose. L'ho fatto per metà della mia vita." Una lacrima le scivolò sul piatto mentre si alzava in piedi e usciva di corsa dal ristorante.

"Jess, per favore. Non andartene, non volevo dire questo. Hai ragione. Per favore, non andartene," le disse inseguendola. Lui riuscì a prenderle la mano, ma lei si liberò e uscì rapidamente dal locale. Lui sentì il rumore della sua auto mentre usciva dal parcheggio, lasciandosi alle spalle una nuvola di polvere.

"Cazzo. Cazzo. Cazzo. Quando cazzo imparerò?"

JESS ENTRÒ IN PARSON Street, svoltò nel parcheggio della chiesa e spense il motore. Poi appoggiò la testa sul volante e scoppiò in lacrime. Come aveva potuto perderla in quel modo? Urlando contro di lui? Perché non aveva mantenuto la calma, dimostrandogli di avere esperienza e cercando di convincerlo a trovare un modo in cui potesse pagare la casa? Probabilmente non le restavano abbastanza anni da vivere per ripagare un mutuo sufficiente a coprire le spese di ristrutturazione.

Tuttavia, forse avrebbero ancora potuto trovare una soluzione. Che cosa aveva fatto? Aveva urlato contro di lui, si era offesa e si era comportata in modo arrogante. Secondo Stryker, lei era solo una povera pasticciera, una stupidotta che non riusciva a distinguere un bilancio da un pezzo di carta igienica.

Ma si sbagliava. Aveva imparato molto rapidamente a ottenere profitti dalle sue torte. Aveva capito come fare affari per l'acquisto degli ingredienti e a usare frutta di stagione per i suoi dolci, per ottenere un maggiore profitto. Ne aveva bisogno per pagare l'affitto. In inverno, quando la frutta era meno abbondante, preparava altri tipi di dolci. Risparmiava comprando grossi sacchi di farina e zucchero, ma era difficile tenere lontani i piccoli roditori. All'inizio di ogni mese, lei e Will trascorrevano alcune giornate a travasarli in buste più resistenti per tenerli al sicuro.

Jess elaborava il suo bilancio, aggiungendo il costo degli ingredienti, per poi calcolare il prezzo di vendita. E non aveva paura di fare i conti. La sua insegnante le diceva sempre che "la matematica era sua amica," e Jess era d'accordo.

Come poteva un uomo come Stryker Alexander West avere la minima idea di cosa facesse o cosa sapesse? Non poteva. Ma ciò che la infastidiva di più era il fatto che sembrava che pensasse che lei non fosse in grado di imparare ciò che le serviva per gestire quel posto.

Dopo aver tirato fuori tutta la sua rabbia, torno a casa. Che cosa le avrebbe detto Will? Le avrebbe detto che era stata una stupida e che avrebbe dovuto dimostrare a Stryker quanto fosse intelligente, non limitarsi a dirglielo. Tirò fuori il suo quadernetto bianco e nero, dove annotava tutti i costi, i profitti e le perdite.

Non usava sistemi sofisticati né programmi per computer, forse perché non ne avevano uno. Ma era molto brava in matematica, quindi quel quaderno e una matita erano tutto ciò che le serviva per tenere traccia della sua piccola attività.

Dopo averlo umiliato in pubblico, Stryker probabilmente non le avrebbe mai più parlato. Doveva scusarsi. Accidenti, perché doveva sempre scusarsi con quell'uomo? C'era qualcosa in lui che tirava fuori il suo lato cattivo? All'improvviso, la porta si spalancò. Will entrò in casa.

"Sei tornato presto," disse Jess.

"Sto facendo una pausa. Sono anche venuto a prendere il cacciavite. Pensavo di averlo nella mia cassetta degli attrezzi. Per caso l'hai visto?"

"L'avevo preso in prestito. È sul bancone della cucina."

"Cazzo, Jess. Non potevi rimetterlo al suo posto?"

Quando lui si voltò per andarsene, lei gli afferrò il braccio. "Hai un minuto?"

"È importante?"

Lei annuì.

"Ok. Di che cosa si tratta? Veloce." Lui si sedette al tavolo della cucina.

"Perché finisco sempre per litigare con Stryker West?"

Will scoppiò a ridere. "Sei proprio come un uomo. Perché lui ti piace."

"Lui mi piace?"

"Sai, nel senso di tutte quelle cose di cui io non dovrei parlare perché ti imbarazzano?"

"Intendi dire perché voglio andare a letto con lui?"

"Ehi, Jess, troppi dettagli!" esclamò lui, alzando le mani.

"Intendo dire *se* volessi andare a letto con lui."

"Già. A volte gli uomini fanno così. E poi si stupiscono se non piacciono a una ragazza."

"Quand'è che sei diventato l'uomo più saggio della terra?"

"È una mia dote naturale. Tutto qui?"

"No. Come faccio a smettere di litigarci?"

Will arrossì. "Va' a letto con lui, ma non sono stato io a suggerirtelo," disse lui, alzandosi rapidamente e precipitandosi fuori dalla porta.

Jess scoppiò a ridere. Stryker West era solo un istinto da soddisfare? Sarebbe riuscita a toglierselo dalla mente facendo sesso con lui? Ne dubitava. Trascorrere più tempo con lui senza parlare della casa poteva essere una buona idea. Ma come poteva rompere il ghiaccio?

Will ritornò alle sei per la cena. Jess aveva dovuto incrementare la quantità di cibo che preparava perché, da quando lui aveva iniziato a lavorare a tempo pieno, il suo appetito era arrivato alle stelle. Lei tirò di nuovo fuori la questione di Stryker.

"Vuoi che ti dica come fare ad andare a letto con West? Jess, non sono un protettore. Inoltre, non voglio sapere queste cose."

"No, no. Non ad andare a letto con lui. Solo a trascorrere un po' di tempo con lui senza parlare della casa. Forse potremmo arrivare a una tregua o qualcosa del genere?"

"Ottima idea. Sabato c'è la sagra del granturco. Perché non lo inviti? Scommetto che non ne ha mai vista una."

"Ottima idea. Ma prima devo chiamarlo."

"Gira voce che lui faccia colazione ogni mattina al Cozy Café."

"Sì. Una mattina l'ho incontrato lì. Ok. È perfetto. Devo comunque portare lì una torta di mirtilli."

"Perfetto. Adesso devi essere tu a gestire la tua vita sentimentale. Io ho già tutto quello che voglio."

"Come vanno le cose con Jennie?"

"Benissimo. Lei è davvero fantastica."

"Già. Era molto carina anche da bambina."

"Magari qualche volta potremo fare un'uscita a quattro," disse lui, con un bagliore negli occhi.

Jess gli lanciò una spugna. "Come no. Non succederà mai."

DOPO ESSERSI RIFIUTATO di chiamare Jess, Stryker accettò che l'unico modo per assicurarsi di vederla, oltre ad appostarsi davanti a casa sua, fosse svegliarsi all'orario assurdo delle cinque e mezza e trascinare il suo corpo assonnato al Cozy Café per attendere il suo arrivo.

Aprì la porta sbadigliando e spalancò gli occhi quando vide Jess. Lei era seduta al bancone, intenta a sorseggiare un caffè e a chiacchierare con Laura Dailey. L'ultima volta, lei era andata via di corsa. Mmm, non stava aspettando lui, vero? No, non poteva essere così fortunato.

"Buongiorno, signor West. Caffè?" gli chiese Laura.

"Mi chiami Stryker, per favore. Sì."

"Il solito?"

Lui annuì. "Buongiorno, Jess," disse lui.

Lei gli rivolse un sorriso caloroso. "Giorno."

Che cazzo sta succedendo? Dov'era finito l'uragano Jess? Chi era quella ragazza? Lui bevve un sorso di caffè.

"Uno scone?" gli chiese Laura.

"Penso di aver bisogno di qualcosa di più abbondante."

"Sandwich con bacon e uova?"

"Perfetto," le rispose, portandosi il caffè al suo tavolo preferito.

"Ti dispiace se mi unisco a te?" gli domandò Jess.

Le sue parole lo stupirono tanto che fece quasi cadere la tazza.

"Mi dispiace," disse Jess, aiutandolo a reggerla.

"Non mi aspettavo che mi parlassi di nuovo, figuriamoci che volessi unirti a me," confessò lui.

"Ahah, davvero? Pensavo la stessa cosa. Voglio chiederti scusa."

"No, no, sono io che dovrei scusarmi."

"Non avrei dovuto perdere la pazienza," gli disse lei.

"E io non avrei dovuto trattarti in quel modo," le rispose.

Scoppiarono a ridere insieme. "Che ne dici di fare un patto? Restiamo qui senza parlare della casa."

"Perfetto. Eccellente. Sono d'accordo," le rispose.

"Ottimo. Sai che tra poco ci sarà il festival del granturco?" gli chiese.

"Laura me ne ha parlato l'altro giorno, ma non ci sono mai stato. Parlamene."

"Il granturco è molto importante qui. Ci porta molti soldi e da nessun'altra parte hanno un granturco migliore del nostro. Il festival dura una settimana. Comincia sabato sera, con il barbecue alla caserma dei pompieri. Poi c'è una gara di cucina, una di pasticceria e una di spaventapasseri per i bambini. Il festival si conclude con un ballo, il sabato sera successivo."

Lui sorrise. "Sembra divertente."

"Lo è. Alcuni lo aspettano per tutto l'anno."

"Hai mai preparato niente per il concorso di pasticceria?"

"La mia torta di granturco con scaglie di cioccolato vince o si classifica tra le prime tre tutti gli anni," disse lei, sorridendo.

"Allora dovrò assaggiarla."

"Ti andrebbe di venire al barbecue con me?" gli domandò lei, aggrottando la fronte.

"Certo."

"Ah, bene. Mi sento sollevata." Lei sorrise.

"Pensavi che avrei detto di no?", le chiese.

"Non ne avevo idea. Ho pensato che fossi arrabbiato con me dopo il nostro ultimo pranzo."

"In realtà, ero arrabbiato con me stesso. Avevi ragione. Ho esagerato. Sono stato un idiota. Voglio dire, non so molto di te e sono saltato alle conclusioni. Conclusioni sbagliate."

"Grazie." Lei appoggiò la mano sulla sua. Lui intrecciò le dita con le sue.

"A che ora passo a prenderti?"

"Inizia alle sei. Perché non vieni alle cinque e mezza?"

"Ci sarò."

"A presto, allora," disse lei, avvicinandosi per dargli un bacio sulla guancia. Lui si alzò, le mise una mano intorno ai fianchi e la strinse a sé per un vero bacio. Jess si lasciò andare.

"Se hai intenzione di darmi un bacio d'addio, facciamolo davvero," le disse.

"Sì, sì," rispose lei, evidentemente senza fiato mentre si dirigeva verso la porta.

"Ecco qui," disse Laura, portando il cibo al tavolo di Stryker. "Non volevo interrompere," gli disse.

"Ottima idea." Lui si sedette e prese in mano il suo sandwich. Il bacon si combinava alla perfezione con le speciali uova strapazzate di Laura. Chiuse gli occhi per un attimo per assaporare quella deliziosa colazione, il suo piatto preferito del menu.

Mentre mangiava, chiamò John.

"Allora? Come stai?"

"Lei mi ha chiesto di uscire."

"Davvero?"

"Davvero," disse Stryker, guardando Laura.

John si mise a ridere. "Stai facendo progressi. Che cosa hai fatto per farle cambiare idea?"

"Ho ammesso di aver sbagliato."

"Funziona sempre. Se un uomo riuscisse ad ammettere di sbagliarsi più spesso, farebbe sesso ogni notte."

Stryker scoppiò a ridere. "Ho ottenuto un bacio."

"Visto? Scommetto che, se foste stati in un posto più intimo, avresti ottenuto molto di più."

"Forse. Voglio solo che smetta di odiarmi."

"Stronzate. Sii sincero. Vuoi molto di più."

"Io non ammetto niente."

"Non puoi nascondermi niente. Lavoro con te da dieci anni, Stryker."

"Mi conosci meglio di chiunque altro."

"Sono contento che le cose stiano cambiando. Come procede con la casa?"

"Andrò a darci un'occhiata dopo aver fatto colazione. Questo pomeriggio, ho un appuntamento con l'architetto. "

Un suono lo avvisò di avere un'altra chiamata.

"Devo andare. Mi stanno chiamando."

"A più tardi," disse John, prima di mettere giù il telefono.

Stryker rispose. "Buongiorno, signor West."

"Per favore, mi chiami Stryker."

"Sono Charlie, di Pelletier e Grand."

"Sì. Dobbiamo incontrarci oggi pomeriggio."

"La sto chiamando proprio per questo. Potremmo anticipare il nostro incontro a stamattina?"

"Certo. Qualcosa non va?"

"No. Uno dei nostri costruttori ha avuto un'idea e volevo parlargliene prima di procedere."

"Vuole che venga subito?"

"Perfetto. Conosce l'indirizzo?"

"Certo. Ci vediamo tra poco."

Non appena finì di mangiare, pagò Laura e raggiunse Chris, che lo aspettava in auto fuori dal locale.

"Dobbiamo incontrare gli architetti."

"Ha visto Jess?"

"Le racconto tutto durante il tragitto."

Capitolo Undici

"Era Charlie Grand. Vuole incontrarti," disse Will a sua sorella prima di mettere via il telefono.

"Vuole incontrarmi?" ribatté lei.

"Già. Oggi. Al più presto."

"Davvero? Perché?"

Will sollevò le spalle. "Non lo so. Devo andare adesso. Ma vacci, d'accordo?"

"Ok." Lei prese le chiavi della macchina e si diresse verso il bellissimo edificio ristrutturato che ora ospitava gli uffici dello studio di architetti. Ogni volta che ci passava davanti, Jess non poteva fare a meno di notarlo. Era curiosa di vedere l'interno. Finalmente, avrebbe realizzato il suo desiderio.

Charlie Grand le aprì la porta.

"Jess Lennox?"

"Sono io."

"Prego. Caffè?" le chiese.

"No, grazie. Di che cosa si tratta?"

"Si accomodi," disse Charlie, indicandole una sedia imbottita di fronte a un divanetto. Lui si sedette e aprì un lungo tubo di cartone.

"Stiamo lavorando alla ristrutturazione della casa della zia di Stryker West, ma probabilmente lo sa già, dato che se ne sta occupando suo fratello."

"Infatti."

"Ci ha detto che nessuno conosce quella casa meglio di lei. Ha trascorso del tempo lì quando era più giovane?"

"Sì. Ma il signor West la conosce molto meglio di me. Ha vissuto lì per anni."

"Vero. Ma non vuole avere nulla a che fare con questo progetto, se non per mettere qualche firma. Ci ha dato carta bianca. L'unica condizione è che vuole che diventi un perfetto bed and breakfast."

"Come?"

"È quello che ha detto. Vuole farci un B&B, per renderne più facile la vendita. Nessuno potrebbe permettersi di riscaldare quel mausoleo durante l'inverno. Diventerà un edificio commerciale."

"Capisco."

"Will ci ha detto che lei ha molte buone idee su come gestirci un B&B. Ci chiedevamo se le piacerebbe condividerle con noi. Ovviamente, la pagheremmo per il suo tempo."

Jess si sentì un nodo alla gola. Non avrebbe mai pensato che Stryker potesse vendere quella casa come bed and breakfast. Una volta finiti i lavori, avrebbe avuto un sacco di offerte e se ne sarebbe andato per sempre.

"Io... io..." balbettò lei.

"Non deve decidere adesso. Si prenda un paio di giorni per pensarci su. Sarei felice di mostrarle i progetti per la casa e di condividere con lei alcune delle nostre idee."

"Grazie, signor Grand," rispose lei.

"Charlie. Possiamo pagarla venticinque dollari l'ora per la sua consulenza," le disse, alzandosi e porgendole la mano.

"Le farò sapere."

"Presto?"

Lei annuì. Cazzo, doveva uscire subito da lì per riflettere. Tornando a casa, si concentrò sulle torte che doveva preparare per il giorno successivo. Quando arrivò, si concentrò sugli impasti, poi ripose ordinatamente le teglie nel congelatore.

Non riusciva a pensare alla ristrutturazione. Tuttavia, anche con le mani immerse nella farina e nel burro, quella casa continuava a insinuarsi nei suoi pensieri. Poteva diventare davvero meravigliosa. Una vera reggia, signorile, regale, con il giusto tocco di eleganza. E lei poteva fare in modo che accadesse. Non doveva a quella vecchia casa il suo aiuto perché potesse rimettersi in piedi e mostrare al mondo la sua bellezza?

Finì alle cinque, ripulì tutto e iniziò a preparare la cena. Will entrò in casa più o meno alle sei meno un quarto.

"Che cosa c'è per cena oggi?"

"Pollo e riso in casseruola."

"Nessuno lo prepara come te. Hai visto Charlie?"

"Sì."

"Hai accettato il lavoro?"

"Non ancora. Mi ha detto che posso pensarci su."

"Qualcosa non va? Guadagneresti venticinque dollari l'ora per il tuo tempo libero! Hai bisogno di rifletterci?"

"Non sarebbe a tempo pieno, giusto? Ho i clienti delle mie torte."

"No. Part time."

Jess si lasciò cadere su una sedia e scoppiò in lacrime. "Aiuterò il signor West a vendere quella casa."

"Già. E finalmente la smetteremo di pensarci."

"Pensavo che anche tu amassi quel posto."

"Lo faccio, ma non abbastanza da rovinare le nostre vite. Jess, è così che deve andare. Devi lasciar perdere. Almeno, in questo modo, potrai prendere parte alla sua rinascita. Pensavo che ti sarebbe piaciuto farlo. Starai lì, vedrai i progetti, assisterai alla sua ristrutturazione. E saprai che sarà stato anche merito tuo."

Le sue parole la commossero. Sì, avrebbe avuto molte soddisfazioni prima di dover affrontare il dolore della perdita.

"Credo che tu abbia ragione."

Lui sorrise. "E ancora una volta il fratellino dimostra la sua intelligenza."

Lei gli diede una pacca sulla spalla.

"Ahi!"

"E la sorellona è ancora in grado di distruggerlo."

"Quindi lo farai?"

"Devo farlo. So che sarà la fine di tutto, ma non posso semplicemente stare lì a guardare. Voglio essere coinvolta. So che non potrà mai essere mia, ma in questo modo per un po' lo sarà, in un certo senso. Capisci che intendo?"

"Sì, capisco. Un po' come fare da baby-sitter. Per un po', è come se quel bambino fosse tuo."

"Esattamente. Meglio di niente."

"Vuoi che chiami Charlie?"

"No. Devo farlo io. Ci farò un salto domani dopo aver fatto le consegne."

"Ottima decisione. Mangiamo? Ho tanta fame che potrei mangiarmi una balena."

Jess portò la teglia in tavola. Will ne prese una porzione enorme.

"Vacci piano, è bollente."

"Ti comporti come una mamma, lo sai?"

"Qualcuno doveva pur farlo."

Lui le strinse la mano. "Te ne sono grato. Sei stata una mamma stupenda."

"Mangia," gli disse, cercando di nascondere le sue emozioni.

Mangiarono in silenzio. Dopo cena, Will uscì con Jennie. Jess prese un bicchiere di tè alla menta e uscì sul portico. L'aria si era rinfrescata e il sole era molto meno caldo. Si sedette sul vecchio dondolo di suo padre e guardò gli uccellini appollaiati sulle mangiatoie.

Una volta completata la ristrutturazione e venduta la casa, non avrebbe più avuto alcun motivo per restare a Pine Grove. Lei e Will avrebbero finalmente potuto lasciare tutto e ricominciare daccapo da qualche altra parte. Lui l'aveva pregata di farlo per anni. Tra non molto, sarebbe stata pronta. Gli alberi singhiozzavano, come se comprendessero le sue emozioni.

Decise che sarebbe stata felice durante la ristrutturazione e che avrebbe smesso di temere la fine. I suoi pensieri si rivolsero alle tende. "Mmm, tende di merletto per il primo piano, dove non c'è bisogno di privacy, ma tende più robuste per le stanze al piano di sopra," disse agli uccelli. All'improvviso, i suoi pensieri presero il volo, iniziando a fare mentalmente una lista delle cose da fare per realizzare il bed and breakfast perfetto.

JESS BUSSÒ ALLA PORTA di Pelletier e Grand. Charlie venne ad aprirle.

"Benvenuta. Questo vuol dire che accetta la nostra proposta?"

"Proprio così."

"Entri pure. Ha già pranzato? Io e mia moglie ci stavamo giusto sedendo a tavola per mangiare l'insalata di pollo che ha preparato. Si unisca a noi. Lei è Selena." Charlie fece le presentazioni.

Calorosamente accolta da Charlie, si sedette a tavola e mangiò insieme a loro. Quel pranzo inaspettato le calmò i nervi riguardo alla sua decisione.

"Vorremmo sentire le sue idee. Charlie si sta occupando della ristrutturazione, ma io lo aiuto con l'arredamento. Il signor West vuole che gli consegniamo il prodotto finito, fino alle posate e ai tovaglioli."

"Oh, bene. Ho avuto alcune idee sulle porcellane e l'argenteria."

"Prima parliamo della casa," disse Charlie, portando il suo piatto nel lavandino della piccola cucina. Prima di tornare a tavola, prese un taccuino e una penna.

"Non voglio metterle fretta. Si prenda tutto il tempo necessario. Finisca di mangiare. Prenderò appunti mentre parliamo."

"Stavo pensando che, dato che quella casa è così grande e imponente, potrebbe spaventare un po' le persone. Quindi, renderei più accogliente l'ingresso. Colori caldi, una panchina con un bel cuscino appoggiata al muro condiviso con il salone. Un paio di attaccapanni vecchio stile appesi sulla parete opposta e un quadro. Credo che scegliere il quadro giusto sia molto importante."

"Che tipo di arredamento si immagina?", le domandò la moglie di Charlie.

"Bella domanda. All'inizio, avevo pensato a uno stile vittoriano. Poi ho pensato a uno stile rurale, magari con un tocco francese. Ma alla fine ho pensato di mescolarli, rurale e vittoriano, ovunque possibile."

"Ci ha pensato molto vero?", le chiese Charlie.

"Oh, sì. Da ragazzina, andavo spesso in quella casa e mi sedevo fuori, per non disturbare la signora Minnie. Sognavo come sarebbe stata quando un giorno sarebbe diventata mia."

Jess abbassò lo sguardo per nascondere le sue emozioni. Per un attimo, nella stanza cadde il silenzio.

Selena si sporse e le strinse il braccio. "Deve essere difficile per lei."

"Almeno, avrà un ruolo nella sua ristrutturazione. Sempre meglio di non essere coinvolta."

"È molto coraggiosa," osservò Charlie.

"No, solo stupida. Ho permesso che quella casa occupasse i miei pensieri per troppo tempo. È arrivato il momento di farmene una ragione e andare avanti."

"Andiamoci subito. Meglio discutere delle nostre idee direttamente sul posto, non trova?", propose Charlie, alzandosi in piedi.

"Sono d'accordo," rispose lei. Salirono in macchina e guidarono fino alla villa. Selena rimase indietro. Furono accolti dal rumore dei lavori. Un'enorme levigatrice sembrava urlare e una sega elettrica vibrava in sottofondo. C'erano teli protettivi dappertutto.

"Cominciamo dall'inizio," disse Charlie, scavalcando degli spessi fili elettrici.

"Prima di tutto, la sala da pranzo e la cucina. Voglio dire, quelle si usano anche se non ci sono ospiti. Si potrebbe anche fare un bel ristorante. Quindi pensavo di concentrarci prima su queste stanze," disse Jess.

Jess li condusse nell'enorme cucina sul retro.

"Dato che ci sono trentasei stanze, questa casa probabilmente ospitava una grande famiglia e i domestici. E tutti dovevano mangiare. La cucina occupa l'intera larghezza della casa."

Lei passò il dito sulla polvere del lungo tavolo di legno scheggiato. "Probabilmente è qui che mangiavano i domestici." C'erano dei lunghi banconi scoloriti e macchiati e dei vecchi elettrodomestici.

"Abbiamo bisogno di un forno professionale, due lavelli, un frigorifero professionale e un congelatore," disse Jess, scavalcando le piastrelle rotte sul pavimento.

"Ci vorrà un mese soltanto per ricostruire questa stanza," borbottò Charlie, prendendo appunti.

"Credo che questo sia il cuore della casa. Una volta sistemata la cucina, tutto partirà da qui."

"Andiamo nella sala da pranzo," disse lui, ripulendosi le mani impolverate sui jeans.

Lei lo seguì. "Amo questa stanza. Non servono molti mobili. Un lungo tavolo, qualche sedia, magari una credenza. Un mobiletto angolare ci starebbe bene."

"Dovrebbe essere semplice."

"Dovranno essere di legno. Un bel legno scuro e pregiato, per rendere la stanza più calda. È esposta a nord, quindi è più fredda delle altre," disse Jess.

"Forse dovremmo aggiungerci un caminetto?" domandò Charlie.

"Wow, potete farlo?"

"Possiamo fare tutto. È solo una questione di denaro."

"Il mio denaro," disse una voce profonda in lontananza.

"Salve, Stryker. Stavamo giusto pensando di aggiungere un caminetto," disse Charlie.

"Forse non serve. Le persone non si fermeranno qui per lunghi periodi. Un caminetto ha bisogno di manutenzione. Chiunque gestirà questo posto"— lei si fermò e deglutì — "non avrà il tempo di farlo. Sarebbe più utile mettere un caminetto in salone e nello studio, dove le persone trascorreranno più tempo."

"Uno studio?" Stryker sollevò un sopracciglio.

"Certo, uno studio. O una biblioteca. Chiamalo come vuoi. Una stanza confortevole con un divano, una sedia a dondolo, una poltrona, un caminetto, una seduta sotto la finestra, tende e alcuni dipinti di paesaggi."

"Hai un'idea ben precisa su questo posto, vero?" le chiese Stryker.

"Ci ho fantasticato per anni," disse lei, quasi sussurrando.

"È evidente. Andiamo in salotto," intervenne Charlie.

"Non sapevo di trovarti qui," disse lei a Stryker.

"Sarei arrivato prima, ma ho ricevuto una telefonata di lavoro da Londra. Quindi, hai accettato il lavoro?"

Lei annuì.

"Bene. Mi tolgo dai piedi. Sembra che tu, Charlie e Selena siate molto presi da questa cosa. Non avete bisogno di me."

Lui alzò una mano in cenno di saluto e andò via. Jess fece un respiro profondo per calmarsi. Stare in quella stanza, per quanto fosse malmessa, insieme a Stryker, aveva alimentato il suo desiderio. Avrebbe preferito di gran lunga star lì a parlare delle sue idee con lui, al sicuro, appoggiando la testa sulla sua spalla. Quando cazzo avrebbe smesso di sognare qualcosa che non poteva permettersi? Già che c'era, poteva pensare a costruire una casa su Marte.

"Pronta?" le domandò Charlie, interrompendo i suoi pensieri. Era ora di rimettersi al lavoro. La pagavano, quindi non poteva perdere tempo a fantasticare.

"Pronta," rispose lei, seguendolo in salotto.

QUEL SABATO POMERIGGIO, Stryker uscì dalla doccia, si asciugò e si mise un asciugamano intorno alla vita. Tra non molto, sarebbe andato al barbecue. Pur non avendo la minima idea di cosa fosse un barbecue di granturco, ci sarebbe andato con Jess. Non sapere nulla di quell'evento lo entusiasmava, così aprì la porta e si precipitò al piano di sotto.

"Chris! Che diavolo è un barbecue di granturco?"

Non appena sentì Chris salire le scale, Stryker indossò i boxer, prima di pettinarsi i capelli.

"Andrà al barbecue di granturco?"

"Sì, ma che diavolo è?" gli domandò Stryker, guardando lo specchio.

"È una riunione sociale dove arrostiscono pannocchie, mangiandole semplici o con sale e burro, bevono birra, vino o tè freddo e chiacchierano."

"Che cosa? Arrostiscono le pannocchie?"

"Già, mi hanno detto che sono buonissime. Io amo il granturco."

"Anch'io. Bollito e mangiandolo seduto a tavola. Lei ci andrà?"

"Certo."

"Con la sua ragazza?"

"Sì. Lei mi ha spiegato che arrostiscono le pannocchie con le foglie intorno. Quindi si prende la pannocchia e si tolgono le foglie. Mi ha detto che sono più buone di quando si cucinano al forno."

"Farò un tentativo, ma in realtà non m'interessa molto delle pannocchie. Jess verrà con me. Altrimenti, non me ne importerebbe niente."

"Non credo che a Jess piacerà il suo atteggiamento."

"Probabilmente ha ragione."

"Cerchi di comportarsi bene con lei, d'accordo?"

"Ok, ok. Sorriderò e sarò gentile."

"Eccellente. Credo che in questo modo potrà divertirsi," disse Chris, precipitandosi fuori dalla stanza.

Stryker si guardò allo specchio, si accarezzò il viso e prese il suo rasoio. Doveva apparire al meglio quella sera e mettere da parte la sua tristezza. Del resto, che motivo aveva il ricchissimo Stryker Alexander West per non essere felice? John aveva gestito perfettamente l'espansione a Londra, la ristrutturazione della casa era in corso e lui stava negoziando per comprare una villa.

La sua era una vita perfetta. Chi avrebbe voluto di più? La ristrutturazione di quella vecchia casa, pur essendo un pesante fardello, gli avrebbe portato molti soldi. Che cosa avrebbe fatto con quell'altro mezzo milione di dollari? Si accarezzò la nuca. Avrebbe trovato qualcosa.

Qual era il problema? Che cosa poteva inserire nella sua lista dei desideri per il Natale? Amore, matrimonio, famiglia, forse erano quelle le cose che mancavano nella sua vita. Le aveva ormai escluse da anni. Perché avrebbe dovuto pensarci adesso, rovinando il suo buon umore? Aveva cambiato idea? Voleva trovare una moglie? No, non solo una moglie, ma una donna che lo amasse per qualcosa di più del suo denaro. Fino ad allora, non era riuscito a trovare una donna così.

E se Jess fosse un diamante grezzo? Era fuori dalla sua portata, ma lo stuzzicava e lo incuriosiva. Aveva finalmente trovato qualcosa che voleva e non poteva comprare col suo denaro? Un sorriso triste gli attraversò le labbra. Che cosa avrebbe potuto volere Jess da lui, a parte il suo denaro? Di certo non il suo calore e la sua bontà. Lui scoppiò a ridere. Forse era Stryker Alexander West che aveva bisogno di un bel cambiamento, molto di più di quella vecchia casa. Un progetto di Jess Lennox avrebbe potuto occuparsi facilmente.

Indossò la sua camicia sportiva a maniche corte, jeans, calzini e un paio di sneaker, si guardò un'altra volta allo specchio e poi scese le scale.

Nel tentativo di rallegrare il suo umore, durante il tragitto in macchina Stryker ascoltò un po' di musica country. La musica portò il risultato sperato. Continuando a canticchiare "Here You Come Again," di Dolly Parton, scese dall'auto. Spensierato e sorridente, si avvicinò al vecchio portico.

"Esco subito," urlò lei dall'interno.

Lui si fermò, ma continuò a cantare. Quando sentì il cigolio dei cardini arrugginiti, si voltò verso di lei. Quando la vide, spalancò la bocca. Indossava una semplice gonna bianca e una blusa verde acqua con le ruches e aveva un aspetto magnifico. Portava i capelli raccolti con un fermaglio sulla nuca, ma fluenti lateralmente sulle spalle. *Sembrava un angelo sceso sulla terra.*

"Sei... stupenda," balbettò lui.

"Grazie. Anche tu stai molto bene."

Lui le porse la mano e lei intrecciò le dita con le sue. Lui le aprì lo sportello, poi si mise al volante.

"Non c'era bisogno che venissi a prendermi. Vivo abbastanza vicino alla caserma da andarci a piedi. Avremmo potuto vederci lì," gli disse.

"Volevo farlo. Volevo entrare dandoti il braccio," le disse.

"Questo sarà il tuo primo barbecue di pannocchie," disse lei, cambiando argomento. "Sei emozionato?"

"Sono entusiasta di andarci con la ragazza più bella della città."

"Considerando le dimensioni di Pine Grove, non è un granché." Lei si mise a ridacchiare.

"Non dici sul serio?"

"Sto solo scherzando! Rilassati, Stryker. Non è una fusione aziendale, è un barbecue di pannocchie. E ci sarà anche un po' di musica."

"Oh?"

"Già. Dwayne e Wayne suoneranno banjo e chitarra."

Stryker scoppiò a ridere. "Dwayne e Wayne? Mi stai prendendo in giro?"

"No. Aspetta di sentirli."

"Ok. Terrò la mente aperta."

"Adorerai le persone di Pine Grove," gli disse.

Almeno una, pensò lui mentre svoltava e si fermava nel parcheggio.

Capitolo Dodici

Jess non aveva mai visto Stryker vestito in modo così informale. Segretamente, era persino arrivata a chiedersi se possedesse un paio di jeans. Cazzo, in qualunque modo si vestisse, quell'uomo aveva sempre un aspetto magnifico. La camicia gli aderiva perfettamente al petto, sottolineando i suoi pettorali ben scolpiti. Leggermente stretta sulle spalle, metteva in evidenza i suoi muscoli robusti. Un ciuffetto di peli castani faceva capolino dalla camicia leggermente sbottonata. Un brivido le attraversò il corpo mentre lo immaginava senza la camicia. Si sentiva irrequieta e le sue dita fremevano per toccarlo. Riuscendo a malapena a controllare l'impulso di passargli le mani tra i capelli, balbettò qualcosa a proposito dell'enorme quantità di pannocchie accatastate lì e dei musicisti.

Prendendogli la mano, lo condusse verso i tre barbecue dove stavano arrostendo le pannocchie, che rilasciavano nell'aria un po' di fumo e un profumino irresistibile. Si fermarono a un tavolo, dietro al quale era seduta Nancy Collins, la segretaria dello studio veterinario, con una scatola di metallo appoggiata alla sua sinistra.

"Beh, accidenti! Il signor West in persona!"

"Nancy, ti presento Stryker West," disse Jess.

"Qui tutti sappiamo chi è. Benvenuto, signor West."

"Mi chiami Stryker, per favore."

Nancy arrossì leggermente. "Beh, mi sembra così strano chiamarla per nome!"

Lui si mise a ridacchiare. Jess gli strinse la mano.

"Non devi imbarazzarti per me, signorina Lennox. Ci penso già da sola!" disse lei, ridendo fragorosamente.

"Quanto?" le chiese Stryker.

"Accettiamo donazioni. Chiediamo cinque dollari, ma si può dare quanto si vuole. È per la caserma dei vigili del fuoco. La nostra è costituita da volontari."

Stryker estrasse il portafoglio dalla tasca posteriore e tirò fuori due banconote da cinquanta dollari."

"Non deve donare così tanto."

"Ma è per la caserma, giusto?"

"Certo, signore."

Lui aggiunse altri quaranta dollari e mise le banconote sul tavolo. "È il minimo che io possa fare."

"Beh, grazie, signore! È molto generoso." Nancy conservò i soldi e consegnò a entrambi un biglietto. "Tienitelo stretto, Jess. È il tipo che non ci si può lasciar sfuggire."

Sentendosi arrossire, Jess distolse lo sguardo. Succedeva spesso a Stryker? La gente lo giudicava per la sua generosità, per la sua abitudine di donare molto denaro? Lei si chiese che cosa provasse. Le bastò guardarlo negli occhi per capirlo. Non gli piaceva che lo considerassero Mister Ricco Sfondato. Come dargli torto? Ma avrebbe mai potuto donare banconote da cinquanta dollari se avesse avuto un reddito normale?

"Andiamo," gli disse lei, prendendolo da parte. "Dobbiamo metterci in fila."

Mentre aspettavano le pannocchie, lui le mise un braccio intorno alle spalle.

"Ti succede spesso?" chiese lei, mettendogli un braccio intorno alla vita.

"Continuamente. Ormai dovrei esserci abituato."

"Mi dispiace."

"Non è colpa tua," le rispose.

"No. Ma mi dispiace lo stesso. Immagino che non sia sempre facile avere molti soldi."

Lui scoppiò a ridere. "Questo è un eufemismo. Chiunque abbia bisogno di una mano mi chiede denaro, e non sempre in modo legittimo. Quando mi ritrovo a farlo, si mettono a ridacchiare per la somma donata. Oppure dicono che non intacca il mio portafoglio." E gli artisti delle truffe? Mi ronzano intorno come le mosche."

"Wow. Non avrei mai immaginato che..."

"Tutti pensano che avere tanti soldi risolva tutti i problemi del mondo. Non è così. A volte ne causa ancora di più."

Lei lo abbracciò più forte. "Nessuno pensa mai a questo, vero?"

"Già. Nessuno." Lui si abbassò e le diede un bacio sulla testa.

"Ora lo so."

"Tu non sei così," le disse.

"Forse lo ero, almeno un po', fino ad ora."

La diffidenza che gli aveva fatto brillare gli occhi quando parlava con Nancy si era dissolta, sostituita da un'espressione calorosa. Mentre lo guardava negli occhi, sembrava che tutto il resto del mondo fosse sparito. Per un istante, c'erano solo loro due. Il suo cuore si riempì di gioia.

"Il prossimo!" urlò uno degli chef che si occupava della griglia.

"Che buon profumo!", esclamò Stryker, facendo passare avanti Jess.

"Già. Semplice? Burro? Sale? I condimenti sono laggiù," disse l'uomo, indicando un grosso tavolo.

"La prendo con tutti i condimenti," disse Stryker, stringendo le dita intorno alla pannocchia e seguendo Jess.

"Anch'io," disse lei.

Aggiunsero il burro e il sale, poi presero un tè freddo e si diressero verso un lungo tavolo, lateralmente alla caserma.

"C'è un'atmosfera familiare qui, o almeno ci sediamo tutti insieme," disse lei.

Si sedettero uno di fronte all'altro a una punta del tavolo.

"Mmm. Troppo perfetto per sedersi con tutti noi, eh? Troppo ricco per mescolarsi con i poveri?" disse un uomo più anziano.

"Scusa?" gli domandò Jess.

"Che cosa ci fai qui con Mister 'Sono il migliore di tutti'? Pensa che darà dei soldi anche a lei?"

"Sta' zitto, George," ribatté Jess.

"Ascolti, signore. Noi non siamo affar suo. Per favore, lasci in pace la signorina, d'accordo?" disse Stryker, staccando le foglie dalla sua pannocchia.

"Questo è un paese libero. Posso dire quello che voglio."

"Andiamo, Stryker. Laggiù c'è posto," disse lei, alzandosi in piedi e dirigendosi verso un tavolo vuoto.

"Avrei potuto mandarlo al tappeto con una sola mano."

"Lo so, ma non ne vale la pena. Probabilmente ti arresterebbero e lui ti farebbe causa."

Stryker scoppiò a ridere. "Sei molto lungimirante, vero?"

"Conosco alcune delle persone più visicde della città."

"Capisco. Vuoi proteggermi?"

"Qualcuno deve farlo," disse lei, cercando di nascondere un sorriso.

Lui si sporse e le diede un bacio sulle labbra. "Grazie."

Quando finirono di mangiare le pannocchie, si diressero verso un'altra griglia, dove stavano cucinando gli hot dog. Stryker ne mangiò due. Poi raggiunsero il tavolo dei dolci, dove lui offrì venti dollari per due brownie.

"Andiamo a casa mia. Ho della birra fredda e possiamo osservare gli uccellini sul portico," disse Jess.

Lui annuì.

"Possiamo andarci a piedi. Sapevi che Will è un pompiere volontario?"

Lui scosse la testa.

"Viviamo qui vicino, così ha deciso di unirsi a loro."

"Scelta sensata."

"Andiamo," disse lei, prendendogli la mano.

LA MANO ROBUSTA DI Stryker avvolse la manina di Jess. Passeggiarono, fermandosi quando lei notò due merli dalle ali rosse che si rincorrevano svolazzando su un prato. Le pecore pascolavano su una collina, mentre le capre giocavano in un recinto. L'aria sapeva di erba appena falciata e di animali da fattoria.

Lui si ricordò di un passato ormai remoto. Alcuni bei ricordi si mescolarono a dei ricordi brutti. Cavalcare senza sella insieme a un amico, fare il bagno nudo nel lago e i cupcake al cioccolato con la glassa al burro di zia Minnie. Aveva fatto amicizia con altri ragazzi emarginati della sua classe.

Nel corso degli anni, si era chiesto che cosa fosse successo a Ralph e a Eddie. Non essendo mai stato sufficientemente curioso da partecipare a una rimpatriata, Stryker evitava gli eventi che riguardavano il suo passato, il ragazzo che era stato e il posto da cui proveniva.

Non si vergognava di venire da Pine Grove, ma il dolore per la perdita dei suoi genitori non l'aveva mai abbandonato. Sarebbero stati orgogliosi di ciò che era diventato. Stryker si era preso volentieri cura di zia Minnie nella sua vecchiaia. Grato per il suo affetto e le sue attenzioni e per essere stato accolto senza un attimo di esitazione, aveva pagato tutto ciò di cui lei aveva avuto bisogno durante la sua vita. Non appena poteva permettersi di mandarle dei soldi, lo faceva.

All'inizio, lei si era opposta ma, man mano che lui costruiva il suo impero, si era tranquillizzata, accettando la sua generosità. Solo una settimana prima lui aveva scoperto ciò che aveva fatto negli ultimi cinque anni con i soldi che le aveva inviato.

Invece di usarli per la manutenzione della casa, aveva donato quello che le restava dei soldi che usava per sopravvivere all'ASPCA e a vari rifugi per animali. A lui era venuto da ridere quando l'aveva scoperto. Certo, Minnie aveva trascorso tutta la sua vita a prendersi cura dei randagi, come aveva fatto con lui. Aveva perfettamente senso.

"A che cosa stai pensando?" gli chiese lei.

"A niente di speciale. Solo a ciò che ha fatto Minnie con il denaro che le mandavo per mantenere la casa in buone condizioni."

"Dici davvero?"

"Certo. Minnie era la proprietaria, ma ero io a pagare le spese di manutenzione."

"Dici davvero?"

"L'hai già detto."

Lei ridacchiò. "Non ne avevo idea."

"Devo tutta la mia vita a Minnie. Volevo essere sicuro che vivesse senza preoccupazioni."

"Le volevi bene."

"Mi ha fatto da madre e da padre."

"Senti ancora la mancanza dei tuoi genitori? Ti capita mai di pensare a loro?"

"Ogni giorno. Ho qualche foto."

Lei si fermò per abbracciarlo. "Deve essere difficile."

"Immagino che tu sappia cosa vuol dire."

Lei annuì. "Proprio così. Papà ci provava, ma era come se l'alcol fosse la sua amante. Non riusciva a smettere. E mamma? Vado a trovarla una volta al mese. Non abbiamo molto di cui parlare, ma qualcuno deve farlo."

"Sei arrabbiata con lei?"

"Lo sono stata per molto tempo. Ora non lo sono più. Non si può provare rabbia per sempre."

"Ti ha lasciato molte responsabilità."

"Già. Ma niente più liti e discussioni. Dopo che se n'è andata, abbiamo iniziato a vivere in pace. E lo facciamo ancora."

"Questo è già qualcosa."

"Suppongo di sì. Però, erano entrambi adulti. Di solito, se due persone non vanno d'accordo, una delle due se ne va. Ma loro no, erano entrambi troppo testardi."

"Tua madre ti ha lasciato un segno profondo quando ha fatto... quello che ha fatto."

"Intendi dire quando ha ucciso mio padre? Puoi dirlo senza problemi. Sono i fatti. Proprio così. Ho perso la maggior parte dei miei amici e il mio fidanzato. E anche i miei lavori come baby-sitter. Nessuno si fidava a lasciare i propri figli da soli con la figlia di un'assassina."

"È terribile," disse lui, stringendola a sé.

"È stato difficile, ma Will e io siamo riusciti a farcela."

"Già. Ti ha resa molto forte."

"Ahah! Non farti ingannare dalle apparenze. Non sono forte come credi."

Si fermarono sul retro del suo piccolo appartamento. Sul portico, c'erano alcune sedie dall'aspetto robusto e un tavolino rotondo. Tre mangiatoie per uccelli erano appese a un albero.

"Torno subito," disse Jess, entrando in casa. Ritornò con due bottiglie di birra. Stryker la raggiunse sul portico. Si sedettero a guardare gli uccellini che si litigavano un posto sulle mangiatoie.

"Qual è il tuo preferito?" le chiese.

"Mi piacciono tutti. Il picchio muratore è buffo quando saltella giù dall'albero. La cincia è vivace, ma il cardellino è bellissimo. Il maschio, ovviamente."

"Non bello quanto te," rispose lui.

Lei arrossì. "Non devi farlo."

"Fare cosa?"

"Riempirmi di complimenti. Mi piaci anche se non lo fai."

"Era solo un'osservazione."

"Lo so, tu sei un playboy. Si adatta perfettamente al tuo stile di vita."

"Non lo sono, in realtà. Non ho una relazione da molto tempo."

"Visto? Proprio quello che intendevo. Non hai una relazione da molto tempo, ma intanto avrai frequentato qualche donna, no?"

Adesso fu lui a imbarazzarsi. "Beh, dipende cosa intendi per molto tempo."

Lei scoppiò a ridere.

"Ok. Lo ammetto, non rifiuto quello che mi viene offerto, ma non obbligo nessuno e non pago per fare sesso," disse lui.

"Buono a sapersi," ribatté lei, appoggiando le spalle allo schienale e portandosi la bottiglia alla bocca.

Lui bevve un sorso insieme a lei. La birra fresca calmò la sua sete, ma guardarla bere... cavolo, non riusciva a smettere di guardarle la bocca. Cazzo. Seduta lì, a bere birra e a guardare gli uccellini, trasudava sesso. Lui la voleva, ma doveva agire con attenzione. Avrebbe dovuto avvicinarsi in punta di piedi o lei si sarebbe fatta un'idea sbagliata. Con Jess, non era solo una questione di sesso. Come poteva farglielo capire senza sbilanciarsi?

"E tu? Hai parlato solo del tuo ex fidanzato. Non c'è nessun altro?"

Lei scosse la testa. "Ho avuto qualche appuntamento. Molto pochi, in realtà. Qualche ragazzo nuovo, che non conosceva la storia della mia famiglia. Alcuni sono spariti quando l'hanno scoperto. Altri hanno pensato che fossi disperata e non volevano accettare un no come risposta. La maggior parte delle volte, mi annoiavo o mi sentivo disgustata. Situazioni che non sono mai andate avanti per più di due o tre appuntamenti."

"È un peccato. Una donna come te dovrebbe essere baciata a lungo e spesso."

Lei si alzò in piedi. "Credo che faremmo meglio a tornare al barbecue."

Lui la seguì, dandosi mentalmente un calcio. L'aveva fatto, aveva detto la cosa sbagliata. L'aveva spaventata. Sul portico, le prese il braccio e la fece voltare verso di lui.

"Ci stiamo girando intorno da tanto tempo." Le si avvicinò e la strinse a sé. "Tu mi piaci, Jess, più di quanto mi piacciano la maggior parte delle donne. Molto di più. Io ti voglio e penso che anche tu voglia me. Siamo adulti."

Quando lei gli appoggiò la mano sul petto, la sua temperatura corporea aumentò notevolmente. Sentì il sangue pompargli fino all'inguine. I loro sguardi si incrociarono e lui non notò nessun segnale che gli dicesse di fermarsi.

"Hai ragione, è solo che..."

"Ti prometto che non ti farò soffrire. Non farò l'amore con te per poi sparire. Non è così con te, Jess."

Lei si abbandonò tra le sue braccia. "Posso fidarmi davvero?"

Lui si mise ridacchiare. "Posso essere molte cose, ma sicuramente non sono un bugiardo."

LENTAMENTE, LUI APPOGGIÒ la bocca sulla sua. Lei sollevò il mento per ricevere il suo bacio. Le sue labbra erano morbide e calde. Era passato troppo tempo da quando era andata a letto con un uomo. Cazzo, Stryker sapeva bene come alimentare il suo fuoco. Appoggiando le mani sui suoi bicipiti robusti, sentì tutta la loro forza.

Doveva resistergli? Impossibile. Si sciolse nel calore del suo bacio, gli mise le braccia intorno al collo e premette i fianchi contro i suoi. Lui la strinse a sé ancora di più. Il calore del suo petto penetrò il tessuto sottile della sua camicetta, facendole aumentare la temperatura corporea. Dio, si sentiva travolta dal desiderio, soprattutto in mezzo alle gambe. Jess lo voleva con ogni cellula del suo corpo, voleva sentirlo dentro di sé, subito!

Lui lesse perfettamente i suoi segnali e lasciò scivolare una mano sul suo seno. Passò le dita sulla scollatura del suo vestito, entrando in contatto con la sua pelle. Senza un reggiseno che lo intralciasse, scoprì rapidamente la sua pelle. Quando le sue dita le stuzzicarono un capezzolo, un fremito le attraversò il corpo. Lei si contorse, in preda al suo tocco esperto.

"Tu mi vuoi?" sussurrò lui con voce roca, appoggiandole le labbra sul collo. Lei accarezzò la sua guancia liscia. Inarcando la schiena, Jess chiuse gli occhi e sussurrò: "Dio, sì." Lei fece scivolare la mano sotto la sua camicia, passandogli le dita tra i peli del petto. Il contatto con la sua pelle aumentò il suo bisogno di lui. Voleva di più.

Jess sollevò una gamba, appoggiando il piede dietro il suo polpaccio. Lui sollevò una mano dal suo petto, facendola scivolare sotto la sua gonna e fermandosi sopra il suo ginocchio. Prima la strinse, poi andò ancora più su per prendere possesso della sua carne. Le sue lunghe dita avvolgevano quasi completamente la sua gamba magra. Lui fece scivolare la mano su e giù, premendo il pollice sulla pelle sensibile della parte interna della sua coscia, per poi risalire e appoggiarsi sul bordo delle sue mutandine.

Lei deglutì mentre lui si avvicinava al suo punto più sensibile. Più veloce! Ancora! Voleva urlargli: "Prendimi!" ma, indipendentemente da quanto lei esortasse la sua crescente erezione, lui continuava a mantenere il suo ritmo. Finalmente, lui fece scivolare un dito sotto il bordo di pizzo, lungo la sua fessura, ed entrò dentro di lei per un secondo, prima di toglierlo.

"Basta scherzare," gli sussurrò all'orecchio.

Lui rispose con una risatina.

"Che cosa state facendo?" urlò una voce maschile.

Quel gioco di seduzione, iniziato lentamente, si interruppe in un nanosecondo. Stryker ritirò la mano. Jess si tirò giù la gonna. Lui le tirò su il corpino, poi si rivolse all'intruso.

"Chi diavolo è lei e che cosa gliene importa di quello che facciamo?"

"Chip Matthews. Il suo ex fidanzato. E mi importa e come."

"Chip?" Jess raddrizzò la schiena, si mise le mani sui fianchi e lo affrontò.

"Ex è la parola chiave. Perché non te ne vai, figliolo?", disse Stryker.

"Figliolo?" urlò Chip, con le mani strette in pugno lungo i fianchi. "Fatti sotto, vecchio. Vuoi litigare? Ti distruggerò."

"Vecchio io? Temo che ti sbagli," disse Stryker, con un'espressione gelida.

"Smettetela. Ok? Niente liti. Chip, questa è la mia vita. Non ti riguarda. Dovresti andartene."

"Andarmene? Lasciandoti con... questo predatore? Mai."

"Tu sei sposato. Vattene. Non ho bisogno di te. Stryker e io ci frequentiamo."

"Il più grande errore della tua vita, Jess," disse Chip.

"Ehi!" Stryker fece un passo avanti prima che Jess lo fermasse, mettendogli un braccio davanti al petto.

"Il più grande errore della mia vita? Fidanzarmi con te è stato il più grande errore della mia vita! Al primo segnale di disapprovazione da parte dei tuoi genitori, hai mollato. Mi hai scaricata, Chip. Mi hai abbandonata quando avevo bisogno di te. Tu sei stato il più grande errore della mia vita. Stryker non lo farebbe mai. Vero?"

"Mai. Non mi interessa cosa pensa la gente. Jess è una donna fantastica. E finché che vorrà vedermi io ci sarò. Lascia perdere, coglione," disse Stryker.

Chip reagì come un toro nell'arena. Stryker si accovacciò.

"Basta! Fermi!" urlò Jess, ma loro non la ascoltarono.

Chip si diresse verso Stryker, che si tuffò verso le sue ginocchia. Buttò a terra Chip, fece una mossa di wrestling e lo bloccò.

"Tutto qui?"

"Ti distruggerò," ringhiò Chip.

"Chip, torna a casa da Kathy. Lei è tua moglie. Non io." Jess strattonò il braccio di Stryker. "Lascialo alzare. Per favore."

Lui fece come gli aveva chiesto. Chip cercò di colpirlo, ma Stryker lo schivò.

"Ehi, la signora ci ha chiesto di fermarci."

"Va bene, va bene," borbottò Chip, accigliato.

"Devi lasciarmi in pace. Smettila di controllarmi, Chip. Kathy deve essere furiosa."

"Non mi importa. Non avrei mai dovuto lasciarti andare. È stato un errore."

"È stato molto tempo fa. È acqua passata. Lascia perdere, va bene?"

"Ok, ok. Ma non mi fido di questo tipo. Potrebbe essere tuo padre. Quanti anni hai, a proposito?" chiese Chip a Stryker.

"Quarantadue. E allora?"

"Esattamente," ribatté Jess. "E allora?"

"È il tuo funerale, Jess. Quando, tra cinque anni, non gli si rizzerà più, non venire a pregarmi in ginocchio." Chip si allontanò, scuotendo la testa.

"Non preoccuparti. Non ho intenzione di farlo." Lei si voltò verso Stryker. "Tutto bene?"

"Certo."

"Dove hai imparato a combattere in quel modo?"

"Ero nella squadra di wrestling di Yale."

Lei scoppiò a ridere. "Mi hai decisamente sorpreso. Pensavo che ti avrebbe distrutto."

Lui aggrottò la fronte. "Non preoccuparti per me, Jess. Non sono il tipo che si arrende. Non mollo. Ho sempre la meglio. È quello che faccio."

Lei sollevò le mani. "Ok, ok. Non volevo offenderti."

"Non ho bisogno che tu mi protegga. Sono sempre riuscita a proteggermi da sola, ormai da molti anni."

"Mi dispiace."

"Nessun problema. Dove eravamo rimasti?"

"Stavamo andando a prendere un altro cupcake," disse lei, intrecciando le dita con le sue.

"Non è quello che ricordo io." Lui si mise a ridacchiare.

"L'atmosfera si è rovinata."

"Ok. Inoltre, possederti sul portico di casa tua non era quello che mi ero immaginato per la nostra prima volta."

"Oh, davvero? E che cosa avevi immaginato?"

"Vieni con me e lo vedrai." Lui ridacchiò, prendendola sotto braccio. Lei sorrise e si adattò alla sua andatura mentre tornavano al barbecue.

Capitolo Tredici

Mentre Jess imburrava un'altra pannocchia, Stryker mangiò il suo terzo hot dog.

"Accidenti, questi sono buonissimi," le disse.

"È la griglia. Rende tutto ottimo," disse Barney Dailey, il marito di Laura.

Jess rimase in disparte, mangiando mentre osservava Stryker, immerso in una banale conversazione con un paio di uomini più anziani. Will si avvicinò e si unì a loro. Stryker gli fece qualche domanda sulla ristrutturazione e Will gli rispose. Sapendo che non riusciva a distinguere un martello da un cacciavite, fu paziente con lui. Jess si voltò per nascondere il suo sorriso. Vedere che Stryker ignorava qualcosa le piaceva. Will era più preparato di lui riguardo alla ristrutturazione della casa.

Riuscendo finalmente a controllare le risate, si avvicinò a loro. Prima che potesse dire qualcosa, il telefono di Stryker si mise a squillare. Lui guardò lo schermo e aggrottò la fronte.

"Devo rispondere," disse, facendosi da parte.

Jess drizzò le orecchie e cercò di ascoltare.

"Come? No. Non avevo intenzione di..."

Silenzio.

"Lo so. Devo proprio?"

Silenzio. Jess gettò via i resti della sua pannocchia.

"Non si tratta di lei. Smettila. Non è divertente."

Silenzio.

"Va bene. Due giorni. Ma non di più. Due giorni. Solo due giorni. Sì. Parto domani. Ok. Grazie, John. Penso di sì."

Poi riagganciò. Una sensazione di curiosità e gelosia si insinuò nel cuore di Jess. "Lei chi?"

"Stavi origliando?" disse lui, aggrottando la fronte.

"Beh, quando parli in pubblico non è origliare." Lei si irrigidì.

"La lei di cui parlavo eri tu."

"Io?"

"John vuole che torni a Londra. Dice che hanno un problema con la ristrutturazione dell'ufficio di lì che solo io posso risolvere."

"E che ruolo ho io in quest'equazione?"

Lui arrossì leggermente. "Quando gli ho detto che non voglio partire, mi ha accusato di voler restare qui a causa tua."

"Davvero? Oh. Ok."

"Gli ho detto che non è così, ma non riesco mai a mentire a John senza che lui se ne accorga."

"Vuoi restare a causa mia?"

Lui annuì.

"Perché?"

"Non è evidente?"

L'idea che un uomo ricco e potente come West volesse rimanere a Pine Grove per stare con lei la faceva sbellicare dalle risate. Lei scoppiò a ridere.

"Che cosa c'è di divertente?"

"Non ti aspetterai mica che io creda che rinunceresti ad andare a Londra per restare qui con me?"

"Certo che sì. Questa è la verità."

Lei smise di sorridere. All'improvviso, sentì l'impulso di piangere.

"Davvero?" gli chiese sussurrando, con la voce tremante.

"Sì, davvero." Lui le prese entrambe le mani, stringendola a sé.

Lei chinò la testa, si avvicinò a lui e si appoggiò sulla sua spalla. Stryker la strinse tra le braccia. *È stupido piangere.* Ma le lacrime arrivarono comunque.

"Oh, tesoro, non piangere," sussurrò lui. "È una bella cosa."

Lei annuì leggermente, cercando di controllare le sue emozioni. Le nuvole fecero capolino, rinfrescando l'aria. Jess ebbe un brivido.

"Senti freddo. Andiamo via." Stryker la accompagnò alla macchina.

Seguendolo, lei si sedette sul sedile anteriore della sua lussuosa Bentley e appoggiò la schiena, asciugandosi il viso con le mani. Aprendo la borsa, vi frugò dentro, in cerca dei fazzolettini e del rossetto.

"Nel vano portaoggetti," disse lui, aprendolo.

"Grazie." Lei ne prese uno e si asciugò gli occhi.

"Che ne dici di un caffè caldo o di un gelato?"

"Che ne dici di entrambi?"

"O una fetta di torta. Che cosa hai consegnato stamattina?"

"Il Cozy Café ha la mia ultima torta di mirtilli. I mirtilli sono finiti per quest'anno."

"Beh, accidenti! Che cosa stiamo aspettando? Quella ai mirtilli è la mia preferita. Insieme a quella al cioccolato, quella al cocco e forse anche quella di mele?"

Jess scoppiò a ridere. "Sei il mio miglior cliente."

"In tutti i sensi," disse lui, guardandola con un sorriso caloroso.

Imbarazzata, lei si voltò verso il finestrino. Le nuvole erano aumentate.

"Sembra che stia arrivando un temporale," disse lei. "È prevista un po' di pioggia."

Lui entrò nel parcheggio e si diressero verso il locale. Laura Dailey li salutò.

"Maledette nuvole! Ho appena preparato il caffè. Ne volete un po'?"

"Con una fetta di torta?" le chiese Stryker.

"Ovviamente."

"Mirtilli?" le chiese.

"Me ne sono rimaste due fette. Sono tutte vostre."

I due si sedettero al loro tavolo preferito, gustarono il dolce e bevvero il caffè fumante. La bevanda riscaldò Jess. Lei guardò fuori dalla finestra, osservando le nuvole che si addensavano sul lago.

"Quindi parti domani?"

"Già. Prenderò un piccolo aereo privato da Oak Bend fino all'aeroporto Kennedy. Poi partirò da lì."

"Per quanto tempo starai via?"

"Due giorni. Prenderò il volo di ritorno il terzo giorno. Tu ci sarai, vero?"

"Certo."

"E non troverai nessun altro prima del mio ritorno?"

"Non è nei miei programmi."

Lui scoppiò a ridere. "Questo è rassicurante."

"Non sei preoccupato, vero?"

Lui le prese la mano. "Non esattamente."

"Non cullarti troppo sugli allori."

"Sono sicuro che non lasceresti che accadesse."

"Puoi contarci." Lei si mise a ridacchiare.

POICHÉ STRYKER STAVA tornando a Londra, Jess andò in carcere a trovare sua madre. Prese *Un amore da red carpet,* indossò i jeans, un maglione leggero e una giacca e si diresse alla fermata dell'autobus.

Rusty Evans accostò il grosso veicolo al marciapiede.

"Vai a trovare tua madre?"

"Sì."

"Sei la mia prima passeggera."

"È una bella giornata. La gente probabilmente è fuori a fare un picnic o qualcosa del genere."

"Non è così bella. È prevista pioggia. Potrebbe anche arrivare un temporale."

"Davvero?" chiese lei, alzando la testa dal libro.

"Già. Sta arrivando un uragano. O almeno è quello che ha detto Joe Small stamattina alla radio."

"Un uragano?"

"Già. Entro la fine della settimana. Stanno pensando di rimandare il ballo del festival del granturco."

"Oh, mio Dio. Davvero?"

"Non si può mai stare troppo attenti," disse Rusty.

Jess tornò a leggere il suo libro. Rusty le aveva chiesto di uscire diverse volte, ma lei aveva rifiutato. Tuttavia, sembrava che non fosse servito a scoraggiarlo.

"Hai già qualcuno con cui andare al ballo, nel caso in cui non piovesse?"

"Già."

"Avrei dovuto immaginarlo. Una ragazza carina come te."

"Sto frequentando qualcuno," rispose Jess. E, per la prima volta, non si trattava di una bugia bianca. Si sedette e chiuse il libro, lasciando vagare la mente. Jess si voltò verso il finestrino. Poteva davvero dire di frequentare Stryker? Avevano quasi fatto sesso, quindi sì, si stavano frequentando. Lei sorrise. Lui non avrebbe voluto andarsene per stare con lei. Il cuore le si riempì di gioia.

Mentre l'autobus procedeva verso l'autostrada, Jess appoggiò la schiena e continuò a leggere. Immersa nella storia, aveva già finito di leggere due capitoli quando l'autobus entrò nel parcheggio.

"Vuoi che ti aspetti?"

"Non mi tratterrò a lungo."

"Ok. Andrò a pranzo e mi troverai qui quando uscirai."

"Grazie."

Jess porse la sua borsa e il libro alle guardie, attraversò il metal detector e percorse il lungo corridoio fino all'area visite. Poiché sua madre aveva commesso un omicidio, era isolata e doveva sedersi di fronte a Jess dietro una lastra protettiva di plexiglass.

Pochi minuti dopo essersi seduta, la porta si aprì e sua madre entrò. Jess sollevò la cornetta.

"Ciao, mamma."

"Ciao, Jess."

"Come stai?"

"Come vuoi che stia? Bloccata in questo inferno."

Jess ascoltò per dieci minuti le lamentele di sua madre, poi la guardia le si avvicinò. "Mancano dieci minuti, signorina," le disse.

Jess annuì. "Solo dieci minuti, mamma."

"Hai un ragazzo?"

Quella domanda spiazzò Jess. Era raro che sua madre chiedesse a Jess qualcosa della sua vita. Le visite si concentravano principalmente su Betty. Colta alla sprovvista, le rivelò la verità, arrossendo sulle guance.

"Ah, quindi la risposta è un sì?"

"In un certo senso. Nulla di serio." *Certo. Come se non fossi pronta ad andare a vivere con lui in quella vecchia casa in un batter d'occhio.*

"Certo, certo. Ci vai a letto?"

"Mamma!"

"Allora?" Betty sorrise, sollevando le sopracciglia.

"Devo andare adesso, mamma."

"Aspetta! Dammi qualche emozione, non vuoi? Non ho niente qui. Sono felice di sapere che c'è qualcosa di emozionante nella tua vita."

"Non vado a letto con lui, ok?"

"Peggio per te. Spero che cambierai idea. La vita è breve. Prenditi le cose belle quando le trovi. Come si chiama?"

Jess emise un sospiro di sollievo quando la guardia si alzò.

"Seduta finita. È ora di andare."

"Ciao, mamma."

"Quando torni?"

"Da questa parte," disse la guardia, avvicinandosi a Jess e alla scrivania.

"Tra un mese, mamma," le rispose, voltandosi a guardarla.

La guardia le lanciò un'occhiataccia. Jess percorse rapidamente il corridoio, prese le sue cose e uscì di corsa dalla porta. La testa le pulsava.

Una volta uscita, fece un respiro profondo. Jess odiava quella puzza, le visite e il fatto di doversi separare dalle sue cose, anche se solo per venti minuti. Il metal detector, la perquisizione e l'atteggiamento sospettoso la infastidivano, e poi c'era sua madre. Convinta di essere stata condannata da un giudice corrotto e da un avvocato incompetente, Betty non faceva altro che lamentarsi durante le visite di Jess. Tutta quella negatività prosciugava le sue forze, avviluppandola come una nube e appiccicandosele addosso come un puzzo mefitico.

L'aria fresca le alleggerì i pensieri. Chiudere gli occhi le sarebbe tornato utile. Rusty aprì lo sportello.

"Non hai un bell'aspetto," le disse.

"Sto bene. Ho solo bisogno di chiudere gli occhi per un po'."

"Ci sono sette fermate da fare per tornare a casa."

"Nessun problema." Jess non doveva andare da nessuna parte fino alle sei, quando avrebbe iniziato un turno da Homer. Lavoro, lavoro, lavoro: trascorreva le sue giornate faticando, con pochi momenti di riposo. L'unica differenza ora era che lei e Will stavano risparmiando denaro. Era sempre bene avere qualcosa in banca, in caso di emergenza. Era quello che diceva suo padre, nei giorni in cui era sobrio.

JESS SI ALLACCIÒ UN grembiule intorno alla vita. Prese un bicchiere e bevve un sorso di soda. Non sarebbe stato bello, una volta tornata dalla prigione, salire sul sedile anteriore dell'auto di Stryker e andare con lui a fare una bella cena in riva al lago? Sarebbe stato un sogno.

Sorpresa dalla rapidità con cui si era abituata alle sue attenzioni, ammise a sé stessa che le mancava. Alle sei e mezza, il locale di Homer era già pieno di gente. La sala da pranzo era tutta occupata e al bar c'era solo un posto vuoto.

Jess preparava le bevande, serviva il cibo e chiacchierava con gli avventori.

"Quando sarà pronta la tua torta di granturco con le scaglie di cioccolato, Jess?" le chiese un uomo.

"Non prima di domani."

"Che cosa ci fai qui allora? Non dovresti essere a casa a cucinare?"

"Domani mi alzerò all'alba per preparare la torta."

"Due birre alla spina, Jess," disse Homer.

"Arrivano subito."

Il lavoro da freelance con Charlie Grand permetteva a Jess di ridurre le ore di lavoro da Homer. Preferiva passare il tempo a elaborare i progetti per la ristrutturazione della casa e a immaginare come sistemare le stanze. L'architetto si era dimostrato un buon ascoltatore, annotando i suoi suggerimenti e cercando dei modi per realizzarli.

Tuttavia, lei aveva promesso a Homer di lavorare da lui nelle serate più impegnative. Poiché il locale era molto pieno per essere un giovedì sera, Jess rimase al locale per diverse ore. Alle undici, la maggior parte dei clienti erano tornati a casa. Lei si appoggiò al muro e bevve il suo terzo bicchiere di soda.

Stryker sarebbe tornato venerdì. Sarebbe arrivato in tempo per il ballo, a meno che non avessero deciso di rimandarlo. Pur non avendo nulla di adatto da indossare, gli aveva promesso di andarci con lui.

C'era sempre il negozio dell'usato. Giselle prendeva nuova merce ogni settimana.

Mentre pensava, la tv attirò la sua attenzione. Stavano trasmettendo le previsioni del tempo.

"Il vento sta aumentando. Si registra una velocità di circa cinquanta chilometri orari, ma si prevedono uragani prima di domani mattina."

Il suo cellulare si mise a squillare. Era Will.

"Esci prima. Sto venendo a prenderti."

"Ma il mio turno non è finito."

"Hai guardato fuori, Jess?"

"No, perché?"

"Sta piovendo a dirotto. Il vento è molto forte. La tua vecchia macchina non può reggere. Vengo a prenderti col furgoncino."

"Va bene. Chiedo il permesso a Homer."

Prima che lei potesse trovarlo, lui comparve. "È ora di chiudere e tornare a casa, amici."

"Oh, Homer," disse un uomo.

"Il vento si sta alzando. Piove. C'è un temporale, Nate. Voglio che tutti tornino a casa sani e salvi. Andiamo. Sto per chiudere."

Jess mandò un messaggio a Will. Probabilmente, avrebbe potuto tornare a casa in sicurezza nella sua auto, ma Will aveva ragione, il furgoncino era più sicuro. Mentre lavava, asciugava e riponeva i bicchieri, Jess guardò lo schermo della tv. Stryker avrebbe preso un piccolo aereo per Oak Bend da New York?

Lei si mordicchiò il labbro. Poteva essere poco sicuro prendere un piccolo aereo. Il suo telefono squillò. Era un altro messaggio di Will.

Il ballo è stato rinviato al prossimo sabato.

"Per chi abita nella contea di Sullivan, le forze dell'ordine consigliano a tutti di tornare a casa e di non uscire. I venti forti possono causare dei guasti alle linee elettriche. Casa vostra è il posto più sicuro," annunciò il meteorologo.

Guardò fuori dalla finestra e vide Will.

"Dattela a gambe, signorina," disse Homer, facendo un gesto con le mani. "Voglio che torni a casa al sicuro."

"E tu?"

"Esco anch'io insieme a te."

Furono gli ultimi ad andarsene. Jess abbassò la testa per ripararsi dalla pioggia battente mentre correva verso il furgoncino.

"Grazie, Will," gli disse, scuotendo la testa per scrollarsi le gocce di pioggia dai capelli.

"Ehi, non bagnare il furgoncino."

"Scusami. Non posso farne a meno."

"Hai fatto bene a lasciare qui quel macinino. Ti riaccompagno a prenderla domani."

"Grazie. Il ballo è stato cancellato?"

"Rinviato. A sabato prossimo."

"Bene, avrò una settimana per capire come procurarmi qualcosa di decente da indossare."

"Perché non prendi una parte dei soldi che guadagni con l'architetto per comprarti qualcosa di nuovo?"

"Perché abbiamo una doppia bolletta della luce da pagare."

"Non l'abbiamo pagata il mese scorso?"

Lei scosse la testa.

"Ok," disse lui.

"Non voglio che ce la tolgano."

"Lo capisco. Vorrei avere dei soldi da darti. Spendo tutto quello che guadagno per comprare degli attrezzi. Charlie pensa che io abbia tutto ciò che mi serve per lavorare, ma non è così."

Jess gli mise una mano sul braccio. "È un buon investimento. Con la tua abilità e gli strumenti giusti, tra poco tempo metterai su la tua attività."

"Lo spero. Questo è un grosso lavoro."

"È emozionante sapere che stai ristrutturando la casa di Minnie."

Will sorrise. "Dopo tutti i tuoi discorsi su quella casa, mi sto appassionando. Ora capisco cosa intendevi. Abbiamo levigato il pavimento del soggiorno, dell'ingresso e della sala, togliendo l'odore della pipì dei gatti. È una bellissima casa, avevi ragione."

"Magnifico! Questo era uno dei motivi per i quali Stryker voleva demolirla."

"Tu l'hai impedito."

"Già. Ora spero che il costo per la ristrutturazione di quella casa possa essere ammortizzato."

"Anch'io. West ci sta spendendo un sacco di soldi."

"Immagino che probabilmente la venderà."

Will distolse un attimo gli occhi dalla strada per guardare sua sorella. "E?"

"E ci penserò se e quando succederà."

"Forse non lo farà. Forse deciderà di trasferirsi a Pine Grove, sposerà una bella biondina e gestirà personalmente quel posto."

Lei diede una pacca sul braccio a suo fratello.

"Ahi! Sei forte," urlò lui.

"Smettila di prendermi in giro. Stryker West non si trasferirà in questa città fuori dal mondo."

"Non si sa mai, Jess."

"E in ogni caso non con me."

"Perché non con te?" Will spalancò gli occhi.

Esattamente. Perché non con me? Forse perché non sono sofisticata, bella e ricca? Tutti buoni motivi.

"Guida e basta, ok?" rispose lei.

Lui guidò il furgoncino attraverso le pozzanghere fino al vialetto di casa loro. Una volta in casa, Jess accese la tv per guardare gli aggiornamenti sul temporale.

Capitolo Quattordici

Stryker abbassò il sedile e chiuse gli occhi. Prendere il volo notturno di venerdì significava che sarebbe arrivato il sabato mattina presto. Non voleva perdersi il ballo. Aveva promesso a Jess che sarebbe tornato in tempo e, anche se aveva dovuto rimandare circa cinque riunioni, l'avrebbe fatto.

E si sarebbe evitato il temporale. Essendo anche lui un pilota, Stryker aveva controllato le previsioni del tempo di venerdì prima di programmare il suo ritorno a Pine Grove. Il meteorologo aveva previsto che la tempesta si sarebbe spostata sabato mattina presto, così il cielo sarebbe stato sgombro e lui avrebbe potuto prendere il suo piccolo aereo verso Oak Bend.

Chris sarebbe andato a prenderlo all'aeroporto. Era già tutto organizzato. Immaginando Jess vestita in modo sexy, sorridente e felice di vederlo, sorrise. All'inizio, l'idea di partecipare a un ballo lo faceva ridere. Non era un po' vecchio per quelle cose? Le chiacchiere dei cittadini l'avevano convinto che il ballo era uno dei più grandi eventi dell'anno.

Si addormentò facilmente mentre l'aereo volava sopra l'oceano. Stryker aveva allontanato dalla mente i pensieri riguardo al suo progetto di portare la sua attività in Europa. Non pianificava più la sua vita in anticipo, ma ora viveva di settimana in settimana.

Essendo molto abile a risolvere ogni genere di problema, Stryker Alexander West avrebbe superato ogni ostacolo che la gente, il destino o il tempo avrebbero portato sul suo cammino. Si svegliò riposato e pronto a godersi la giornata.

Mentre si dirigeva verso la pista, alzò gli occhi per osservare le nuvole. In alcuni punti, il cielo azzurro faceva capolino tra le fitte nuvole. Si chiese come fosse il tempo a Pine Grove.

Jess l'aveva chiamato un paio di volte, ma aveva fatto rispondere la segreteria telefonica perché non aveva tempo di parlare. Voleva solo sbrigarsi a concludere quegli affari e tornare da lei. Lei gli aveva anche scritto dei messagi e lui aveva ignorato anche quelli, immaginando che lei avrebbe capito. L'aereo e il pilota erano pronti.

"Buongiorno, signor West."

"Buongiorno. Cominciamo."

"Subito, signore."

Stryker salì sull'aereo, si allacciò la cintura e guardò fuori dal finestrino. Avendo qualche minuto di tempo mentre il pilota si preparava a partire, lesse i suoi messaggi. Ah! Il ballo di stasera è stato rinviato? E allora? Avrebbe potuto passare del tempo da solo con lei. Le rispose che stava per decollare e che sarebbe tornato presto.

A presto, tesoro.

Dopo qualche minuto, il piccolo aereo corse lungo la pista, poi decollò. Stryker non si stancava mai della sensazione che provava al decollo. Guardò fuori dal finestrino.

"Prevedo di atterrare tra quarantacinque minuti, signor West."

"Perfetto. Grazie." *Giusto in tempo per fare colazione al Cozy Café.*

I suoi pensieri furono interrotti dal rumore di qualcosa che colpiva il finestrino. Sbirciò fuori e vide una cortina di pioggia che circondava l'aereo. L'aereo si abbassò e iniziò a oscillare.

"Che cosa sta succedendo?"

"Ho appena saputo che c'è una coda della tempesta. Sembra che adesso ci troviamo proprio in mezzo."

"Cazzo!" Stryker si alzò dal suo posto e si sedette accanto al pilota.

"Ho controllato le condizioni meteorologiche prima di partire. Non avevano detto nulla in merito," disse il pilota.

"Le tempeste si scatenano dal nulla a Pine Grove," disse Stryker, ricordando i giorni in cui tornava tutto inzuppato da scuola quando arrivava un temporale improvviso.

L'aereo oscillava, le sue ali si abbassavano e si sollevavano, come se l'aereo fosse una nave colpita da onde gigantesche. Cominciò a sentirsi nauseato, ma cerco di respingere quella sensazione.

"Dobbiamo atterrare da qualche parte," disse Stryker.

"Sto cercando un posto adesso. Anche la torre di controllo di Oak Bend sta cercando di trovare un posto."

Stryker cominciò a sudare sotto le ascelle e sulla fronte. Se il vento si fosse alzato troppo, il piccolo aeroplano sarebbe stato sballottato come un pallone. Stryker ascoltò la conversazione tra il pilota e il controllore del traffico aereo.

Il pilota cercava di mantenere l'aereo in quota, con scarso successo. Stryker guardò in basso.

"C'è un grande campo da calcio al liceo di Pine Grove," disse.

"Un campo da calcio? Potrebbe essere perfetto."

Chiese le coordinate al controllore. Attesero in silenzio mentre il controllore cercava le informazioni necessarie.

"Trovate. Ok. Va bene. Sembra perfetto. Siete a circa ottanta chilometri di distanza. Riuscite a resistere per tanto tempo?"

"Di certo, ci proveremo," rispose il pilota.

Stryker afferrò il bracciolo finché le dita non gli diventarono bianche. La visibilità era diminuita. Sarebbero stati fortunati a evitare gli alberi durante la discesa. Volando a circa duecento chilometri all'ora, sarebbero arrivati al campo in venti minuti. Il volo complicato li preoccupava, ma riuscirono a mantenere la calma.

"Conosce la vegetazione di quella zona?" gli chiese il pilota.

Stryker si spremette il cervello. "Penso che ci sia un parcheggio che confina con il campo. Potrebbe essere un buon posto dove atterrare."

"Almeno c'è un lato senza alberi."

"Giusto."

"Riesco a vedere la radura," disse il pilota, strizzando gli occhi.

"Buona fortuna," disse loro il controllore del traffico aereo.

SOLLEVATA DI AVER FINALMENTE avuto notizie di Stryker, Jess andò al Cozy Café a consegnare le torte. Fece un sospiro di sollievo. Stryker stava tornando.

"Hai tempo per un caffè?" le chiese Laura.

"Certo." Jess prese la sua tazza e si sedette al tavolo preferito di Stryker. La radio era accesa. Le notizie interruppero la musica.

"Ultimi aggiornamenti. Venti forti e un temporale inaspettato hanno abbattuto un piccolo aereo. L'aereo è stato improvvisamente travolto dalla tempesta ed è precipitato. Non ci sono ancora notizie sui sopravvissuti."

Jess rabbrividì. Poteva essere l'aereo di Stryker? Prese il telefono e provò a chiamarlo. Nessuna risposta. Gli mandò un messaggio. Nessuna risposta. Il panico ebbe il sopravvento su di lei.

"No! No, no, no, no, no."

"Qualcosa non va?" le chiese Laura.

Le lacrime impedivano a Jess di parlare.

"Tesoro? Che cosa c'è che non va?" le chiese lei, avvicinandosi al suo tavolo.

"Quello era l'aereo di Stryker. Mi ha detto che stava tornando qui dall'aeroporto Kennedy. Deve trattarsi del suo aereo. Oh, mio Dio!" esclamò lei, scoppiando in lacrime.

Laura la abbracciò. Non riusciva a smettere di singhiozzare, perché non poteva negare quella possibilità: l'aereo di Stryker era precipitato e lui era morto nell'incidente. Le emozioni la sopraffecero.

"Non sappiamo se è morto qualcuno, Jess," disse Laura.

Tremando, si liberò dall'abbraccio di Laura e appoggiò la schiena alla sedia. "Già, non lo sappiamo."

"Potrebbe star bene."

"Potrebbe. Ma ne dubito. Avrebbe volato oggi per evitare la tempesta di ieri."

"Abbi fede. Ascoltiamo la radio."

"Non hanno notizie. Chiamo Justin Barner," disse Jess.

"Lo sceriffo? Ottima idea."

Jess digitò il numero.

"Salve, Jess. Che cosa posso fare per te?"

"L'aereo che è precipitato. Era di Stryker?"

"Non ne sono sicuro. Sto andando sul luogo dell'incidente adesso. Dove sei?"

"Al Cozy Café."

"Passo a prenderti."

"Grazie." Lei mise giù il telefono e uscì dal locale. Con le sirene spiegate, Justin si fermò nel parcheggio. Jess saltò sul sedile anteriore e partirono. Il veicolo della polizia arrivò di corsa alla scuola. Sul campo di calcio, inclinato su un lato, l'aereo giaceva su un'ala.

Intanto arrivò anche un'ambulanza. Jess aprì lo sportello e corse verso l'aereo. Con la squadra di primo soccorso proprio dietro di lei, Jess cominciò a correre a una velocità che non avrebbe mai immaginato di poter raggiungere. Ansimando e inspirando, correva più velocemente.

Il cuore le batteva all'impazzata mentre si avvicinava all'aereo. *Deve essere vivo.* Voltando l'angolo, vide due uomini, che si riparavano dalla pioggia seduti sotto l'ala e parlavano. Mentre si avvicinava, alzarono lo sguardo.

"Jess!" esclamò Stryker, alzandosi lentamente in piedi.

"Sei ferito!" disse lei, correndo al suo fianco.

"Niente di grave. Solo un paio di lividi. Mi sono anche preso una piccola storta alla caviglia, scendendo dall'aereo. Sto bene."

Jess si gettò tra le sue braccia, singhiozzando.

"Ehi, tesoro, va tutto bene. Sto bene. Il pilota ha fatto un ottimo lavoro."

"Ho pensato. Ho pensato," disse lei, cercando di respirare.

"Hai pensato che fossi morto? Ci tieni così tanto a me?" le chiese, accarezzandole la schiena.

Lei annuì. Quella consapevolezza la colpì come un fulmine. Cazzo, era innamorata di Stryker West. Cazzo. Quello sarebbe stato un problema. Ma il suo corpo le diceva che negare era totalmente inutile.

"Mi dispiace molto. Non volevo spaventarti. Ma è bellissimo sapere che ci tieni a me."

Lei sollevò il viso, con le guance striate di lacrime, per guardarlo. "Non hai altro da dire?"

"No," rispose lui, appoggiando per un attimo le labbra sulle sue. "Anch'io ci tengo a te."

Quando il paramedico si avvicinò, seguito da Justin, il loro momento di privacy si concluse bruscamente. I paramedici visitarono Stryker e il pilota, che riferì a Justin ciò che era successo. Chris arrivò alla guida della Bentley.

Jess rimase in piedi, aspettando che il suo battito cardiaco tornasse alla normalità.

Stryker si avvicinò. "Stavi ancora lavorando? Posso darti un passaggio?"

"Stavo bevendo un caffè con Laura al Cozy Café."

"Perfetto! Non ho ancora fatto colazione. Chris!"

In macchina, lei si appoggiò alla spalla di Stryker. Appoggiò la mano e il viso sul suo petto. Il battito costante del suo cuore la calmò. I suoi nervi tornarono alla normalità. Il suo profumo si mescolava all'odore della camicia pulita e a un pizzico di dopobarba speziato.

"Hai un buon odore," sussurrò lei.

Lui scoppiò a ridere. "Davvero? Nonostante tutto quello che è successo? Pensavo di essere molto sudato."

"No."

"Sei fradicia. Ti servono dei vestiti asciutti?"

"Sto bene. Fa caldo al Cozy Café. "

Lui si mise a giocherellare con i capelli umidi di Jess mentre la macchina percorreva agevolmente la strada tortuosa. Quando arrivarono, Chris parcheggiò. Mentre lo aspettavano, Stryker prese il viso di Jess tra le mani e la baciò dolcemente sulle labbra. Quando entrarono, circa mezza dozzina dei clienti del locale iniziarono ad applaudire.

"Pensavo fossi morto," disse Laura Dailey.

"No. Non ancora. Anch'io sono un pilota. "Aeronautica militare."

"Davvero?" Jess lo fissò. "Non lo sapevo."

"Chi ha fatto atterrare l'aereo?" gli chiese Chris.

"Il pilota. Non sono pazzo," rispose Stryker.

"Già. Che cosa è successo?" gli domandò Jess.

"Ti riscaldo il caffè, Jess. Stryker, non iniziare senza di me. Voglio sentire anch'io."

Tutti rivolsero l'attenzione verso Stryker West. *Guardalo. Ama avere un pubblico.* Lei sorrise tra sé.

"Cibo per tutti. Offro io. Ordinate quello che volete," disse.

Un coro di ordini di waffle, sandwich con uova e bacon e scones si sollevò nel locale. Mentre il personale preparava i pasti, Stryker iniziò a raccontare.

"Il cielo era limpido quando abbiamo decollato dall'aeroporto Kennedy. C'era qualche nuvola, ma niente di preoccupante," iniziò.

DATO CHE STRYKER ERA un po' stanco per il jetlag e un po' dolorante per i lividi e i tagli, Jess tornò a casa dopo la colazione. Caricò la sua macchina e terminò le consegne. Lavorare con gli architetti sulla vecchia casa di Minnie le aveva portato via tutto il tempo libero.

Il ballo, previsto per sabato sera, si avvicinava e lei non aveva nulla da indossare.

Jess aveva cercato di convincerlo a non andarci, ma Stryker non aveva voluto sentire ragioni.

"Non andarci? A un evento di Pine Grove?"

"Ci sono un sacco di persone che non mi parlano. Che senso avrebbe andarci?"

"Stronzate. Qual è la vera ragione?"

Aveva mentito alla sua richiesta di chiarezza. Non avrebbe mai ammesso di non avere un abito adatto al ballo. Si diresse verso Pelletier e Grand per il suo appuntamento pomeridiano con Charlie.

"Parliamo dello studio," le disse.

"Oh, sì. Il camino funziona ancora?" gli chiese.

Parlarono per due ore, esaminando i disegni ed elaborando un programma per il prossimo incontro. Charlie diede a Jess una chiave della casa, spiegandole cosa avrebbe dovuto controllare prima della settimana successiva.

Tornando a casa, lei passò davanti al negozio dell'usato. Erano le cinque e Giselle Davenport, la proprietaria del negozio, era ferma davanti alla porta, intenta a tentare di mettere la chiave nella serratura. Jess si fermò di colpo e fece retromarcia. Abbassò il finestrino.

"Giselle! Hai dei vestiti?"

"Sì. Ieri me ne sono arrivati alcuni nuovi."

"Posso dare un'occhiata?"

"Certo."

Jess fece un'inversione a U e parcheggiò lungo la strada. Giselle si era messa in tasca la chiave ed era entrata nel negozio. Il campanello tintinnò quando la porta si aprì.

Giselle la chiamò: "Jess?"

Dimenticando che la sua amica, la proprietaria del negozio, era cieca, Jess le rispose: "Sono io."

"Hai scelto il giorno perfetto per venire. Ieri è arrivata nuova merce. Abiti fantastici. Alcuni sono anche della tua taglia. Andiamo."

L'ultima cosa per la quale Jess aveva i soldi era un vestito nuovo, anche se di seconda mano.

"Voglio solo dare un'occhiata," disse Jess, esaminando i capi colorati. Un abito senza maniche color ghiaccio attirò la sua attenzione.

"Provatelo."

Jess scosse la testa. Non provava mai niente che non potesse comprare. In questo modo risparmiava molto tempo. Non riuscendo a resistere, controllò il prezzo. Quindici dollari. Immaginò che quel vestito, comprato nuovo, sarebbe costato duecento dollari. Lei aveva solo tre dollari nella borsa. Jess sospirò.

"Possiamo fare un baratto?" le chiese Giselle.

"Un baratto?"

"Sì. Potresti accompagnarmi a fare la spesa? "

"Certo. Domani devo andare a fare la spesa al Meadow per tre signore. Possiamo andarci domani?"

Giselle appoggiò una mano sul braccio di Jess. "Solo se mi permetti di darti qualcosa in cambio."

"Non essere sciocca. Dovrei andarci comunque."

"Non verrò con te, a meno che tu non prenda qualcosa."

"Che cosa avresti in mente?"

"Quel vestito color ghiaccio."

Jess ebbe un sussulto.

"Forza. Provatelo.

Quel vestito sembrava fatto apposta per lei. Il corpetto metteva in risalto le sue deliziose curve e la gonna ampia, con uno strato di tessuto trasparente sopra il taffetà, svolazzava in modo provocante mentre ruotava.

"Ok. Affare fatto," disse Jess. "Grazie.", disse abbracciando la sua amica. "Passo a prenderti alle dieci. Ti va bene?"

"Perfetto. Mi troverai pronta," disse Giselle, piegando il vestito e mettendolo dentro una busta. Jess sperava che Stryker non avrebbe capito che era un vestito di seconda mano. Sospirando, spinse la porta, facendo suonare il campanello. Poi sorrise. No, a Stryker sarebbe interessato solo poterglielo togliere facilmente.

Quando tornò a casa, appese il vestito nell'armadio e cominciò a preparare la cena. Quella sera, avrebbero mangiato della pasta con gli avanzi di pollo. Dopo aver preso tutti gli ingredienti, aprì una birra e accese la radio. Canticchiando mentre lavorava, Jess finì di cucinare rapidamente.

Alle cinque e mezza, Will entrò dalla porta.

"Che cosa c'è per cena oggi?"

"Hai fame?"

"Potrei mangiare un elefante," le rispose.

"Peccato. Niente elefanti nel menu."

"Bene. Quello era l'aereo di Stryker?"

"Sì."

"Lui sta bene?"

"Sì," gli rispose Jess, aprendo una birra e porgendola a suo fratello.

"Bene. Così non perderò il lavoro."

"Pensi solo a questo?"

"No, a volte penso anche a Jennie."

"Mi fa piacere sentirtelo dire. Se l'è cavata per un pelo."

"E, se gli fosse successo qualcosa, ti si sarebbe spezzato il cuore?"

Gli occhi le si riempirono di lacrime e il mento iniziò a tremarle. "Mi avrebbe devastata."

"Oh, Jess," disse Will, stringendole la mano.

"Non so cosa fare, Will," gli disse lei a voce bassa. "Sono innamorata di lui e so che non potrà mai funzionare. Voglio dire, lui sta mettendo su un ufficio a Londra. Ha una vita, un'attività. Non c'è posto per me lì, ma non posso evitarlo."

Will si alzò in piedi e abbracciò sua sorella. "Non preoccuparti di questo, Jess. Non possiamo controllare i nostri sentimenti. Amiamo chi amiamo. Andrà tutto bene."

"Me lo prometti?"

"Te lo prometto. E se ti farà soffrire gliele darò di santa ragione."

DATO CHE STRYKER AVEVA in programma una conferenza telefonica, Jess aveva accettato di incontrarlo al ballo. L'evento si sarebbe svolto alle spalle del municipio. La piazza era decorata da luci colorate, appese da un palo del telefono all'edificio e fino a un altro palo. Jory Walker, Mindy Winslow e i loro mariti si occupavano dei tavoli del rinfresco, mentre il sindaco Mike e la sua band sistemavano gli strumenti.

Jess diede un'occhiata ai dolci. C'erano biscotti con gocce di cioccolato, torta margherita e una quantità enorme di brownies e blondies. Su un altro tavolo, c'erano bibite, birra e vino.

Si era offerta volontaria per aiutare e aveva chiamato Ida Billings, che aveva rifiutato. "Non vogliamo una come te qui," le aveva detto Ida. Controllando la sua rabbia, Jess aveva semplicemente riattaccato.

"Non permettere a quella vecchia strega di trattarti male. È gelosa. Tu sei giovane e carina, mentre lei è una vecchia strega senza marito e senza figli.", le aveva detto Jory.

L'aria umida le accarezzò la pelle mentre si dirigeva dal tavolo del cibo a quello delle bevande. Un bicchiere di merlot sarebbe stato bene con i due brownies che aveva mangiato. La gente continuava ad arrivare e a occupare i tavoli, mentre Mike e i suoi amici suonavano una canzone. Will e Jennie arrivarono subito dopo Chip e sua moglie Kathy. Jess fece un cenno a Kathy, che le lanciò un'occhiata gelida.

Will e Jennie raggiunsero Jess.

"Quali sono più buoni, i brownies o i blondies?" chiese a sua sorella.

"I sono una fan dei blondies, ma anche i brownies sono grandiosi."

"Immagino che dovrò mangiarli entrambi," rispose lui.

"Ciao, Jess," disse Jennie, abbracciandola rapidamente. La giovane donna aveva raccolto i suoi capelli scuri sopra la testa e indossava un vestito bianco con i bottoni.

"Hai un aspetto magnifico, Jen. Il bianco ti sta benissimo."

"Grazie."

Jess era arrivata in anticipo. Stava controllando l'orologio chiedendosi dove fosse Stryker, quando sentì chiamare il suo nome.

"Jess! Sono qui!"

Lui era lì, con indosso un paio di pantaloni cachi, una camicia bianca button down e una giacca sportiva blu scuro appesa al braccio. Il colletto della camicia era sbottonato. Mentre osservava quell'uomo sensuale, provò una sensazione di calore. Con il suo sorriso bianco e le spalle larghe, era l'uomo più bello tra i presenti al ballo. Stryker si fece largo tra la folla per raggiungerla. Con un braccio, la strinse a sé e la baciò.

Lei si lasciò andare tra le sue braccia. "Pensavo che non saresti venuto."

"Darti buca? Mai. Sei bellissima.", le disse guardandola.

Jess gli prese la mano e lo accompagnò al tavolo del cibo. Lui divorò un brownie, poi aprì una bottiglia di birra. Mentre la band suonava, le appoggiò la mano sulla spalla e si guardò intorno.

"C'è molta gente per Pine Grove," commentò lui.

"Già. Il ballo fa venir fuori tutti gli scarafaggi."

"Scarafaggi? Ci sono delle persone simpatiche in questa città," le rispose.

"E anche alcune meno simpatiche."

"Come in tutti gli altri posti."

"Già."

Lui appoggiò la birra e le prese la mano, stringendola tra le braccia per ballare un lento. Lei gli strinse le spalle mentre lui le metteva le mani intorno ai fianchi. Appoggiandosi al suo petto, lei fece un respiro profondo. Aveva un ottimo odore. Un buon dopobarba e il suo profumo inconfondibile.

"Hai un buon odore," le sussurrò all'orecchio. "Profumo nuovo?"

"Mughetto."

"Mi piace."

All'improvviso, una donna disse a gran voce: "Bene, bene, bene. Guarda un po'. Jess Lennox che indossa il mio vestito. Non è divertente?" chiese Anita Morrissey alla donna accanto a lei.

"Il tuo vestito?" le chiese la sua amica.

"Già. L'ho comprato anni fa. L'ho lasciato al negozio dell'usato una settimana fa. Di certo, non le ci è voluto molto per approfittare dell'occasione. Sono sorpresa che se lo possa permettere," proseguì la donna.

Stryker la strinse ancora più forte. Lacrime di rabbia e umiliazione facevano bruciare gli occhi a Jess, minacciando di uscire.

"Non dire niente. Ignorale", le sussurrò.

"Ci sto provando," rispose lei.

"E ha un ragazzo ricco. Lui dovrebbe stare con te, Anita," le disse la sua amica.

Adesso era troppo. Stryker abbassò le braccia. "Sapete, se foste uomini, vi porterei fuori da qui per insegnarvi un po' di buone maniere. Perché non state zitte e vi fate gli affari vostri? Jess e io non siamo affari vostri."

"Un po' nervoso," borbottò Anita, allontanandosi rapidamente.

Jess si toccò la gonna. Ora il suo vestito le sembrava insignificante. Voleva strapparselo di dosso e gettarlo nella spazzatura. Respirando a pieni polmoni per cercare di calmarsi, Jess non si accorse che qualcuno si stava schiarendo la voce. Giselle le diede un colpetto sulla spalla.

Poi iniziò a parlare. "Non è il suo vestito. Non è stata lei a donarlo. Sta mentendo."

Jess abbracciò la sua amica. "Grazie," disse lei, asciugandosi le lacrime che le scivolavano sulla guancia.

"Non mi interessa di chi fosse il vestito. Adesso è tuo e ti sta benissimo. Balliamo," le disse lui, conducendola al centro della pista.

Capitolo Quindici

Fecero altri tre balli, ma Jess non riuscì più a ritrovare la calma.

"Penso che dovrei andare a casa. Ho delle cose da fare domani."

"Non andartene. Ho una sorpresa. Andiamo." Stryker le prese la mano e la condusse alla sua auto. Aprì lo sportello e si sedette dietro al volante. Quando entrò nel vialetto della vecchia casa, Jess sorrise. In qualche modo, finivano per ritrovarsi sempre in quel posto.

Aprì il bagagliaio e prese una bottiglia di champagne, due flûte e una borsa piena di altri oggetti. Poi, la condusse al loro posto sotto l'albero vicino al laghetto e stese per terra una coperta di cotone. Lei si tolse i sandali e si sedette. Stryker stappò la bottiglia e le riempì il bicchiere. Lei bevve un bel sorso, poi abbassò la schiena sostenendosi con una mano e si mise a guardare le stelle. La notte era limpida e l'aria si era rinfrescata. Era una bella serata.

"Grazie per avermi difesa. Non ci sono abituata."

"Le persone gelose sono odiose."

Lei lo guardò. "Gelose? Di me? Davvero? Perché? Chi sarebbe geloso di me?"

Lui scoppiò a ridere. "Sei divertente. Hai molte cose nella tua vita."

"Io?"

"Sì, tu. Sei bellissima. Sei simpatica. Ti prendi cura degli altri. Sei intelligente. Devo continuare?"

Lei sorrise. "No, ma è bello sentirselo dire."

"Hai molte cose. Già. E i tuoi dolci sono fantastici."

Lei gli si avvicinò e gli accarezzò la guancia. "Grazie."

Lui si voltò e le baciò la mano. Jess avvicinò la bocca alla sua. Lui dischiuse le labbra e passò la punta della lingua sul labbro di Jess. Lei aprì la bocca e lui si tuffò dentro. Stryker la strinse sempre di più, fino a sentire il suo seno sui suoi pettorali.

Lei si sentì pervasa dal desiderio. Gli mise la mano dietro la nuca e lasciò scivolare le dita per accarezzargli i capelli. I due persero l'equilibrio e caddero a terra. Lui si mise rapidamente sopra di lei.

"Ti voglio," le disse con voce roca.

Jess allontanò tutti i pensieri e si abbandonò totalmente ai suoi sensi. "Allora prendimi," gli rispose lei sussurrando.

Mentre le esplorava la bocca con la lingua, lui lasciò scivolare la mano finché le sue dita raggiunsero la cerniera. Lui la abbassò, allentandole il corpetto. Continuò finché non si aprì completamente. Stryker sollevò il viso, incrociando il suo sguardo. Lei mise entrambe le mani sotto l'orlo della sua camicia e la tirò su. Lui se la sbottonò e se la tolse dalle spalle, lanciandola di lato. Poi si tolse la canottiera dalla testa.

La luce della luna proiettava luci e ombre sul suo petto magnifico, definendo i suoi muscoli e scurendogli i capelli. Lei fece scorrere le mani sui suoi peli morbidi, premendo delicatamente la punta delle dita sulla sua pelle. Toccarlo le fece venire i brividi lungo la schiena.

"Senti freddo?"

"Sono eccitata," gli rispose lei dolcemente.

Lui ridacchiò mentre le abbassava il vestito fino alla vita. Il suo sguardo si soffermò sul suo seno, riscaldandole la pelle e inturgidendole i capezzoli. Travolta da un'improvvisa ondata di timidezza, si coprì con le braccia.

"Non farlo. Sei bellissima. Per favore. Voglio guardarti," le disse, sollevandole le braccia.

Jess inspirò e chiuse gli occhi. Le sue mani le accarezzarono le spalle fino al seno. Si chinò per baciarne uno, prendendo un capezzolo indurito in bocca. Stringendogli le spalle, lei iniziò a gemere al suo tocco. Lui lo succhiava e lo leccava con la lingua, mandandole scariche di eccitazione tra le gambe. Mentre le sue mani e la sua bocca facevano magie, lei si sentiva sempre più eccitata.

Era passato così tanto tempo che Jess si era chiesta se avrebbe mai fatto di nuovo l'amore con qualcuno. Come se lo sapesse, Stryker procedette lentamente, prendendosi il suo tempo, con gentilezza. Lei inarcò la schiena, spinse il petto verso di lui e sollevò un ginocchio, appoggiando un piede per terra.

"Togliteli," gli disse. "Tutti."

"Tutti?" disse Stryker, spalancando gli occhi.

"Hai sentito bene."

"Agli ordini, capitano," rispose lui. Stryker si alzò in piedi, si abbassò la cerniera dei pantaloni e li lasciò cadere giù insieme ai boxer. Li spinse di lato.

"Tutti?" disse lui, aggrottando la fronte.

"Tutti."

Si tolse anche i calzini. Lei esaminò il suo corpo con lo sguardo. Cazzo, aveva un fisico stupendo. Aveva gli addominali ben definiti e i fianchi magri ed era già in erezione. Fissando il suo cazzo, lei esclamò: "Accidenti. Che spettacolo!"

"Ora tocca a te," rispose lui abbassandosi, afferrandole il vestito e tirandoglielo giù. Lei sollevò i fianchi e il vestito color ghiaccio scomparve in un lampo, poi raggiunse i suoi pantaloni. Lei stava lì, a contorcersi tutta, con addosso sole le sue mutandine di pizzo bianco.

"Sei stupenda. Ora le mutandine."

Mentre lei si sollevava sulle ginocchia, gli sorrise, prendendosi tutto il tempo per togliersele. Fermandosi quando le arrivarono alle ginocchia, lei si sporse in avanti e glielo prese in bocca.

"Oh, cazzo!"

Lei cercò di soffocare una risata, ma non ci riuscì. Dopo pochi secondi, gli era diventato duro come una roccia. Altrettanto rapidamente, lui fece un passo indietro.

"No, no. Non farlo. Abbi pietà di me," le disse. "Ora togliti quelle mutandine."

Alzandosi, lei le lasciò cadere e le allontanò con un piede. Completamente nudi, si guardarono. Il suo corpo ardeva di passione per lui.

"Sei stupenda," sussurrò lui, esaminandole tutto il corpo prima di soffermarsi in mezzo alle sue gambe. Si era depilata il pube in stile francese. Stryker le si avvicinò, mettendole la mano tra le cosce e raggiungendo il suo clitoride. Le sue dita iniziarono a esplorarla.

"Sei bagnata."

"Sì, lo so."

Lui scoppiò a ridere.

"Ok. Sono una ragazza semplice, con l'uomo giusto."

"Non c'è niente di semplice in te, piccola. Niente di niente."

"Ah, davvero?"

"Sì. E lo adoro."

"Davvero?"

"Shh. Non dire niente." Lui le riprese la bocca con la sua mentre le accarezzava il clitoride con le dita. La passione si accumulava dentro di lei. Lei fece scivolare le mani su e giù per il suo petto, meravigliandosi della deliziosa sensazione provocata dai suoi muscoli e dalla sua pelle.

Lui fece scivolare un dito dentro di lei, poi un altro, e lei pensò che avrebbe perso la testa.

"Oh, mio Dio. Stryker. Mi stai uccidendo!"

"Ti faccio male?" le chiese, togliendo bruscamente la mano.

"No, no! Non fermarti, oh, ti prego, non fermarti," gli disse, prendendogli la mano e rimettendola dov'era prima.

Lui si abbassò per baciarla, poi tirò fuori la lingua per assaporare la sua pelle. Le sue dita la invasero, rendendo quasi insopportabile il calore che sentiva dentro di sé.

"Si può morire di frustrazione sessuale?" sussurrò lei.

Lui scoppiò a ridere. "Ok, ok. Sei davvero impaziente."

"Ti voglio così tanto."

Lui frugò nelle tasche dei pantaloni, estraendo il portafoglio. Prese un preservativo.

"Ma prima un assaggio," le disse, aprendole le gambe e appoggiando la bocca sulla sua pelle calda. Mentre la sua lingua le scivolava lungo la vagina, lei pensò di morire, ma non lo fermò. Le stupende sensazioni che le attraversavano il corpo la facevano eccitare sempre di più, pulsando tra le sue gambe.

"Stryker," disse lei.

"Ok, ok. Messaggio ricevuto", le disse, srotolando il preservativo sulla sua asta dura.

Si mise sopra di lei, se la prese in mano e iniziò a strofinargliela sulla vagina prima di fermarsi al suo ingresso. Spingendo rapidamente i fianchi, entrò dentro di lei. Lei emise un piccolo urlo. Cazzo, era passato così tanto tempo? Era possibile che le fosse ricresciuto l'imene?

"Non sei vergine, vero?" le chiese, con un tono di voce meravigliato.

Ora fu lei a scoppiare a ridere. "Certo che no. Solo che è passato molto tempo."

"Lo vedo. Cazzo, sei molto stretta. È incredibile," le disse, tirandolo leggermente fuori e spingendolo di nuovo dentro.

"Oh, cazzo, è stupendo. Maledettamente stupendo," gli disse lei, chiudendo gli occhi.

I fianchi di Stryker si muovevano a ritmo costante, poi lui aumentò lentamente la velocità. Le prese un piede, se lo appoggiò su una spalla e continuò a spingere dentro di lei. Allungando un braccio verso il suo petto, lei si afferrò alla sua schiena, premendo leggermente con le unghie fino a sentirlo gemere.

Jess ridacchiò leggermente.

"Ti piace?" sussurrò lei.

"Cazzo, sì."

Con la sua gamba appoggiata sulla spalla, Stryker spinse a fondo dentro di lei. Lei gemette mentre lui spingeva. Le sue labbra entrarono in contatto con le sue. Poi, la sua lingua cercò quella di lei, connettendoli a tutti i livelli. La vicinanza dei loro corpi e il calore della loro passione le riempì il cuore di gioia. Una sensazione di pace e di protezione si fece strada dentro di lei. Tutti i nervi del corpo di Jess presero vita mentre lui continuava a spingere. La passione raggiunse un crescendo, mentre un orgasmo ardeva dentro di lei. Lei sollevò i fianchi e si adeguò al suo ritmo. Quando il piacere raggiunse ogni parte del suo corpo, fino alle dita delle mani e dei piedi, lei urlò il suo nome.

"Oh, mio Dio," gemette lei.

Spalancando gli occhi, lei notò il suo grande sorriso. Ridacchiò notando la sua contentezza per averla fatta venire così rapidamente. Tenendo lo sguardo su di lui, lo vide arrossire sul collo, mentre socchiudeva gli occhi. *Sembra che anche lui stia per venire.*

"Cazzo. Sei così sexy. Sto per esplodere," disse lui, appoggiando la fronte sulla sua.

"Fallo."

Mentre si muoveva sempre più velocemente, la tensione aumentò dentro Jess. Inaspettatamente, un secondo orgasmo si fece strada dentro di lei. Sempre più velocemente e intensamente, spinse fino a quando lei pensò di perdere la testa. Improvvisamente, l'orgasmo raggiunse il suo apice e partì come un razzo al decollo. I suoi fianchi iniziarono a muoversi automaticamente mentre lui godeva.

Stryker emise un forte gemito, poi sussurrò il suo nome, indicando che anche lui aveva raggiunto l'orgasmo. Lui le appoggiò la fronte sudata sul petto, poi le baciò entrambi i seni e le labbra. Sollevandosi sulle braccia, le sorrise. Jess gli passò una mano sulla pelle del petto, calda e imperlata di sudore.

"Wow," disse lui, guardandola.

"Già," rispose lei, alzando il viso per guardarlo negli occhi.

La luna gli illuminava metà del volto. Lei cercò di capire le sue reazioni e le sue emozioni, ma non riuscì a scorgerne nessuna nella penombra. Era solo sesso per lui o era qualcosa di più?

"Sei incredibile," sussurrò lui, appoggiando di nuovo la bocca sul suo seno.

"Anche tu. Mi sento, mi sento, così...", iniziò a dire lei, poi si fermò.

Stryker lo tirò fuori e si sedette sulle anche. "Continua," le disse.

"Non posso. Mi mancano le parole."

Lui scoppiò a ridere. Stryker le accarezzò la guancia e parlò piano. "Sei ancora più bella dopo aver fatto l'amore."

"Davvero?"

"Decisamente."

Alcune domande le vennero in mente. Lei rispose: "Perché io? Voglio dire, potresti avere tutte le donne del mondo. Perché io? Non sono né ricca né brillante, non sono una modella o una star del cinema, non sono nemmeno bella. Sono solo una ragazza di provincia, che lotta per andare avanti."

"Sei così tante cose. È un peccato, Jess, che tu non capisca quanto sei meravigliosa. Non sei una ragazza come tutte le altre, non sei una di quelle fatte con lo stampino che cercano solo un uomo ricco. Amo tutto questo di te. Tu sei vera. Niente falsità, sei tu — semplicemente Jess. Dici quelli che pensi, non ci vai leggera e hai superato molte difficoltà. Hai avuto una vita dura. Lo capisco."

"L'ammirazione è una cosa, ma, beh, il sesso è un'altra."

"Essere una vincitrice ti rende molto sexy ai miei occhi. Anch'io ho superato molte difficoltà. Abbiamo più cose in comune di quanto tu possa immaginare. Potrei non essere testardo come te, ma mi ci avvicino molto."

Lei scoppiò a ridere. "Sono d' accordo."

"Sei un diamante grezzo. Un quadrifoglio in un distesa d'erba. E sei ancora più speciale perché non ti rendi conto di quanto tu sia speciale."

Voleva dirgli di amarlo ma, quando quelle parole stavano per uscirle dalla bocca, lei si trattenne. Non avrebbe mai confessato di amarlo per prima.

STRYKER SMISE DI PARLARE. Sopraffatto dall'amore, si sentì sorpreso. Non poteva essere innamorato. Non c'era posto per l'amore nella sua vita, ma non aveva mai provato quelle sensazioni prima. Dopo aver fatto l'amore con una donna, di solito voleva che lei smettesse di parlare, si rivestisse e se ne andasse, ma non questa volta. Ascoltò Jess con grande attenzione, soppesando ogni sua parola.

Sentendo le braccia stanche, si voltò e si distese accanto a lei. Con una mano, le sollevò il collo e le mise un braccio intorno alle spalle, stringendo il suo corpo nudo, a contatto con la sua pelle. Cazzo, stava così bene tra le sue braccia! Riusciva solo a pensare a quanto si sentisse felice e a quando avrebbe avuto un'altra occasione per fare l'amore con lei. Se non fosse successo nei prossimi cinque minuti, non sarebbe stato abbastanza presto.

Lui le accarezzò i capelli. "Sei venuta due volte?"

"Sì sì. Era la prima volta per me."

Lui si gonfiò il petto e sorrise.

"Ti stai pavoneggiando come un gallo nel pollaio?" gli chiese.

"Se pensi che questa descrizione mi si addica..."

Lei scoppiò a ridere. "Non lo sei, sei diverso."

"Lo sono quando sto con te," le disse con un'espressione seria, mentre le passava le dita tra i capelli.

Jess si rannicchiò, gli appoggiò il viso sul petto e gli mise un braccio intorno alla vita. Mentre allontanava dalla sua mente domande sgradite, una sensazione di pace ebbe il sopravvento su di lui. In un attimo, il respiro di Jess si fece costante. Abbassando lo sguardo, si accorse che lei aveva chiuso gli occhi. Si era addormentata. Cazzo! Lui allungò il braccio verso un'altra coperta per coprire entrambi. Avrebbe avuto tutto il tempo per sistemare tutto il mattino dopo.

Adesso, aveva l'occasione più importante della sua vita, quella di dormire serenamente tra le braccia della donna che amava. Non riusciva nemmeno a ricordare quando fosse successo l'ultima volta, se mai era successo. Allontanò tutti i pensieri e la ascoltò respirare. Avvolto dal calore della coperta, si lasciò andare, abbandonandosi al sonno.

Stryker si risvegliò sentendo qualcosa che gli fiutava i capelli. Aprì gli occhi e vide una puzzola soffice e grassottella. Mettendosi una mano sulla bocca per non urlare e spaventare l'animale, Stryker spalancò gli occhi. La puzzola si allontanò prima che Jess iniziasse a muoversi.

Lui appoggiò la schiena, asciugandosi il sudore dalla fronte. *C'era mancato poco.* L'aria era diventata gelida. Forse essere rimasto fuori nel bel mezzo della notte, tutto nudo, era la causa dei suoi brividi. O era la giovane donna sexy distesa al suo fianco?

Stryker si voltò, osservando la puzzola durante la sua ricerca notturna di qualcosa da mangiare. Quando la creatura fu a una cinquantina di metri di distanza, Stryker diede una colpetto col gomito alla spalla di Jess.

"Svegliati, tesoro. È ora di andare."

"Eh? Cosa?" gli chiese lei, sbadigliando.

"Già. Una puzzola è appena venuta a farci visita. Penso che sia più sicuro se andiamo via. Inoltre, fa freddo." Lui si scoprì, lasciando Jess ancora coperta, e si rivestì in fretta.

"Oh, dobbiamo proprio? Sto così bene," sospirò lei.

"Andiamo, piccola. Ti aiuto io," le disse, porgendole la mano.

Togliendosi la coperta, lei protestò. "Cazzo! Come mai fa così freddo se siamo in estate?

Lui le porse il suo vestito color ghiaccio.

"Dove andiamo adesso?"

"A casa mia. Possiamo passare il resto della notte in un vero letto."

Lei si infilò le mutandine e si voltò verso di lui per farsi alzare la cerniera. In macchina, Stryker aprì l'aria calda finché non dovettero abbassare i finestrini per rinfrescarsi. La loro era l'unica macchina per la strada.

"Che ore sono?" gli chiese lei.

Lui diede un'occhiata all'orologio sul cruscotto. "Sono le tre."

"Devo svegliarmi tra due ore."

"Ma è domenica. Lavori la domenica?"

"Certo. Molta gente va a mangiare fuori la domenica. Aspettano le mie torte."

"Forse dovremmo andare a casa tua allora?"

"Ok. Non aspettarti niente di speciale. È pulita, ma un po' malandata."

"Non mi importa."

Parcheggiarono nel vialetto ed entrarono in silenzio. Jess accese le luci in cucina.

"Forse dovrei preparare il caffè. Non ha senso dormire per alzarsi solo tra due ore, giusto?"

"Sono d'accordo."

"Come lo vuoi?"

"Come lo voglio cosa?"

"Il caffè."

"Oh, sì. Latte, niente zucchero," le rispose, sorridendo.

"Lo immaginavo."

Jess accese la macchina del caffè. "Mi è rimasta un po' di torta. Crema al cocco o crema al cioccolato?"

"Ne hai fatta in più?"

"A volte una torta non viene bene. Non posso venderla, quindi la mangiamo."

"Posso avere un pezzo di entrambe?"

"Certo."

Dopo averne messo due grosse fette su un piattino, Jess gli versò il caffè e lo appoggiò davanti a lui.

"Non mi pare che ci sia qualcosa che non vada in queste torte."

"Credimi. Non vanno bene. A volte sbaglio qualcosa e la crosta della torta non è uniforme o il ripieno fuoriesce durante la cottura."

Lui ne assaggiò un pezzo e chiuse gli occhi. "Deliziosa."

MENTRE STRYKER MANGIAVA la torta e beveva il caffè, Jess prese dal frigorifero gli ingredienti per farcire la torta. I lamponi freschi erano ancora di stagione, quindi ne aveva abbastanza per fare una torta. La torta chiffon al cioccolato aveva sempre successo e due clienti avevano richiesto una torta al cocco.

Quando Jess percepì il suo sguardo che la seguiva, sorrise. Faceva torte da così tanto tempo che poteva farle anche dormendo. Mescolando delicatamente i lamponi con lo zucchero, prese un cucchiaio per assaggiarli, poi gliene porse uno.

"Perfetto," disse lui.

"Concordo."

Mentre lei continuava a cucinare, lui iniziò a parlare. "Domani ho un appuntamento con Charlie Grand. Anzi, ormai oggi. Mi ha chiesto di portarti con me. Puoi venire?"

"Tu vuoi che venga?"

"Certo, altrimenti non te l'avrei chiesto."

"A che ora?"

"Alle due."

"Perfetto."

Lui si alzò in piedi. Sbadigliando, stiracchiò le braccia sopra la testa. Jess mise due torte nel forno, poi fece un passo indietro. Lui le si avvicinò da dietro, le mise le braccia intorno e abbassò la testa per baciarle il collo.

"Stanotte è stato fantastico."

Lei si strinse a lui e chiuse gli occhi. "Oh, oh."

"Sono le quattro. Dovremmo dormire un po'."

"Devo finire di cucinare adesso. Dormirò più tardi."

"Ti va di venire a dormire da me?"

"Se vuoi."

"Lo voglio."

"Posso essere lì alle nove," gli disse.

"Bene. Preparo il caffè o vorrai andare subito a dormire?"

"Un caffè sarebbe perfetto."

"D'accordo."

Lui si staccò da lei. Lei lo guardò e sollevò il mento. Stryker la baciò lentamente e dolcemente.

"Non voglio farti eccitare troppo, dato che devi lavorare."

"Sono già carica di adrenalina. Probabilmente lo sarò fino alle nove, quando potrò dormire."

"Ci vediamo alle nove?" le chiese.

"Sì."

Jess camminò con lui verso la porta e si fermò sui gradini, guardandolo allontanarsi in macchina. Lei lo salutò con la mano e lui ricambiò il saluto. Appoggiandosi allo stipite della porta, lei sospirò. Cenerentola non aveva niente addosso. Un timer suonò, riportandola alla realtà. Tornò in cucina e si rimise al lavoro. Ma la sua mente non era lì. Si ricordò ogni momento trascorso sulla coperta con Stryker.

Lui era un amante incredibile. Il suo comportamento freddo e distante era svanito, rivelando l'uomo tenero e passionale che nascondeva dentro di lui. Tutto ciò che aveva fatto era stato per darle piacere. Beh, quasi tutto. L'aveva trattata come una principessa, o forse come una regina. Come amante, aveva raggiunto un livello così alto che nessun altro uomo avrebbe potuto raggiungerlo.

Stryker Alexander West, magnate, miliardario, uomo d'affari motivato e ambizioso, faceva l'amore come il protagonista di un romanzo rosa. Lei scoppiò a ridere. Chi avrebbe mai pensato che amorevole e premuroso sarebbero state le parole che avrebbe usato per descrivere il suo comportamento a letto?

La voglia di lui cresceva dentro di lei. Voleva di più. Doveva solo resistere fino alle nove, poi avrebbero continuato, concedendosi il loro secondo round, il loro bis. Ad ogni modo, sarebbe stato magnifico. Il suo corpo fremeva al pensiero. Le sue dita erano così sensibili che dovette usare due presine per evitare di bruciarsi. Oh, sì, le avrebbe fatte scorrere su e giù per il suo corpo finché lui non sarebbe più riuscito a resistere.

Una sensazione di calore la inondò, facendola sorridere mentre cucinava, preparando ripieni, infornando torte e stendendo la pasta da preparare e congelare per i dolci del giorno dopo. Una leggerezza che non aveva mai sperimentato prima le permise di lavorare velocemente, sciupando poca energia.

E poi l'incontro di quella sera. Stryker le aveva chiesto esplicitamente di partecipare all'incontro con Charlie Grand. Lei riprese fiato. Non riusciva a credere che lui volesse sapere cosa stesse facendo. Jess pensò che fosse semplicemente uno stratagemma per darle dei soldi, per farle l'elemosina. Mai, nemmeno tra un milione di anni, avrebbe creduto che lui o Charlie avrebbero ascoltato le sue idee. Ma Charlie l'aveva fatto. E ora anche Stryker.

Will le aveva spiegato che i miliardari non assumono nessuno per beneficenza. Che erano miliardari proprio perché non sprecavano denaro. Lo spendevano in modo saggio. O almeno così diceva suo fratello. Forse doveva essere d'accordo con lui. Tutto dipendeva da come sarebbe andato l'incontro.

Jess fece l'ultima consegna al Java the Hut. Mise in moto la sua vecchia auto e si diresse verso la casa di Stryker, pregando che l'auto non si fermasse. Quando bussò, una voce maschile rispose: "Entra pure!"

Lei aprì la porta ed entrò in un soggiorno ordinato. Sebbene fosse più grande della sua, immaginò che probabilmente fosse molto più piccola delle case a cui Stryker era abituato.

"Sono in cucina, Jess. Se invece sei un ladro, ho lasciato il portafoglio sul tavolino. Prendi i soldi e vattene. Sto aspettando la mia ragazza."

Lei scoppiò a ridere mentre si appoggiava alla porta della cucina. "Molto divertente."

"Sono contento che apprezzi la mia simpatia."

"Sto scherzando."

Lui aggrottò la fronte. "Pensavo che ti piacesse il mio umorismo. Oh, beh. Non può piacere a tutti." Avvicinandosi a lei, la strinse tra le braccia per un bacio appassionato.

"Vuoi un po' di caffè o andiamo subito di sopra?"

Lei sbadigliò. "Sono parecchio stanca."

"Oh, capisco. Sì. Anch'io lo sono." Lui finse di sbadigliare. "Perché non andiamo di sopra?"

"Buona idea," disse lei, sorridendo.

Seguendolo sulle scale, sentì i brividi sulle braccia mentre osservava il suo bel sedere. Alcune parti del suo corpo cominciarono a risvegliarsi in anticipo. Lui si voltò, la prese tra le braccia e chiuse la porta con un piede.

Capitolo Sedici

Voltandosi dall'altra parte, Jess aprì leggermente gli occhi. L'orologio segnava mezzogiorno. Il piacere scorreva ancora nelle sue vene. Stryker era un amante grandioso e lei era ancora estasiata. Stiracchiando le gambe, si avvicinò al suo uomo addormentato. Il suo calore la avvolgeva. Avvicinandosi ancora di più, lo disturbò. Lui borbottò.

"Che ore sono?" le chiese.

"Non importa."

"Mmm?" sussurrò lui, stringendola a sé.

Temendo di chiedere ciò che voleva, Jess si sentiva combattuta.

"Mi abbracci?" gli chiese, sussurrando appena.

"Mmm?"

"Per favore. Mi abbracci?"

Lui sorrise e le mise le braccia intorno, avvicinandole la testa alla spalla. Lei si appoggiò su di lui, mettendogli una mano sul petto. "Con molto piacere," le disse, chiudendo gli occhi.

Tra le sue braccia, Jess si rilassò. I suoi muscoli si calmarono e il suo respiro si calmò. Oltre al sesso, adorava essere abbracciata. Tra le sue braccia, non poteva succederle niente di brutto. Lui la proteggeva, allontanando le sofferenze, la cattiveria delle persone e i pensieri spaventosi. Essendo stata sola per molto tempo, senza alcun sostegno, aveva bisogno di sicurezza. Abbassare la guardia, dare le redini a qualcun altro e sentirsi protetta voleva dire tutto per Jess.

Facendo un respiro profondo, lei riconobbe il suo profumo. Le sue dita gli sfiorarono il petto. La sua pelle si inondò di calore. Allontanò la preoccupazione che potesse non durare per sempre e cercò di godersi quel momento. Stryker Alexander West possedeva una grande azienda. Aveva responsabilità, denaro, riunioni alle quali partecipare, impiegati da tenere d'occhio. Non poteva passare la vita a seguirla come un cucciolo. Sapeva che la sua vita li avrebbe tenuti separati, forse in modo permanente. Ma per ora lui la voleva e lei provava la stessa cosa. Jess si sarebbe goduta il tempo trascorso con lui, finché sarebbe durato.

Lei si distese al suo fianco. Stryker la seguì, stringendola a sé e avvicinando le gambe alle sue. Le mise un braccio intorno alla vita e le appoggiò una mano sul seno. Il suo respiro le scompigliò i capelli mentre la teneva stretta al suo petto, appoggiandole il mento sulla testa. Jess sospirò. Per la prima volta, era totalmente felice.

Si alzarono dal letto alle due e passarono la domenica insieme. Andarono a mangiare qualcosa al Java the Hut, poi andarono a fare un passeggiata in riva al lago, mano nella mano. Cenarono a Oak Bend, in un nuovo ristorante dall'atmosfera romantica, con il vino e le candele. Conclusero la giornata facendo l'amore e trascorsero la notte insieme.

Il lunedì mattina, Jess si svegliò alle quattro. Stryker si alzò con lei. Lui aveva programmato la macchinetta del caffè alle 3:45, quindi il caffè caldo era lì ad aspettarli. Mentre tirava giù le coperte, lui scosse la testa.

"Questo è disumano. Lo fai tutte le mattine?"

"Sì. La prima consegna è alle sette."

"Non hai molto tempo."

"Mi basta. Se sono in ritardo di qualche minuto, non è un problema. Ho gli impasti pronti nel congelatore."

"E così riesci a pagare l'affitto?"

"Sì," rispose lei.

"Sei fantastica. È un lavoro impegnativo."

"Non più di quello che fai tu. Scommetto che lavori fino a tardi la notte, fai lunghi voli e vai al lavoro subito dopo essere atterrato. Cose così. Secondo me, questo è più pesante."

"Non posso darti torto, ma comincio a lavorare a un orario decente."

"Questa è la tua opinione. Adoro svegliarmi presto. Guardare il sole che sorge è magnifico."

"Non mi sono mai alzato prima dell'alba. Scommetto che è bellissimo. Forse ho visto l'alba dopo essere rimasto sveglio tutta la notte, un paio di volte," disse lui ridacchiando. "Ma questo succedeva quando mi ubriacavo al college."

"È stupendo. Uno spettacolo incomparabile. E posso vederlo ogni mattina. Uno dei vantaggi di questo lavoro." Riempì due tazze e ne porse una a Stryker.

"Grazie," le disse, aggiungendovi del latte.

Bevve un sorso e allungò il braccio verso Jess. Appoggiandole la mano sul collo, la abbracciò e le diede un bacio sulla testa. Lei si strinse a lui, spingendo i suoi seni morbidi sui suoi pettorali. Appoggiandogli il viso sul collo, Jess sorrise. Lei avrebbe potuto abituarsi a tutto questo.

"Sei incredibile, lo sai?" disse lui.

"Ho superato molte difficoltà."

"Puoi dirlo forte. E sei tremendamente sexy."

Lei scoppiò a ridere. "Davvero? Essere una povera pasticcera è sexy? Chi l'avrebbe mai pensato?"

"Dovremmo vestirci. O torniamo a letto?"

"Devo occuparmi delle torte. Possiamo vederci da Charlie?"

Lui annuì. "Perfetto."

"Non che non mi piacerebbe un bis, ma ci siamo dati parecchio da fare ieri sera."

Lui scoppiò a ridere. "Abbiamo fatto più bis di uno spettacolo pluripremiato."

"Sei stato fantastico," gli disse lei, stringendo la sua presa e baciandolo sul petto, prima di staccarsi. Sentendo allontanarsi il suo corpo caldo, si ricordò di avere qualcosa da fare. In realtà, tutto ciò che avrebbe voluto era tornare a letto con lui. Il sesso era stato fantastico, decisamente sopra le righe. Lui l'aveva colpita.

Finirono di bere il caffè, poi lei si vestì mentre lui la guardava.

"Torni a letto?" gli chiese.

"Sì. Ma non sarà lo stesso senza di te."

Jess si mise a ridere mentre si infilava le scarpe. Dopo aver recuperato le chiavi della macchina dalla borsa, lei si diresse verso la porta.

"Aspetta," disse lui, mettendole le braccia intorno alla vita. Lei si fermò. Lui le diede un altro bacio. Jess fece un passo indietro e gli accarezzò la guancia.

"A volte, sei l'uomo più dolce del mondo," gli disse, prima di uscire dalla porta e di scendere le scale.

SOLO A VOLTE? Lui sorrise. Sapeva bene che lui poteva essere anche lo stronzo più implacabile. Del resto, tutti i miliardari hanno lo stesso atteggiamento da 'o si *fa* come dico io o quella è la porta'. No, non aveva ottenuto quello che aveva per il suo modo di fare dolce e gentile.

Tornò a letto e dormì fino alle sette. Quando si svegliò, si ricordò del momento in cui si erano separati. Stryker avrebbe voluto stringerla più forte, come per farla restare sempre lì con lui. Ma non voleva che durasse per sempre, vero? Lui sospirò. Aveva molto lavoro da fare. Doveva occuparsi dell'ampliamento della sua attività di aerei privati. Aveva molto da fare ma era lì, addolorato di dover lasciare quella ragazza e più intenzionato a restare a letto che a prendere un aereo per tornare a Londra. Che cosa stava succedendo a Stryker Alexander West?

Tornò nella sua stanza per vestirsi. Quando scese le scale, Chris era in cucina e stava finendo il caffè.

"Divertito ieri sera?" gli chiese, con aria innocente.

"Come se non stesse ascoltando con un bicchiere appoggiato al muro," ridacchiò Stryker.

Chris ridacchiò. "Non mi è nemmeno venuto in mente. Ma non sarebbe stato necessario."

"Oh?" Stryker inarcò un sopracciglio.

"Quando la casa ha smesso di tremare, ho pensato che foste andati a dormire."

Stryker scoppiò a ridere. "Ottima ipotesi."

"Ben fatto, capo."

"Grazie. Andiamo a fare colazione al Cozy prima dell'incontro."

"Mi dia cinque minuti per vestirmi."

"La aspetto davanti alla macchina."

Stryker uscì fuori. Voltandosi verso il sole, si pentì che fosse troppo tardi per vederlo sorgere. Come sarebbe stato guardare l'alba ogni mattina insieme a Jess Lennox? Forse, il giorno dopo l'avrebbe saputo. Oh, aspetta, no, non il giorno dopo.

Il giorno dopo, avrebbe preso un aereo per Londra, che lo volesse o no.

Controllò il suo telefono. C'erano sedici messaggi. Mentre aspettava Chris, ascoltò la segreteria telefonica e rispose ai messaggi. Innamorarsi di Jess sarebbe soltanto stato un grosso ostacolo per i suoi programmi. Avrebbe iniziato a pensare a lei invece di pianificare la strategia successiva per aprire un altro aeroporto e di ordinare nuovi aerei.

Pensò di inviare a Jess una dozzina di rose. No, due dozzine, anzi, perché non tre? Che cosa gli stava succedendo? Si stava rammollendo, ecco cosa. Era diventato uno scolaretto innamorato che non capiva più niente. Al college, utilizzavano un termine molto più esplicito per descrivere quello che gli stava succedendo. Meglio non pensarci.

Ci teneva a lei, e allora? Non aveva anche il diritto di farsi una vita? Doveva trascorrere ogni momento pensando a come guadagnare più denaro?

Zia Minnie gli diceva sempre: "Qual è il limite, Stryker?" E aveva ragione. Mandò un messaggio a Chris per inviarle i fiori. Si ripromise che, una volta finito con gli aeroporti europei, si sarebbe fermato a riprendere fiato. E magari a costruire una bella vita per sé, insieme a una donna meravigliosa. Ma per ora c'erano decisioni da prendere, programmi da fare e permessi da ottenere.

"Sono pronto," disse Chris, infilandosi la camicia mentre si dirigeva verso la porta.

Salirono in macchina. Stryker sfogliò i documenti che aveva nella valigetta e ne tirò fuori alcuni da rivedere durante la colazione.

"Devo rimettermi al lavoro, Chris."

"Tutti si meritano una vacanza."

"Una cosa è una vacanza, una cosa è mettere stupidamente da parte i miei affari perché sono, sono — beh, ha capito cosa intendo dire."

"Certo. È magnifico. È bello sapere che una volta tanto anche lei si diverte."

"Divertirmi? Guadagnare molto mi diverte."

"Ci sono anche altri modi per divertirsi, signore."

"Suppongo di sì. La donna giusta può fare la differenza."

"Già," disse Chris, entrando nel parcheggio del Cozy Café.

"Certo, è ancora tutto da vedere. Voglio dire, non ci sono decisioni giuste. Jess è fantastica, ma, beh, vedremo."

"Non abbia fretta, signore. Potrebbe trovare la felicità."

Stryker scoppiò a ridere.

JESS INDOSSÒ UNA GONNA blu scuro e una camicetta bianca. Era importante avere un aspetto professionale per quell'incontro con

Stryker e l'architetto. Aveva i nervi a fior di pelle. Dopo aver servito la colazione a Will, si mise a passeggiare. Avrebbe dovuto mantenere le sue posizioni con quegli uomini esperti. Ci sarebbe riuscita?

"Prendili a calci in culo, Jess," disse Will, divorando un pezzo di torta al cocco.

"Non è quel tipo di incontro."

"Allora di che cosa si tratta?"

"È per aggiornare Stryker su ciò che Charlie sta facendo in casa."

"E allora? Che cosa ti preoccupa?"

"Niente. È solo che molte delle idee che sta realizzando sono mie. Spero che Stryker sia d'accordo."

"Certo che sarà d'accordo. Vuole andare a letto con te."

Lei sbuffò. "Will! Si tratta di lavoro."

"E lo è. Lavoro tra le lenzuola. Non pensare nemmeno per un minuto che possa screditarti se vuole provare a portarti a letto."

"A volte sai essere davvero rozzo."

"Solo a volte?" disse lui, aggrottando la fronte. "Sto peggiorando."

"Non capisci," rispose lei, mettendo la sua tazza di caffè nel lavello.

Will le strinse le dita intorno al gomito. "Ascolta, Jess. Capisco molto bene. Questi stronzi non hanno niente di meglio di te. Sei intelligente. Sei una gran lavoratrice. E sai tutto quello che c'è da sapere su quella casa."

"Non proprio tutto."

"Abbastanza. E sai come usare quello che sai. Lavori nel settore alimentare da anni. Non sei una bambina. Non lasciarti intimidire. Mantieni le tue posizioni. Tira fuori le unghie. Troveranno molto utile ciò che hai da dire. Non dimenticarlo."

"Grazie, Will," disse Jess, dandogli rapidamente un bacio sulla guancia. "Sei il migliore."

Mentre guidava per recarsi da Charlie, rifletté sulle parole di Will. Lui aveva ragione. Lei aveva molto da offrire in quella situazione. Stryker non l'avrebbe assunta, vero? Se fosse stato solo per beneficenza, le avrebbe dato un assegno e sarebbe finita lì.

Parcheggiò e si diresse verso la porta. La macchina di Stryker era lì. Era arrivato presto. Jess si fermò per fare un respiro profondo prima di attraversare la porta dell'ufficio.

"Buongiorno Jess," disse Charlie. "Caffè?"

"No, grazie. Ne ho bevuto un sacco."

"Ciao," disse Stryker, tenendosi a distanza.

Lei si trattenne appena in tempo, fermandosi prima di avvicinarsi a lui per baciarlo. Guardando l'espressione sul suo volto, Stryker Alexander West era concentrato sul lavoro. Quello era un incontro di affari: baciarsi era fuori discussione.

"Sedetevi pure intorno al tavolo, intanto che dispongo i disegni," disse Charlie.

Jess decise di sedersi di fronte a Stryker. Non sapeva se sarebbe riuscita a resistere alla tentazione di prendergli la mano o di sfiorargli il ginocchio sotto il tavolo.

"Ho chiesto a Jess di occuparsi dell'arredamento, Stryker. Sembra che abbia un sesto senso su ciò di cui le persone possano avere bisogno e su quali stanze siano necessarie. Abbiamo il soggiorno, la sala da pranzo e la cucina. La stanza in più nella zona anteriore diventerà una biblioteca o uno studio, con il camino scoperto, e verrà utilizzata per leggere e scrivere. Will sta costruendo delle librerie pavimento-soffitto."

Jess si sedette e lasciò che Charlie parlasse. Di tanto in tanto, Stryker annuiva o faceva una domanda. Del resto, era il momento di Charlie.

"Temo di avere brutte notizie," disse Charlie, sedendosi.

"Oh?" Stryker spalancò gli occhi.

"Sì. Non c'è alcuna possibilità che sia tutto pronto e funzionante per il giorno del Ringraziamento. Per Natale sarà difficile, ma possiamo farcela. Abbiamo cercato varie soluzioni, anche assumendo il doppio degli uomini, ma non basterebbe. Alcune cose devono essere fatte in un determinato ordine. Mi dispiace." Charlie arrotolò i progetti.

"Un momento!" Jess si alzò in piedi. Prese fiato prima di continuare. "Forse non possiamo aprire il bed & breakfast per gli ospiti che vogliono pernottare, ma potremmo organizzare comunque la cena per il Ringraziamento. Aprire solo per quello. Come un ristorante."

"La cucina sarà pronta?" gli chiese Stryker.

"Oh, la cucina sarà pronta entro la fine della prossima settimana. Quella è la stanza più semplice. L'abbiamo fatta per prima," disse Charlie.

"La sala da pranzo?" domandò Stryker.

"Sarà a posto. Forse non sarà completamente arredata. Ora stiamo cercando la credenza più adatta."

"Ma il tavolo e le sedie ci sono già," intervenne Jess.

"Abbiamo anche l'impianto elettrico. Possiamo farlo collegare in tempo," aggiunse Charlie.

"E il soggiorno?"

"Anche lì, abbiamo bisogno di più mobili, ma per ora ne abbiamo abbastanza per accogliere una dozzina di persone. E il caminetto e il comignolo sono stati ripuliti. Prima lo proveremo, ma penso che funzioni bene."

"Se riusciamo a ottenere i permessi," disse Stryker.

"Se non serviremo alcolici, non avremo bisogno della licenza," disse Charlie.

"Possiamo provare a richiederla e, se non dovesse arrivare in tempo, toglieremo gli alcolici dal menu," disse Stryker.

"Perché no? Potremmo fare un po' di pubblicità sul giornale locale, magari potremmo anche pubblicare un piccolo annuncio.

Scommetto che potremmo trovare una dozzina di persone in questo modo," disse Jess.

"Hai tutto il necessario?" le chiese Stryker.

"Oh, no, ma basta andare a fare un po' di shopping, no? Intendo piatti, pentole, padelle, posate e tutto il resto. Sono facili da trovare," disse Jess.

"Bisogna trovare i piatti giusti, in linea con lo stile del bed & breakfast," precisò Stryker.

"Certo, ovviamente. Con un tocco storico. Già. Sono sicura di poter trovare tutto ciò di cui abbiamo bisogno."

"Quindi non vedo alcun motivo per non procedere. Charlie?"

"Richiederemo i permessi questo pomeriggio. Ottima idea, Jess," disse Charlie.

"Consideriamola una prova. Questo ci dà il tempo di risolvere eventuali problemi prima di Natale. Mi aspetto di fare il tutto esaurito a Natale e anche a Capodanno. Dovremo organizzarlo bene," disse Stryker.

"Ci stiamo lavorando," rispose Charlie.

"Ah, aspetta! Chi cucinerà?" chiese Stryker, fissando Jess.

Anche Charlie la guardò.

"Io? Volete che sia io a cucinare?"

"Perché no? Sei già una pasticcera. Preparerai il dessert in anticipo," rispose Stryker, sorridendo.

"Andiamo, Jess. Chi altri potrebbe farlo?" le chiese Charlie.

"Ok. Certo. Perché no? Ci penso io." Il cuore cominciò a batterle all'impazzata.

"Ottimo lavoro. Sono contento di quello che state facendo. Dovrebbe portare molti guadagni, quando sarà tutto finito," disse Stryker, alzandosi in piedi. Lui guardò l'orologio. "Adesso devo scappare. Ho un volo per Londra domani mattina."

"Come?" Jess non credette alle sue orecchie.

"Devo andare a Londra. Ho molto da fare per l'espansione in Europa. Non posso più rimandare. Inoltre, tu e Charlie state andando alla grande. Non avete bisogno di me."

Jess deglutì. "Non lo sapevo."

"Non avrai pensato che rimanessi qui per sempre, vero?"

"Beh, io ..." iniziò a dire lei, ma la sua voce si affievolì. Era esattamente ciò che aveva pensato. Un miliardario non ha bisogno di lavorare. Può semplicemente gestire il denaro dal suo computer, no?

"Scusatemi. Vado a chiedere alla mia assistente di occuparsi di quei permessi," disse Charlie, prima di uscire dalla stanza.

Stryker si diresse verso la porta e Jess lo seguì. Una volta usciti e lontani dagli altri, lei parlò francamente.

"Te ne vai? Perché non mi hai detto che dovevi ripartire?"

"Credevo lo sapessi."

"E come, per osmosi? disse lei, con le mani sui fianchi.

A STRYKER NON PIACQUE l'espressione di Jess. Sembrava arrabbiata, ma il suo sguardo la tradiva. Mentre lei lo guardava, notò la sua espressione ferita, arrabbiata e tradita.

"Ascolta, Jess," iniziò a dirle.

"Non cominciare con le solite stronzate. Sapevi di dover ripartire e sei comunque venuto a letto con me. Volevi solo farti una scopata prima di partire?"

"Non è così e non è stata solo una scopata."

"Sei uno da una botta e via. Accidenti. Chi l'avrebbe mai detto? Non io. Sono solo una stupida ingenua."

"Non è vero!" urlò lui, afferrandole il polso mentre lei si allontanava da lui.

Perché avrebbe dovuto dirle di dover partire se non era innamorato? Perché le aveva fatto credere di essere speciale per poi decidere di partire da solo? Ovviamente stava scappando e i codardi non ammettono mai di esserlo, no?

"Jess, tu sei una donna fantastica. Incredibile. Ma ho altri obblighi e altre responsabilità. Essere ricco non vuol dire che posso restare tutto il giorno con le mani in mano. Ci sono molte cose che dipendono da me: dipendenti, sussidi. Non posso smettere di lavorare. Nemmeno se volessi. O forse dovrei dire quando voglio."

"Bla bla bla. Solo parole. Tutto quello che so è che stai per partire e probabilmente non tornerai. E ho allargato le gambe per te per niente."

"Non dire così. Non è stato così. Non con te. Non potrebbe mai essere così con te." Il suo tono di voce si addolcì e il cuore cominciò a battergli forte.

"Vuol dire che tornerai?"

"Certo." Come no, se avesse potuto sarebbe rimasto per sempre. Non avrebbe funzionato. Lasciarla era la cosa più difficile che avesse fatto da anni. Ma doveva farlo. Aveva delle responsabilità. E aveva bisogno di sapere se quello che c'era tra di loro era reale.

"Ci crederò quando lo vedrò. Sempre se ti rivedrò, ovviamente." Con la voce tremante, i suoi occhi si riempirono di lacrime, come un fiume in piena.

"Certo che mi rivedrai. Te lo prometto." Una fitta di dolore gli attraversò il cuore. L'aveva ferita, per quanto involontariamente.

"Certo, certo. Continua a ripetertelo. Così, forse, alla fine ci crederai. Addio, Papà Warbucks." A quelle parole, lei si voltò e corse verso la macchina.

Stryker rimase lì, impotente. Mentre la donna che amava si allontanava correndo, cercò di dire qualcosa, ma non ci riuscì. Che cosa avrebbe potuto dire? Che l'amava e che sarebbe tornato perché non poteva starle lontano? Stryker non era pronto a dirle la verità. E forse non l'avrebbe mai fatto.

Notando che la sua macchina non partiva, lui ebbe un'idea. Si avvicinò e bussò al finestrino. Lei cercò di avviare il motore, ma continuava a spegnersi. Lui bussò di nuovo. Ma lei lo ignorò e girò di nuovo la chiave nel cruscotto.

"Jess! Abbassa il finestrino!"

Lei si voltò, con le guance piene di lacrime, e abbassò il finestrino.

"Che cosa vuoi?" gli chiese, con lo sguardo arrabbiato.

"Il Ringraziamento. Cercherò di tornare per il Ringraziamento."

"Mancano due mesi."

"Se riuscirò a tornare prima, lo farò, ma sicuramente sarò qui per il Ringraziamento. Tienimi un posto a tavola, ok?"

"Ok. Due mesi," disse lei, scuotendo la testa.

"Oh, e non innamorarti di nessun altro, ok?"

Lei lo guardò negli occhi. "Perché no? Perché dovrei aspettare?"

"Per favore. Jess. Tra noi due c'è qualcosa di straordinario. Per favore, dammi solo un po' di tempo."

"Tempo," sbuffò lei. "È l'unica cosa che posso darti."

"Potresti anche darmi il tuo cuore."

"Davvero? Beh, non contarci. Va' a fare qualsiasi cosa tu debba fare. Io mi occuperò di quello che c'è da fare qui. C'è molto da fare per completare la casa."

"E tu sei la donna perfetta per farlo."

"Sì. Certo. Non costo neanche molto."

"Tu vali molto, Jess Lennox."

Lei abbassò la testa e si asciugò gli occhi. "Grazie," gli rispose sottovoce.

Lui le accarezzò la guancia e si sporse per darle un bacio. Le parole d'amore gli si bloccarono in gola.

"Promettimelo," sussurrò lui.

I loro sguardi si incrociarono. "No. Se il principe azzurro arriverà a Pine Grove sul suo cavallo bianco, io sarò la prima della fila."

"Permettimi di essere il tuo principe azzurro."

"Starai via per mesi. Il principe azzurro non lo farebbe mai."

"Promettimelo," ripeté lui.

"E tu promettimi che tornerai," rispose lei, girando la chiave nel cruscotto. Il motore iniziò a borbottare.

"Ti prometto che tornerò. Ora tocca a te."

"No. Non faccio mai promesse che non posso mantenere. Se arriverà qualcun altro, sarà il destino. Buon viaggio." Con quelle parole, mise l'auto in moto e uscì dal piccolo parcheggio.

Stryker sospirò. La sua unica speranza era che Pine Grove fosse troppo piccola per attirare uomini degni di Jess. E forse avrebbe dovuto concludere gli affari prima del previsto. Sentì una fitta al cuore. Aveva fatto il più grande errore della sua vita? Si sarebbe pentito di non essere rimasto? Avrebbe perduto Jess? Un brivido gli attraversò la schiena mentre si dirigeva verso la sua auto.

A volte, le decisioni più difficili non hanno nulla a che fare con dollari e centesimi.

Capitolo Diciassette

Jess vagava sconsolata per la casa da due giorni, finché Will non le disse qualcosa.

"Che cazzo stai facendo?" le chiese suo fratello.

"Come?"

"Oggi hai consegnato i tuoi dolci in ritardo. Due ore di ritardo."

"E allora? Nessuno morirà per mancanza di dolci."

"Jess, sembri una bambola di pezza. Non puoi permettere a quell'uomo di farti stare così."

"Troppo tardi."

"Sei innamorata di lui?"

"Come potrei essere innamorata di un uomo che va via per due mesi?"

"Lo sei?" insistette Will.

Lei si lasciò cadere su una sedia in cucina. "Sì, lo sono."

"Pensavo che lo odiassi."

"Anch'io lo pensavo. È davvero un brav'uomo. Ha avuto una vita difficile."

"Intendi dire per decidere come spendere i suoi miliardi?"

"Ha avuto davvero una vita difficile," disse lei, toccando il braccio di Will. "Sinceramente. Eppure è caritatevole e premuroso. Solo che lo nasconde bene."

"Puoi dirlo forte," disse lui, riempiendo la caffettiera. "Devi tornare al lavoro. Charlie ha lasciato due messaggi sul tuo telefono."

"Adesso controlli anche il mio telefono?"

"Sì, quando continua a suonare e tu non rispondi. Altrimenti lui se la prenderà con me. Hai qualcosa di cui occuparti?"

"Dovrei comprare tutto l'occorrente per la cucina, i piatti e le posate, nello stile di quell'epoca. Voglio dire, dell'epoca in cui è stata costruita la casa."

"Non ci vorrà molto lavoro?"

"Siamo solo a settembre. Ho tempo fino al Ringraziamento."

"Charlie mi ha detto che preparerete la casa per le vacanze. Mi ha detto che sarai tu a cucinare."

"Perfettamente adatto a me, non trovi?"

"Perché no?"

"Forse perché non ho mai cucinato un tacchino. Non ho mai preparato una cena tradizionale del Ringraziamento. Non so proprio da dove cominciare."

"Allora perché hai accettato di farlo?"

"Quei due non smettevano di fissarmi. Che cosa avrei potuto dire?"

"Per esempio un *no*?"

"Non fare il coglione. Non volevo deludere Stryker. E poi, lui sarà qui per il pranzo del Ringraziamento. Me l'ha promesso. Non ce la farò mai."

"Chiama le tue amiche." Lui mangiò l'ultima forchettata di torta.

"Quali amiche?"

"Mindy, Jory, Giselle?"

"Oh, sì. Potrei farlo."

"Bene. Ora devo andare. Le librerie non si costruiranno da sole."

"La sala da pranzo e il soggiorno saranno pronti per il Ringraziamento?"

"Sì. Penso che anche tu abbia bisogno di ordinare alcuni mobili."

"Forse."

"Passa domani. Charlie sarà lì e potremo capire cosa fare dopo. Smettila di disperarti. Stryker tornerà. Lui ti vuole. E non è il tipo d'uomo che rinuncia a ciò che vuole."

"Lo spero."

Will le arruffò i capelli, poi si diresse verso il suo furgoncino. Jess si versò un'altra tazza di caffè. Aveva bisogno di aiuto. Forse, se si fosse concentrata sulla casa, si sarebbe dimenticata che Stryker non era lì. Sospirò. O almeno poteva provarci.

Dopo aver aggiunto latte e zucchero al suo caffè, Jess prese il telefono.

"Giselle? Ho un favore da chiederti."

Alle sei, Jess prese la sua torta e si sedette al volante del suo macinino. Le amiche di Jess erano sedute intorno al tavolo della cucina di Giselle.

"Vi ho portato una torta chiffon al cioccolato e ho bisogno del vostro aiuto."

"Aiuto per cosa?" chiese Jory, mangiando una forchettata di quella magnifica torta.

"Devo comprare tutto il necessario per la cucina del bed & breakfast, compresi i piatti e le posate."

"Fantastico! Chi paga?" chiese Jory.

"Charlie mi ha dato una carta di credito. Immagino che sia Stryker a pagare."

"Adoro fare shopping con la carta di credito di qualcun altro," disse Giselle ridendo.

"Ma devo trovare le cose adatte per il periodo in cui la casa è stata costruita. Penso che risalga al 1850. L'ha costruita qualcuno del sud. Questo spiega le colonne. Charlie ha fatto delle ricerche. Appartiene alla famiglia di Stryker da molto tempo."

"Adoro tutto ciò che è storico. Possiamo cercare qualcosa al computer. Troveremo anche delle foto dei piatti."

Sarebbe perfetto, dato che non ho nessuna idea," confessò Jess, tuffandosi nella sua fetta di torta.

Quando finirono, le quattro amiche si sedettero davanti all'enorme schermo del computer di Giselle e iniziarono a navigare, alla ricerca di piatti e posate dell'epoca.

"Qui parla di Lenox," disse Giselle. "Ortografia diversa, ma il tuo stesso cognome, Jess."

"Buffo, vero?" disse Jess.

Jory scoppiò a ridere. "Potrebbe essere perfetto. Lenox per Lennox."

"Tuttavia, dice che hanno iniziato a vendere porcellane solo nel 1889," osservò Jess.

"Ci si avvicina abbastanza?" chiese Jory.

"Cazzo!

Guardate. Duecento dollari per ogni coperto. Possiamo escluderlo," disse Jess.

"Il platino nordista costa solo cento dollari per ogni coperto," disse Giselle.

"Ancora troppo. Le persone rompono i piatti e, se sono così costosi, potrebbero rubarli. Dobbiamo cercare le imitazioni di Lenox."

Le quattro amiche continuarono a cercare finché non trovarono un design cinese molto più economico che somigliasse a quello americano. Poi, si concentrarono sulle posate. Ancora una volta, trovarono delle imitazioni in acciaio inossidabile, simili a quelle del 1850.

"Prossimo problema," disse Giselle, avviando la stampa.

"Qualcuna di voi sa come cucinare un tacchino del Ringraziamento?"

ROYAL SUITE, HOTEL Claridge's, Londra, Inghilterra

Stryker era in piedi in salotto, vicino a una finestra tripla, intento a osservare Londra. John, il suo braccio destro, stava passeggiando per la stanza.

"È tutta colpa tua, davvero," disse.

"Colpa mia? Perché pensi che questo casino sia colpa mia?" gli chiese Stryker, voltandosi per guardarlo.

"Hai preferito farti una scopata in quel buco di cittadina mentre avresti dovuto essere qui. Occuparti di molte cose. Affrontare le emergenze."

"Sta' attento a come parli di Jess. Ed è per questo che sei il mio socio. Per affrontare le emergenze."

"Suppongo di esserlo per gestire i problemi con la costruzione — lavoratori ubriachi, persone che rubano le cose, sanzioni. Ma quando il ministro francese vuole una bustarella per darti il permesso di volare, è necessaria la tua presenza. E in Germania si rifiutano di consentire a una compagnia americana di trasportare passeggeri in giro per l'Europa."

"Come posso risolvere il problema con la Germania?"

"Non lo so. Forse ha qualcosa a che vedere con il nostro governo. Comunque, la Germania è incazzata. Quindi puoi cancellarla dalla tua lista di destinazioni."

"Come possiamo avere un servizio di taxi aereo che non atterra in Germania?" Stryker alzò la voce.

"E puoi pagare la bustarella al ministro francese, che è convinto che tu abbia troppi soldi e vuole che tu condivida la tua ricchezza."

"Che cosa vuole?"

"Direi che un milione potrebbe andare," disse John, buttandosi sul divano.

"Un milione? Col cazzo! Non pago bustarelle."

"Lui l'ha definita una commissione. Ma scommetto che l'assegno dovrebbe essere intestato a lui personalmente."

"Può ficcarselo dove vuole. È l'unico che può darci il permesso?"

"Temo di sì. Sofia sta cercando, ma non ha ancora trovato nessuno che gli si opponga. L'Italia e la Spagna sono incazzate con gli Stati Uniti, quindi lì sarà difficile ottenere i permessi."

"Cazzo! Stiamo costruendo quest'ufficio a Londra e sto comprando una villetta qui e non abbiamo sbocchi?"

"Sembra che sia così."

"Maledizione, John! Che cosa aspettavi a dirmelo?"

"Tu eri troppo impegnato a innamorarti come uno stupido matto per ascoltarmi e leggere le mie e-mail o i miei rapporti."

Stryker si sedette accanto a lui. "Ho visto tutto quello che hai mandato."

"Con il cervello, non con il cazzo."

"Come possiamo sistemare le cose con Germania, Italia e Spagna?"

"Non so se ne vale la pena. Se la Francia non ci darà il permesso di volare nel suo spazio aereo, potrai dimenticarti della Spagna."

"Hai qualche buona notizia?"

"La Svizzera ci ha dato il via libera. Ho il permesso proprio qui," gli rispose, prendendo in mano un faldone.

Stryker mise una mano sul braccio di John. "Nessun problema. Ti credo. Meraviglioso. Possiamo volare da Londra a Ginevra. Grande affare del cazzo."

"Potremmo offrire il servizio navetta tra New York e Londra."

"Servirebbero degli aerei più grandi per questo. Quanti aerei hai commissionato?"

"Solo due. Ho smesso di farlo dopo aver parlato con la Francia."

"Ottima mossa. Possiamo annullare l'ordine?"

"No, ma probabilmente potremo rivenderli."

"A un prezzo inferiore. Potremmo usarli negli Stati Uniti."

"Sono troppo piccoli per volare da Chicago a Dallas," disse John.

"Siamo fottuti. Quanto pensi che perderemmo se li rivendessimo?" gli chiese Stryker.

"Difficile da dire. Il Bombardier costa trentadue milioni."

"Credo che potremmo riprenderci il settantacinque percento. Ventiquattro, venticinque milioni," disse Stryker.

"Con una perdita di sette milioni ciascuno."

"Cazzo. Quattordici milioni buttati nel cesso. Che mi dici dell'ufficio di Londra?"

"Puoi sempre subaffittarlo. In effetti, probabilmente potresti farci un po' di soldi," rispose John.

"Sì, ma dovrà essere risistemato per soddisfare le esigenze dei nuovi proprietari."

John guardò l'orologio. "Dobbiamo incontrare l'appaltatore tra mezz'ora. Il pranzo è previsto tra quindici minuti. Nella sala conferenze."

Stryker si alzò in piedi e seguì John. Adorava la sala da pranzo, che utilizzava anche come sala conferenze, della Royal Suite. Il tavolo in legno scuro e le pareti blu di Prussia con le rifiniture bianche erano estremamente eleganti. Rabbia e confusione ribollivano dentro di lui. Come era potuto succedere? Aveva perso il controllo e ora i suoi progetti per l'espansione in Europa si stavano sgretolando davanti ai suoi occhi.

"Cancella l'offerta per la villetta, John."

"Non so se è possibile."

"Chiamali subito. Tiraci fuori da tutto questo. Sto già perdendo abbastanza denaro." Stryker spinse una sedia e si fermò davanti alla finestra. Aggrottò la fronte e strinse le labbra. Stryker Alexander West non poteva fallire. Aveva cancellato la parola "fallimento" dal suo vocabolario.

Non che non potesse permettersi di perdere denaro. In effetti, la perdita sarebbe diventata una piacevole detrazione al momento della dichiarazione dei redditi. Ma i suoi piani erano saltati e gli era mancato il terreno sotto i piedi. La politica era entrata nei suoi affari e questo non gli piaceva.

E qual era la causa di tutto questo? Sorrise mestamente tra sé. Tutto perché non era riuscito a rinunciare a quella fottuta casa. Non poteva rinunciare a battersi, ma sarebbe rimasto, sperando di avere la meglio. Avrebbe perso comunque e ora il suo sogno di una compagnia aerea di lusso in Europa stava per svanire. Forse aveva incontrato l'amore della sua vita, ma a quale prezzo?

Mentre lo staff del Claridge's apparecchiava per un pranzo sontuoso, lui rimase alla finestra. Aveva rischiato tutto e aveva perso. E non aveva nemmeno certezze con Jess. Nessun impegno da parte sua, nessuna attività in Europa. Aveva solo sprecato tempo. Sarebbe riuscito a porre rimedio a quel casino e a proseguire con la costruzione degli uffici per affittarli in tempo per tornare a Pine Grove per il Ringraziamento?

Lui si accarezzò la nuca. Non aveva una risposta.

JESS TRASCORREVA I suoi pomeriggi in biblioteca. Faceva ricerche sulle pentole, su dove acquistare porcellane e posate e sulle ricette del Ringraziamento. C'erano così tante riviste con articoli sul cibo per il Ringraziamento che si sentiva la testa confusa. Sembrava che la semplicità non esistesse più sulle tavole festive degli americani.

Ogni piatto richiedeva molti ingredienti e un sacco di tempo per prepararlo. Come poteva fare tutto da sola? Avrebbe avuto bisogno di un aiuto. Janet, la bibliotecaria, porse un fazzolettino a Jess, che stava piangendo.

"Che cosa c'è che non va?" le chiese, sedendosi accanto a lei.

"Conosci il modo di dire 'fare il passo più lungo della gamba'?"

Janet scoppiò a ridere. "A volte penso di averlo inventato io. Che cosa c'è che non va? Come posso aiutarti?"

Jess le spiegò la situazione.

"Hai bisogno di qualcuno che ti aiuti. Valuta quanto puoi pagare e mettiamo un annuncio qui in biblioteca. Molte ragazze delle scuole superiori cercano un lavoretto part-time durante le vacanze."

"Ottima idea."

"Perché non ti porti queste riviste a casa?"

"Ma il regolamento della biblioteca non lo consente," rispose Jess.

"Questa è un 'emergenza. Mi fido di te e so che le riporterai. Quando sceglierai i piatti, faremo delle copie delle ricette."

"Grazie. Le proverò con mio fratello," disse Jess.

Sebbene fosse solo la fine di settembre, Jess si mise a canticchiare una melodia natalizia mentre tornava a casa. Sabato, lei e Will decisero di andare a fare shopping da Home Depot per comprare pentole, padelle e utensili da cucina.

Mettendo le riviste sul bancone della cucina, il cuore le si riempì di gioia. Jess Lennox avrebbe preparato e servito la cena del Ringraziamento nella casa che adorava. Il suo sogno si stava finalmente avverando? Il suo telefono iniziò a squillare. Era Charlie.

"Nel caso in cui stesse pensando di cambiare idea sulla cena del Ringraziamento, la sto chiamando per dirle che abbiamo già sei prenotazioni. Hanno già pagato, quindi sarebbe troppo tardi."

"Davvero? Sei? Di già?"

"Sì."

"Tenga un posto per Stryker," gli disse.

"Stryker?"

"Ha detto che sarebbe tornato a casa per il Ringraziamento."

"A casa? Pine Grove è casa sua?" le chiese Charlie.

Jess si sentì arrossire sulle guance. "Possiede una casa qui. Quindi è casa sua."

"Come procede?"

"Perfettamente. Ho trovato delle ricette. Questa settimana Will e io riforniremo la cucina e ho trovato uno stile abbastanza economico e piuttosto in linea con lo stile dell'epoca per essere perfetto. Abbiamo ordinato i piatti. Dovrebbero arrivare tra due settimane."

"Eccellente. Le cose stanno davvero andando bene. Quando Stryker ci ha assunto, pensavo che non ce l'avremmo fatta."

"Sono emozionata."

Charlie scoppiò a ridere. "Si prepari per ogni evenienza, Jess. Con un po' di fortuna, saremo pronti in tempo."

"Saremo pronti. Me lo sento."

Quando riattaccò, Jess aprì *Southern Living* alla pagina dei menu del Ringraziamento e prese un quaderno. Sfogliò le pagine finché non arrivò alle ricette dei contorni.

"Mmm. Cavoletti di Bruxelles alle mandorle. Interessante," mormorò tra sé. Il richiamo di una cincia attirò la sua attenzione.

"Mi dispiace, piccolina. Devo lavorare. Tra un po', vengo a riempire la mangiatoia."

Charlie aveva approvato la sua richiesta di un budget da spendere al negozio di alimentari per provare i piatti da servire per il Ringraziamento. Will entrò, aprì il frigorifero e prese una birra.

"Che cazzo è tutta questa roba?"

"Un po' di esperimenti per trovare i piatti giusti da cucinare per il Ringraziamento."

"E che diavolo è quello?"

"Un tacchino. Devo imparare a cucinarlo."

Lui sorrise. "Posso mangiare questa roba?"

Lei si voltò di scatto, sorridendo. "Sì."

"Questo è il nostro primo tacchino," disse Will, meravigliato.

"Già. Mi sembra così strano. Voglio dire, tutti gli altri mangiano sempre il tacchino."

"Non vedo l'ora. Mi è capitato di trovarmi in qualche casa a fare qualche lavoretto, mentre stavano cucinando il tacchino per il Ringraziamento. C'era un profumino fantastico."

Lei diede un colpetto suo quaderno. "Tu mi farai da cavia, Will."

"Non sono sicuro che questo mi piaccia."

"Non preoccuparti. Prometto di non ucciderti."

"Molto rassicurante," rispose lui, alzandosi in piedi e prendendo le posate.

STRYKER PRESE IL SUO bicchiere di gin tonic e ne bevve un sorso. "Che cosa abbiamo in programma per domani?"

"Vediamo," disse John, sfogliando il suo taccuino. "Mmm. Dobbiamo incontrare l'appaltatore. Dichiarerà bancarotta. Sembra che il suo socio abbia speso tutti i profitti dell'azienda per sniffare. Non riesce a completare l'ufficio."

"Che cazzo sta succedendo?" Stryker raddrizzò la schiena sul lussuoso divano del Claridge's.

"Dobbiamo raggiungere un accordo. Ci sarà anche il suo avvocato."

"Perfetto. Non gli pagherò nemmeno un dollaro se non finisce."

"Aspettiamo di vedere cosa dice l'avvocato." Sfogliando alcune pagine, John si fermò e indicò. "Ahah! Eccole."

"Che cosa?"

"Le informazioni del tuo volo di domani verso la Germania. Incontrerai il responsabile dell'aeroporto di Monaco. Forse può affittarci uno spazio e aiutarci con il permesso."

"Parla inglese?"

"Oops. L'avevo dimenticato. Abbiamo bisogno di un interprete. Torno subito."

Stryker distolse l'attenzione dal ronzio della voce di John al telefono e lasciò che Jess Lennox gli entrasse nella mente. Si avvicinò alla finestra e ricominciò a passeggiare.

Come stavano andando le cose al bed & breakfast? Accidenti, non avevano nemmeno trovato un nome per quel posto. Fece una smorfia pensando che anche lì le cose potessero andare in pezzi come in Europa. Preoccupato, prese il telefono.

"Stryker?" rispose una voce femminile.

"Ciao, Jess. Come stai?" chiese, grattandosi una guancia irsuta.

"Bene. Tu?"

"Le cose qui sono un po' incasinate. Come procede con la casa? Ce la farete per il Ringraziamento?"

"Oh, sì. Dobbiamo farcela. Abbiamo già delle prenotazioni per la cena."

"Davvero?" le chiese, non riuscendo a nascondere la sua sorpresa.

"Certo. Pensavi che non ce l'avremmo fatta?"

"Per il modo in cui stanno andando le cose... beh, l'annuncio funziona?"

"Sì. Abbiamo sei prenotazioni."

"E con la ristrutturazione?"

"Will ha finito le librerie. Finirà il pavimento questa settimana e ha già collegato la luce nella sala da pranzo. Sta andando tutto bene."

Lui sospirò. "Fantastico."

"E ho scelto i piatti. Li ho ordinati insieme alle posate. Dovrebbero arrivare entro la metà di ottobre."

"Magnifico."

"Ho anche cercato qualche ricetta. Will sta mangiando come un re."

Stryker scoppiò a ridere.

"Già. Mi sto avvicinando al menu perfetto."

"Sembra che tu e Charlie abbiate tutto sotto controllo."

"Proprio così. Salvo catastrofi, inondazioni o bufere di neve, dovremmo stare bene. Terrò un posto per te."

"Ottima notizia. Ci sarò. Non vedo l'ora."

"Anch'io."

"Tu, ehm, mi manchi," le disse, farfugliando le parole. Perché non le diceva quello che provava? Perché non lo sapeva, non per certo, vero?

"Anche tu."

"Ok. Ci riaggiorniamo tra una settimana o due."

"Va bene. Buona fortuna con i tuoi affari laggiù."

Lui spense il telefono. Grazie a Dio qualcosa nella sua vita stava andando bene. Ridacchiò pensando che Jess avesse un ruolo chiave nella realizzazione del bed & breakfast. Uomini con dieci volte più esperienza negli affari di quanta ne avesse lei non erano riusciti a risolvere le cose lì. Mentre Jess aveva la situazione in mano a Pine Grove. Lui sorrise. Jess Lennox era una donna unica.

"Gunter ha detto che il responsabile dell'aeroporto parla un inglese fluente. Non abbiamo bisogno di un interprete," disse John, entrando in soggiorno.

Stryker annuì e si ritirò nella sua stanza. Mentre riempiva una valigetta con le sue cose, non poté fare a meno di desiderare che il viaggio che lo aspettava fosse verso Pine Grove invece che verso la Germania.

Il mattino seguente, Stryker si alzò nervoso. Sbirciò fuori. Nuvole di pioggia affollavano il cielo ostile. La rabbia ebbe il sopravvento su di lui. Durante le turbolenze, si afferrò ai braccioli del piccolo aereo. Per fortuna, atterrarono sani e salvi.

Una volta arrivati nell'ufficio del direttore dell'aeroporto, si resero conto che lui non parlava fluentemente inglese e che avevano bisogno di un interprete. Il tedesco sembrava infastidito.

Stryker inveì contro John e si allontanò con passo pesante. Asciugandosi il viso con la mano, sentì una fitta allo stomaco e una sensazione di nausea. Non avevano avuto nemmeno il tempo di pranzare. Mentre John si affrettava a chiamare tutti quelli che conosceva, alla ricerca di un interprete, Stryker tornò all'aeroporto, in cerca di cibo.

Non parlando la lingua, doveva indicare ciò che voleva e mettere i soldi sul bancone. La rabbia gli scorreva nelle vene. Perché era in Germania? Che cosa stava facendo, cercando di recuperare un affare che era stato rovinato irreparabilmente?

Dopo aver mangiato pane e salsicce, prese una decisione. Prese il telefono.

"Lascia perdere l'interprete, John. Prenota subito un volo per Londra."

"E il nostro accordo qui?" gli chiese John.

"Lascia perdere. Ho preso una decisione. Facciamola finita con tutto questo. A partire da oggi."

Capitolo Diciotto

Pine Grove, NY

Jess si svegliò alle cinque e scese in cucina. La prima cosa che fece, come tutti i giorni, fu fare una croce sul calendario attaccato al frigorifero. Aveva disegnato un cuore nella casella del giorno del Ringraziamento. Un altro giorno in meno prima di rivedere Stryker.

Il giorno prima, guardando il calendario, Will aveva detto: "Oh, un cuore. Hai una cotta per West, eh?"

"Si tratta del pranzo del Ringraziamento. Il giorno di apertura del bed & breakfast," gli aveva risposto mentendo.

"Stronzate. Non puoi nascondermi niente. Sei pazza di quel tipo."

Jess si era voltata, arrossendo di nascosto. "E anche se lo fossi?"

"Non trattenere il fiato in attesa che Mister Riccone ti chieda di sposarlo."

"Prima mi dici che sono un dono di Dio per tutto il mondo e poi pensi che io non sia allo stesso livello di Stryker?"

"Lo sei, in un certo senso. E in altri, beh, no."

"Non dovevi andare da qualche parte?" Lei aveva tolto il piatto da sotto il naso di Will non appena lui aveva preso l'ultimo boccone di uova e l'aveva spinto fuori dalla porta.

Jess aprì il frigorifero. Accendendo la radio, si mise a cantare mentre preparava il ripieno della torta. Nonostante il lavoro al bed & breakfast rendesse di più della vendita di torte, non poteva rinunciare a quell'attività. Aveva lavorato duramente per farsi una reputazione e aveva una clientela soddisfatta. Inoltre, quel lavoro sarebbe finito dopo le vacanze.

Un cartello vendesi adornava il giardino anteriore. Alcuni zelanti agenti immobiliari venivano a dare un'occhiata, settimana dopo settimana. Jess sperava che nessuno lo comprasse, ma sapeva che era solo questione di tempo prima che il bed & breakfast trovasse un nuovo proprietario.

Nel frattempo, avrebbe vissuto il suo sogno. Sapeva che quel sogno sarebbe durato solo fino alla fine dell'anno, così non aveva fatto altri programmi. Avrebbe continuato il suo lavoro con le torte e avrebbe messo da parte un po' dei soldi guadagnati col nuovo lavoro.

Costringersi a non sperare in una vita insieme a Stryker non funzionava. Di notte, a letto, troppo stanca per controllare i suoi pensieri, andava a dormire immaginando un piccolo matrimonio nella villa e un rinfresco per i suoi amici.

All'alba, ritornava alla realtà. Il miliardario aveva un'attività in crescita in Europa e non si sarebbe mai accontentato di Pine Grove quando avrebbe potuto vivere a Londra, a Parigi o a Roma. Così, sospirava e allontanava i pensieri negativi dalla mente. Ogni settimana, si distraeva provando due nuove ricette. Il 15 ottobre, si recò al bed & breakfast, in attesa della consegna degli elettrodomestici per la cucina.

Si mise a passeggiare per la vecchia dimora. Il primo piano era quasi finito. Controllò lo studio. Il camino, un tempo murato, adesso era aperto. Aveva bisogno di essere ripulito e trattato con amore.

Poi, si fermò nella sala da pranzo. Il pavimento e il tavolo in legno scuro conferivano alla stanza un'atmosfera calda e vecchio stile. Le pareti blu con rifiniture bianche aggiungevano un tocco di eleganza. Charlie aveva trovato la credenza perfetta a un mercatino dell'usato. Era vecchia, ma Will l'aveva restaurata, facendola tornare al suo antico splendore. Non aveva ancora scelto le decorazioni, ma si rese conto che la stanza aveva bisogno di quadri alle pareti, candelabri e alcune ciotole di cristallo con frutta o zucche sulla credenza. Prese un piccolo taccuino dalla tasca posteriore e prese appunti.

Salendo al piano di sopra, controllò a che punto erano le camere degli ospiti. Le prime due sembravano pronte per essere arredate. Le altre non ancora. Un lieve odore di pipì di gatto o di qualche animale selvatico infestava il corridoio. Will le aveva assicurato che l'odore sarebbe scomparso una volta che tutte le stanze e il corridoio sarebbero stati completati. Lei aprì alcune finestre. Un po' d'aria fresca non poteva far male.

Quando sentì lo scricchiolio delle gomme sul vialetto di ghiaia, Jess partì come un razzo e scese la scala serpeggiante fino al primo piano. Aprì la porta e fece segno a quegli uomini di parcheggiare sul retro. Percorrendo il lungo corridoio fino alla porta sul retro, li fece entrare. Con gli occhi sgranati, li guardò lavorare, fingendo che ognuno di quei nuovi oggetti le appartenesse.

Prima della terza settimana di ottobre, anche la cucina fu pronta. Lei pulì i nuovi stipetti, il frigorifero professionale e i fornelli. Mentre li esaminava, spalancò gli occhi. Sarebbe stato molto più semplice cucinare le sue torte con attrezzature simili.

Subito dopo aver finito la cucina, arrivarono i nuovi piatti e le posate. Caricò tutto nella lavastoviglie, poi ripose i piatti, le tazze e i piattini nella credenza della sala da pranzo.

In seguito, Jess scaricò le borse con la biancheria. Mentre lavorava, fece una lista di ciò che doveva ancora acquistare: saponette, spugne abrasive, detersivi e altro ancora.

Facendo una pausa, mandò un messaggio a Stryker.

La cucina è pronta. Qualche altro oggetto essenziale e sarà perfetta.

Lui le rispose.

Grazie per le belle notizie.

Lei gli rispose ancora.

Spero che anche i tuoi affari stiano andando bene.

Non ricevendo risposta da parte sua, aggrottò la fronte. Scrollò le spalle, pensando che fosse troppo impegnato per aggiornarla su tutto. Cazzo, del resto che cosa ne sapeva lei di compagnie aeree?

Salendo sul suo macinino, si diresse verso il negozio, aggrottando la fronte. Stryker non era il tipo che non rispondeva ai messaggi. Anche soltanto per spiegarle che era occupato. Ebbe la sensazione che qualcosa non andava.

ROYAL SUITE, HOTEL Claridge's, Londra, Inghilterra

Stryker stava alla finestra, guardando il cielo coperto e bevendo caffè.

"E adesso?" gli chiese John.

"Sto pensando."

"Va bene. In questo siamo molto bravi."

"Ma non possiamo continuare. Non ho intenzione di pagare mazzette ai francesi e mi rifiuto di leccare i piedi a qualcuno per farmi perdonare per la politica del nostro governo. Il nostro progetto è diventato una questione politica. Cazzo! Questa era l'ultima cosa che avrei voluto."

John si avvicinò a Stryker. "Ripeto, che cosa possiamo fare?"

Stryker si mise a passeggiare. Era già novembre e aveva una catasta di problemi alta come l'Empire State Building. Le lancette dell'orologio avanzavano e il Ringraziamento si avvicinava sempre di più.

"Non hai sempre intenzione di tornare in quel buco di merda abbandonato da Dio di Pine Grove per il Ringraziamento, vero?"

"Ho fatto una promessa."

"Ma gli affari sono affari."

Stryker si accarezzò la nuca. "Lo so. Sta cominciando a sembrare come se dovessi scegliere tra lasciare te e gli uomini che cercano di completare l'ufficio o stare con la ragazza migliore che io abbia mai conosciuto."

"Sarebbe una perdita in entrambi i casi."

"Lo credi davvero?" Stryker inarcò un sopracciglio mentre guardava John.

"Altro caffè?"

"Sì, e potresti aggiungerci un po' di cianuro?" rispose Stryker.

John si mise a ridere mentre usciva dalla stanza. Stryker si mise a passeggiare. Gli aerei sarebbero stati pronti entro il primo dicembre. Quella sarebbe stata la data di lancio prevista per il servizio in Europa. Doveva trovare un modo per fare soldi con quegli aerei. Rivenderli a metà prezzo perdendo trentadue milioni? Impossibile. Una situazione del genere non sarebbe mai stata accettabile per Stryker. Riusciva sempre a trovare una via d'uscita.

Mentre guardava fuori dalla finestra, osservando la pioggia, gli venne in mente una soluzione. John tornò con due tazze piene di caffè. Ne porse una a Stryker.

"Ok, John. Ho la soluzione. Innanzitutto, voglio una ricerca su tutti i posti che copriamo attualmente. Voglio un foglio di calcolo che mi mostri quelli di maggiore successo. Quali hanno maggiori profitti? Quali hanno prenotazioni costanti? E lo voglio per oggi pomeriggio."

"Oggi pomeriggio?" John spalancò gli occhi.

"Già. Quando sarà in funzione Dallas?"

"Il primo gennaio."

"Quanti aerei?"

"Due. Iniziamo sempre con due."

"E quando dovrebbero arrivare?"

"Subito dopo Natale."

"Va bene. Fammi avere quelle cifre. Che io sia dannato se dovessi perdere trenta milioni su quegli aerei. Poi, voglio un progetto per l'affitto del nostro ufficio fino alla scadenza del nostro contratto di locazione."

"Ok. Capito. Entro quando vuoi il progetto di subaffitto?"

"Il prima possibile. Assumi qualcuno per aiutarti. Dobbiamo risolvere questa situazione. Al più presto."

"Mi servono un paio di giorni per il foglio di calcolo. Devo contattare ogni aeroporto separatamente. Cazzo, adesso abbiamo Los Angeles, New York, Boston, Washington, Atlanta, Toronto e Chicago. Ricorda che ci sono anche i fusi orari."

Stryker si accigliò. "Fa' tutto ciò che puoi."

"Non vorrei interferire con la tua vita amorosa," osservò John.

"Invece sì che vorresti. Geloso e arrapato, John?"

Il suo socio scoppiò a ridere. "Forse."

"Datti da fare. Ci terremo quegli aerei. Non ho intenzione di vendere nulla con una perdita così grossa."

"Capito. Mi metto subito al lavoro," disse, poi uscì dalla stanza.

Stryker aprì il suo laptop e cercò una mappa degli Stati Uniti. "Mmm, se non posso andare in Europa, dove altro posso andare negli Stati Uniti?"

Tre ore dopo, convocò una riunione. John e la sua segretaria raggiunsero Stryker nella sala da pranzo. Il personale del servizio in camera venne a consegnare il pranzo. Stryker iniziò a parlare.

"Ecco quello che faremo. Organizzeremo un servizio navetta tra Dallas e Houston e tra Los Angeles e San Francisco. Se non possiamo andare in Europa, andremo a ovest."

"E i nuovi aerei?"

"Una volta che mi farai avere i dati di utilizzo per ogni mercato, inseriremo i nuovi aerei nei mercati che fanno sempre il tutto esaurito. Ci espanderemo prima in quelli. Dopo aver elaborato i progetti per i nuovi mercati, compreremo nuovi aerei. A meno che quelli che stiamo spostando verso i nostri mercati più attivi non siano necessari. In tal caso, li manderemo a ovest."

"Ottimo piano!"

"Ti piacerebbe vivere a Dallas o a San Francisco, John?"

"Dici davvero?"

"Sì. Puoi occuparti dell'affitto dell'ufficio venendo a Londra due o tre volte l'anno."

"Mi piacerebbe tornare negli Stati Uniti."

"Bene. Allora andiamo. Chiama i nostri dipendenti migliori e falli partire per dare un'occhiata a quei mercati. Voglio un rapporto tra due settimane."

"Consideralo fatto," disse John, sorridendo.

"Pensavo che ti piacesse stare qui," disse Stryker, appoggiando la schiena.

"Certo, ma mi mancano i miei figli. Avrò il mio primo nipotino e mi piacerebbe essere a casa per la sua nascita."

"Marnie?"

"Sono felice qui."

"Bene. Potrai essere il nostro aggancio qui a Londra. Lavora con John per trovare un modo di tenere sotto controllo il subaffitto e risolvere eventuali problemi."

"Perfetto. Una promozione?"

"Sì," disse Stryker.

Man mano che arrivavano i dati dei vari aeroporti e gli studi preliminari sui nuovi mercati, Stryker si immergeva nel lavoro. Le giornate di lavoro sembravano infinite, con qualche breve pausa solo per mangiare. La sera, si buttava a letto sfinito e si alzava di nuovo alle sei per iniziare la giornata. Le scadenze si avvicinavano più rapidamente del previsto. Il Ringraziamento era diventato solo un numero sul calendario.

PINE GROVE, TRE GIORNI prima del Ringraziamento

"Perché hai bisogno di esercitarti? Milioni di persone cucinano un tacchino ogni anno. Quanto può essere difficile?" disse Will, entrando nella cucina della villa.

Nella sala da pranzo, tre operai stavano facendo una pausa per mangiare la cena che Jess aveva promesso loro.

"È solo un piccolo tacchino. Devo ancora vedere cosa succederà con uno più grande."

"Non capisco perché hai bisogno di me." si lamentò Will.

"Ho bisogno che mi aiuti a girare il tacchino."

"Girare il tacchino?"

"Sì. Laura dice che lo cucina sempre al contrario. Così i succhi scolano sul petto, non all'esterno. Dice che Barney la aiuta sempre a girare il tacchino."

"Allora chiama Barney."

"Solo tu puoi prendere il suo posto. Andiamo, Will. Deve andare tutto bene."

"Inoltre, se vuoi mangiarlo, devi prima girarlo."

"Mi hai convinto."

Lui borbottò e si avvicinò al forno. Jess tirò fuori la teglia e gli porse un paio di guanti da forno.

"Questi sono per te. Gira questo bestione," gli disse, con le mani sui fianchi.

Lui indossò i guanti e mise le mani sulle ali. Cercò di tirarlo, ma il volatile era bloccato.

"Oh, aspetta. È attaccato a quel coso di metallo." Jess prese un coltello e lo fece scivolare lungo il bordo. "Ecco, prova adesso."

Will lo fece. Ma non riuscì a staccarlo.

"Prova in alto e in basso," suggerì Jess.

Lui sbuffò e le lanciò un'occhiata ostile prima di appoggiare una mano sul collo e l'altra sulla coda. "Così?"

"Sì," disse lei, annuendo.

Lui lo sollevò e il tacchino si staccò con forza e volò per aria. Fece un balzo in alto e cadde per terra.

"Oh, cazzo!" esclamarono Will e Jess all'unisono.

"Raccoglilo," gli ordinò lei.

Mentre si chinava, lui le rispose: "Non lo servirai ai ragazzi, vero?"

"Regola dei cinque secondi. Raccoglilo immediatamente!" urlò lei, poi abbassò la voce, guardando verso la porta della sala da pranzo.

Lui si chinò e lo raccolse.

"Bene. Ora giralo. Con il lato destro in alto."

"Jess," disse lui, scuotendo la testa.

"Ho appena pulito il pavimento. Va tutto bene. Laverò il tacchino."

"Non ho intenzione di mangiare quella cosa."

"Oh, sì che lo farai!" disse lei, guardandolo con la fronte aggrottata.

"Stai cercando di uccidermi?" le chiese.

Jess prese due tovaglioli di carta e asciugò il tacchino.

"Stai togliendo la pelle, Jess."

"Non è quello che vuoi? È totalmente pulito sotto."

"Faresti meglio a ripulire quel ripieno sul pavimento prima che qualcuno scivoli, si rompa la schiena e faccia causa al tuo adorato signor West."

Jess uscì la lingua a Will. "Sei crudele."

"Sono solo sincero."

"Tu mangerai questo tacchino. E non dire ai ragazzi che è caduto per terra."

Will alzò le mani. "Ok, ok."

"Va' a prendere i mirtilli e portali a tavola. Devo ancora affettare questo bestione e schiacciare le patate."

"Penso io alle patate," disse lui, prendendo il piatto di mirtilli rossi. Camminando verso la porta, non vide un pezzetto di ripieno.

Ci mise il piede sopra e cadde per terra. Il piatto con i mirtilli rossi volò per aria e cadde con violenza sul pavimento. Il piatto di vetro si ruppe in un milione di pezzi, spargendo mirtilli rossi dappertutto.

Jess strillò, Will urlò e i tre uomini seduti a tavola si precipitarono da loro. Lei si lasciò cadere a gambe incrociate sul pavimento e scoppiò a piangere.

"Immagino che preparare la cena del Ringraziamento sia più complicato di quanto pensassi," disse uno degli operai.

Gli uomini aiutarono Jess a prendere il cibo rimasto sul tavolo. Il purè di patate e le patate dolci ebbero un grande successo, così come il tacchino: ciò che i ragazzi non sapevano non li avrebbe turbati.

Giovedì mattina, Jess consegnò due torte di zucca al bed & breakfast. Indossava un paio di jeans e una maglietta a maniche lunghe. Aveva preparato diversi piatti il giorno prima e si sentiva pronta a cucinare il tacchino e altri contorni che aveva deciso di preparare direttamente il giorno del Ringraziamento.

Will accese il fuoco nel caminetto del soggiorno e nello studio. Fece capolino per accertarsi che a Jess procedesse tutto bene.

"Il caminetto dello studio sembra funzionare, ma lo terrei d'occhio, se fossi in te."

"Puoi occupartene tu? Ho già abbastanza da fare"

Quando iniziò a cucinare, il tempo passò in fretta. Will andò ad aiutarla. Aprì il vino, spazzò via la neve dai gradini anteriori e si mise accanto a sua sorella. Jane, la ragazza del liceo che avevano assunto come aiutante, indossò un grembiule e seguì le istruzioni di Jess.

"Dobbiamo girare di nuovo quel maledetto tacchino?" borbottò Will.

"Sì. Questa volta, ho fatto in modo che non si attaccasse."

"Molto meglio."

Lei sorrise. Correndo da una parte all'altra della cucina, intenta a supervisionare Will e Jane, Jess perse la cognizione del tempo. Bevve un sorso di sidro caldo mentre pensava alla sua prossima mossa.

Qualcuno bussò alla porta. Will accolse le undici persone che avevano pagato per partecipare a quella sontuosa cena. Jess diede una sbirciatina per guardare gli ospiti che si toglievano i cappotti. Aveva i nervi a fior di pelle.

Lei indossò un grembiule elegante e si diresse verso il soggiorno.

"La cena è servita. Per favore, prendete posto nella sala da pranzo."

La credenza si lamentava sotto il peso del tacchino ripieno, del purè di patate, dello sformato di patate dolci, dei fagiolini, dei due tipi di mirtilli rossi, della Caesar salad e dei cavoletti di Bruxelles.

Gli ospiti esultavano mentre si sedevano. Tutti i posti erano occupati, tranne quello di Stryker. Qualcuno bussò alla porta.

"Stryker è un po' in ritardo," disse a Will.

Aveva il cuore in gola mentre correva ad aprire la porta, ma non era Stryker. Un fattorino con un gigantesco mazzo di rose rosse aspettava sui gradini. Jess prese i fiori e tornò in cucina. Con le mani tremanti, aprì il biglietto.

Scusa, piccola, ti prego, perdonami. Troppe emergenze da risolvere. Ci vediamo a Natale.

Con amore,

Stryker

Le lacrime le facevano bruciare gli occhi. Will fece capolino, interrompendo i suoi pensieri.

"Dov'è la salsa? Ehi, chi te li ha mandati?"

"Stryker."

Lui sollevò le spalle.

"La salsa arriva subito." Lei appoggiò i fiori e versò la salsa in una piccola brocca.

FELICE DI AVERE L'AIUTO di Jane, Jess le chiese di lavare e asciugare pentole e padelle. Will la aiutò a conservare i piatti e le posate.

Prima che le sue energie si esaurissero, Jess pagò Jane, la mandò a casa e si versò un bicchiere di vino. Will aprì una birra e la raggiunse al tavolo della cucina.

"Wow. È stato incredibile. Non riesco a credere che tu ce l'abbia fatta."

"Nemmeno io."

"Erano tutti entusiasti della cena. Il tacchino era perfetto."

"Grazie a te per aver girato quell'enorme uccello." Jess guardò fuori dalla finestra. Alla fine, lo stimolo della fame le raggiunse lo stomaco. Non aveva cenato molto e aveva messo da parte il suo piatto. Prendendo una forchetta, mangiò la carne con un po' di patate dolci.

"Qual è stato il tuo piatto preferito?" chiese, voltandosi verso suo fratello.

"Mmm. Il mio preferito? Vediamo. Il tacchino. No. Il ripieno? No. Il purè di patate - a proposito, che cosa ci hai messo? Non era come quello che mangiamo a casa."

"Panna. Noi non possiamo permetterci la panna."

"Di certo fa la differenza. Non credo di avere un piatto preferito, Jess. Erano tutti i miei preferiti," disse lui sorridendo. "E il modo in cui si abbinavano era fantastico. La gente mangia così tutti gli anni?"

"Così mi hanno detto."

"Tutto bene?" le chiese, stringendole la mano.

"Certo. Tutto bene. Sono solo stanca."

"Tutta colpa di quel West, vero?"

"Non iniziare con il 'Te l'avevo detto', ok? Lascia stare."

"Non l'avrei fatto. Solo che... mi dispiace," disse lui a voce bassa.

La comprensione di Will le fece perdere il controllo. O forse era la stanchezza? Lei abbassò la testa, coprendosi gli occhi con le mani.

"Oh, andiamo. Sono sicuro che ci sia una buona ragione."

"Non importa. Mi aveva fatto una promessa e non l'ha mantenuta."

"Eh, quando si hanno tutti quei soldi, può succedere, sai?"

"Sono stufa dei suoi soldi. Forse starei meglio con un uomo povero."

"Sei solo stanca, Jess," le disse, accarezzandole la schiena. "Hai lavorato molto. Qui al bed & breakfast, poi le torte, svegliandoti all'alba e lavorando fino a tarda notte. Hai bisogno di riposare."

"Non c'è tempo per riposare. Quelle stanze devono essere pronte prima di Natale e mancano solo quattro settimane." Lei si asciugò gli occhi con il grembiule.

"Ce la faremo. Abbiamo fatto molte cose questa settimana. Vedrai."

"Sono stanca. È andato tutto bene?" gli chiese.

"Più che bene. Stanno già programmando di tornare l'anno prossimo."

"Davvero? Non te lo stai inventando?"

"No. È quello che hanno detto. Oh, prima che mi dimentichi. Ecco," le disse, mettendo una mano nella tasca posteriore e tirando fuori alcune banconote. "Cinquanta dollari. La loro mancia per la cuoca."

Le mise il denaro in mano. Lei prese una ventina di dollari e glieli mise nella tasca della camicia.

"Questi per avermi aiutata. Te li sei guadagnati per aver girato il tacchino. Grazie." Jess si alzò in piedi e lui la seguì. La strinse tra le braccia. Jess gli appoggiò la testa sulla spalla.

"I fratelli Lennox. Sono una squadra," le disse, prima di liberarla.

"È ora di riposare."

"Prima finisci di mangiare, signorina," disse Will indicando il suo piatto.

Lei sorrise e cedette alla fame. "Vedrai Jennie stasera?"

"Sì."

"Andrai a casa sua?"

"Non mi sento a mio agio a casa dei suoi genitori. Quindi andrò a prenderla. Ho pensato che potremmo mangiare la torta rimasta e guardare la tv a casa nostra."

"Sembra che tu abbia un programma. Divertiti."

Will diede a Jess un bacio sulla guancia, poi uscì. Lei mangiò lentamente. Cazzo. Era buono. La sua prima cena del Ringraziamento. Non male. Sorrise, fiera di sé. Il suo telefono iniziò a squillare. Era Charlie.

"Buon Ringraziamento, Jess. Grazie per aver reso questo primo evento un tale successo."

"Anche a lei, Charlie. Non è stato niente."

"Si è impegnata molto. Ha fatto un ottimo lavoro. Will mi ha riferito i commenti degli ospiti. Ho ricevuto qualche e-mail in cui mi hanno chiesto di prenotare per il prossimo anno. Grandioso!"

"Grazie."

"Può passare qui domani? Mi piacerebbe parlare di Natale e ho un bonus per lei."

"Un bonus?"

"Ordine di Stryker. E sono d'accordo con lui. Quando può venire?"

"Va bene alle tre?"

"Perfetto. A domani."

Lei lavò e asciugò il suo piatto e aggiunse acqua alle rose prima di andar via. Dirigendosi verso la sua auto, ricevette un messaggio di Stryker:

Ho saputo che il Ringraziamento è stato un successo. Non ne sono sorpreso. Congratulazioni.

Jess spense il telefono, lo mise nella borsa e inserì la chiave nel cruscotto.

Capitolo Diciannove

Jess aprì la porta di Pelletier e Grand. Appollaiato su una sedia vicino alla sua enorme scrivania, Charlie le fece cenno di entrare. Lei si sedette su un divano di fronte a lui.

"Stiamo ricevendo diverse richieste per l'annuncio natalizio. Ho un fotografo che può scattare delle foto delle stanze completate. Dovrebbe mettersi alla ricerca dei mobili per almeno due camere da letto il più velocemente possibile, così potremo pubblicare le foto sul sito web."

"Sito web?"

"Sì. Stryker ha pensato a un nome. Non gliel'ha detto?"

Lei scosse la testa. Il cuore le batteva forte nel petto. Perché lui non gliel'aveva detto?

"Sì, mi ha chiamato due giorni fa. I suoi avvocati stanno preparando i documenti. Si chiamerà Pine Mountain Inn. Quanto tempo le serve per arredare quelle stanze? Si ricordi che è solo per le foto. Voglio dire, non sono necessarie le lenzuola per i letti. Solo i copriletti. Cassettoni, lampade, comodini, le solite cose. Oh, e un paio di quadri alle pareti."

"Me ne occupo subito. Le comunicherò una data entro domani pomeriggio."

"Perfetto. Ottimo. Andrà tutto alla grande, Jess. Ruth, l'agente immobiliare, è molto interessata a questo posto. I partecipanti alla cena del Ringraziamento hanno lasciato delle buone recensioni su Yelp."

Jess fece un mezzo sorriso. Doveva essere triste o felice? Che cosa sarebbe successo se qualcuno avesse voluto acquistare quel posto? Lei deglutì prima di parlare. "Meglio che vada ora."

"Già. Ci sentiamo domani."

Mentre tornava a casa, una sensazione di paura ebbe il sopravvento su di lei. Sicuramente Stryker non avrebbe venduto quel posto, che significava così tanto per lei. Lavorare al bed & breakfast diventava ogni giorno sempre più reale. Will continuava a ricordarle che non era suo e che non avrebbe dovuto affezionarsi troppo, ma era troppo tardi. Adorava quel posto e ogni momento che trascorreva lì.

L'odore della vernice fresca, il lucido per i mobili di legno e i rami di pino che aveva raccolto per decorare la scala la mettevano di buon umore. Non vedeva l'ora che arrivasse la neve per potersi sedere a leggere un libro davanti al caminetto della biblioteca.

La mattina successiva, dopo la consegna della torta, Jory raggiunse Jess per fare colazione al Cozy Café. Dopo aver mangiato le uova, Jess e Jory andarono a Oak Bend. Comprarono ciò di cui avevano bisogno in un bel negozio di arredamento, che avrebbe consegnato i mobili il giorno successivo. Jess era sconvolta dai prezzi, ma Stryker voleva il meglio.

Alle due, Jory si precipitò al lavoro al giornale e Jess tornò a casa. Telefonò a Charlie.

"Tutto risolto. I mobili arriveranno domani. Oggi andrò a prendere la biancheria. Per venerdì, dovrebbe essere possibile scattare le foto."

"Eccellente! È grandioso."

"Non mi piace perdere tempo quando c'è un lavoro da fare."

"Lei è eccezionale, Jess. Oh, a proposito. Ha dimenticato l'assegno del suo bonus. Perché non passa qui prima di andare al negozio?"

"Lo farò."

Entrò nel parcheggio di Pelletier e Grand. C'era una busta che la aspettava alla reception. La prese e andò ad aprirla in macchina.

Spalancò gli occhi: mille dollari! Non riusciva a crederci. Non si sarebbe mai aspettata niente del genere. Aveva sperato in un centinaio di dollari, ma questo... wow!

Si fermò in banca, poi proseguì per il negozio più bello nel raggio di cinquanta chilometri. Avevano una buona selezione di lenzuola. Comprò lenzuola, trapunte, cuscini, asciugamani e coperte in tinte coordinate.

Dopo aver portato tutto al bed & breakfast, preparò una tazza di tè e si distese le gambe. Lo scricchiolio della porta d'ingresso la fece trasalire. Raddrizzò la schiena e balzò in piedi.

"Jess!" disse una voce dall'ingresso.

"Arrivo!"

Voltò l'angolo e vide Ruth, l'agente immobiliare, con altre due persone.

"Salve, Jess. Questi sono Martine e Albert. Sono qui per dare un'occhiata al bed & breakfast."

"Oh."

Jess si mordicchiò il labbro. La donna e l'uomo di mezza età stavano borbottando qualcosa in francese mentre entravano nel soggiorno. Sorrisero mentre esaminavano il posto.

"Scusa. Ti dispiace se mostro loro la cucina?"

"No, prego. Fa' pure," disse Jess, rimanendo in disparte.

Le dispiaceva? Certo che le dispiaceva. Due estranei nella sua cucina, che aprivano i suoi armadi e sbirciavano nei suoi cassetti: era una violazione. Ma si trattenne, prese il tè e la giacca e uscì sul portico sul retro. Una fitta di dolore le attraversò il corpo. Non poteva restare a guardare le persone che venivano a vedere quel posto, a esaminarlo e a esplorarlo, pensando di acquistarlo. Gli operai stavano ancora lavorando al piano di sopra e il frastuono che proveniva dal terzo piano indicava che era ancora in costruzione.

Forse a quelle persone non sarebbe piaciuto il b&b. Forse non avrebbero comprato qualcosa che non era ancora finito. Forse il prezzo era troppo alto. Poteva almeno sperarci, no? Incapace di sopportare quell'invasione, tornò a casa, prese un libro e si distese sul divano. Dopo pochi minuti, cadde in un sonno irrequieto.

ROYAL SUITE, HOTEL Claridge's, Londra, Inghilterra

Stryker si accarezzò il collo e raddrizzò la schiena. Aveva iniziato a esaminare con attenzione i documenti già alle prime ore del mattino.

"Nuovi appaltatori. Ci incontreremo stamattina. Saranno qui tra un'ora. Hai mangiato qualcosa?" gli chiese John.

Stryker scosse la testa. "Ho bisogno di una doccia."

"Faccio portare subito la colazione. Vado. Si tratta di una grande azienda. Devi essere in perfetta forma."

Stryker si diresse verso il bagno. Si tolse i vestiti e rimase fermo sotto l'acqua calda. Cazzo, era piacevole, ma sarebbe stato ancora più bello se Jess Lennox fosse stata lì con lui. La sensazione della sua pelle, del suo corpo sotto il suo, non l'aveva mai abbandonato. Lo tormentava ogni notte quando spegneva la luce.

Se avesse potuto darle solo un bacio, avrebbe avuto la determinazione per andare avanti. Con un sorriso triste, ammise a sé stesso che non si sarebbe mai fermato solo a un bacio con Jess. No, avrebbe dovuto possederla completamente. Si insaponò il corpo, desiderando che le mani che sentiva su di sé fossero quelle di Jess. Ma non c'era tempo per questo, doveva pensare agli affari anche sotto la doccia. Gli appaltatori stavano per arrivare e c'erano un milione di decisioni da prendere. E lui doveva proteggere il suo impero dalle catastrofi che avevano colpito i suoi affari negli ultimi due mesi.

Grazie a Dio, gli affari negli Stati Uniti erano in costante crescita. Nei momenti di calma, si chiedeva come andassero le cose al b&b. Non voleva chiedere a Jess di inviargli delle foto, sapendo che svolgeva due lavori. Nei momenti di forte stress, quando John si metteva a urlare o i francesi si rifiutavano di parlargli, immaginava il soggiorno del bed & breakfast. Nella sua mente, immaginò un enorme e comodo divano componibile, un fuoco scoppiettante nel caminetto e Jess che gli versava un bicchiere di Merlot, il suo vino preferito.

Pur vivendo nel lusso del Claridge's, desiderava ardentemente l'ambiente confortevole della villa e la compagnia della sua ragazza. Voleva tornare alle origini? Quali origini? Non era tornato a Pine Grove perché non c'era nulla per lui, tranne una vecchia casa in rovina che era diventata una macchina mangiasoldi e una vecchia zia un po' matta che aveva speso i suoi soldi senza pensarci.

Le immagini che gli vennero in mente gli diedero un colpo al cuore. Voleva tornare a casa. Sì, a casa, perché quella adesso era casa sua, no? Ma i i problemi e le decisioni da prendere lo trattenevano lì. Doveva sistemare le cose in Europa prima di poter fuggire e trovare un po' di tregua.

Chiuse l'acqua, si asciugò rapidamente e indossò un abito grigio antracite, con una camicia azzurra e una cravatta nera e oro. Adesso era pronto per affrontare la giornata.

La colazione lo aspettava sul tavolino del salotto. Controllò l'orologio. John entrò a grandi passi.

"Hai esattamente quindici minuti per mangiare."

"Va bene." Stryker tolse il coperchio d'argento dal piatto, che conteneva uova di gallina Burford Brown, bacon dolce affumicato e uno scone con l'uvetta. Naturalmente, una caffettiera d'argento occupava con orgoglio il grande vassoio. Il suo aroma gli risvegliò l'appetito e iniziò a mangiare.

Mentre aggiungeva il latte al suo caffè, udì un mormorio di voci nell'atrio. Immaginò che John li avrebbe accolti nella sala da pranzo, che utilizzava anche come sala conferenze. Stryker finì gli ultimi due bocconi del suo pasto, si asciugò la bocca con un tovagliolo e si alzò in piedi.

Era il momento di occuparsi della ristrutturazione dell'ufficio. Controllò di nuovo l'orologio. Cazzo. Era il 20 dicembre. Aveva solo quattro giorni per concludere tutto prima di tornare a Pine Grove. No, non avrebbe deluso di nuovo Jess. Fanculo agli affari, doveva tornare da lei. A volte aveva il diritto di mettere il suo cuore davanti a tutto il resto.

Strinse la mano ai tre uomini della nuova ditta e si sedette a capotavola.

"Signori. Grazie per essere venuti. Rimettiamo questo progetto in pista. Devo firmare i vostri progetti entro e non oltre il 23 dicembre."

"Quanta fretta," disse uno dei tre.

"Lo so e vi chiedo scusa. Si sono verificati dei problemi inaspettati. Il progetto si è bloccato e fino a quando non abbiamo raggiunto un accordo con la vecchia società, non abbiamo potuto procedere. Sono disposto ad aggiungere un dieci per cento alla valutazione originale per la fretta."

"Ovviamente, se doveste avere bisogno di incontrare Stryker nel periodo natalizio...", iniziò a dire John.

Stryker sbatté la mano sul tavolo. Quel forte rumore fece tacere la stanza.

"Questo non succederà."

PINE GROVE, 22 DICEMBRE

Le due settimane prima di Natale passarono rapidamente. Le due camere erano state prenotate, così come un enorme buffet della vigilia, un evento di canti natalizi e una cena del giorno di Natale. Era tutto esaurito. Jane aveva accettato di aiutarli per la vigilia, ma aveva rifiutato per il giorno di Natale. Jess si sedette al tavolo della cucina per fare una lista. Un leggero rumore la fece sussultare e lei sollevò lo sguardo. La coppia francese stava sulla soglia.

"Ha fatto un lavoro meraviglioso qui, signorina Lennox," disse l'uomo.

"Oh, sì. Davvero ottimo. Ma una volta che il b&b sarà nostro, saremo noi a occuparcene. Certo, avremo bisogno di un aiuto in cucina e per le pulizie. Soprattutto di una cameriera che pulisca le camere. Nel caso in cui le interessi," disse Martine.

La rabbia si fece strada nel petto di Jess. "No, grazie," rispose lei, con un'espressione infuriata.

L'uomo le si avvicinò e le mise una mano sul braccio. Jess lo allontanò come se si fosse bruciata.

"Lo comprendiamo. Deve essere molto difficile per lei aver creato tutto questo e doverlo perdere."

Le parole le si bloccarono in gola. Non riusciva a parlare.

"Lo comprendiamo. Tuttavia, se dovesse cambiare idea, venga subito dopo Capodanno. Sono sicura che troveremo un lavoro per lei," disse Martine, con un sorriso freddo sulle labbra.

"Capodanno?" balbettò Jess.

"Già. Speriamo di firmare il contratto prima di quella data e di poter organizzare la festa di Capodanno."

"Io prendo i miei ordini da Stryker West, non da voi. Dubito che sarà tutto pronto per quella data. Quindi, fino ad allora, sarò io a occuparmi della festa per l'ultimo dell'anno," rispose lei, con un tono di voce glaciale.

"Faccia come vuole. Fatica sprecata," mormorò il marito, prima di voltarsi per andarsene.

"Aspetta, Albert! Abbiamo alcune domande sul b&b," proseguì Martine.

"Potete farle a Ruth. Io sono molto impegnata. Ora, se non vi dispiace, potete andarvene." Jess riabbassò lo sguardo sul suo taccuino.

"Bene! Non si preoccupi di venire. Preferiamo assumere persone disponibili per occuparsi del b&b," disse Martine, voltandosi.

"Come volete," borbottò Jess.

Quando sentì chiudersi la porta, fece un sospiro di sollievo. Alzandosi dal suo posto, si fermò davanti alla finestra, guardando le cince appollaiate sulla mangiatoia. E se avessero avuto ragione? Né Charlie né Stryker le avevano parlato di una coppia che voleva acquistare il b&b. Non sapeva a chi credere, quindi chiamò Charlie.

"Una coppia che vuole comprare il b&b? Questa è una novità per me. Ma Stryker non mi dice tutto. Dovrebbe chiederlo a lui."

Non sopportava stare sulle spine, così gli scrisse un messaggio. Probabilmente, lui era nel bel mezzo di una riunione. Pazienza. Aveva bisogno di una risposta.

Una coppia francese dice di voler comprare il b&b. È vero?

Poi inviò il messaggio. Tornando al tavolo, continuò a fare la sua lista. Cazzo, aveva molte cose da comprare e da fare prima di Natale. Aveva bisogno di un aiuto, ma avrebbe dovuto arrangiarsi con Will.

Uno squillo la avvisò di aver ricevuto un messaggio.

Questa è una novità per me. Chiedo a Ruth e ti faccio sapere.

Lacrime di sollievo le riempirono gli occhi. Quindi non era vero. Eccellente. Avendo riacquistato energie, completò la sua lista, poi organizzò i compiti da svolgere ogni giorno. Aveva molto da fare quel giorno. E aveva ricevuto degli ordini extra di torte per le vacanze. Bene, chi aveva bisogno di dormire, comunque?

Mentre andava al negozio, ebbe un'idea. Sarebbe stata perfetta, così la aggiunse alla sua lista. Canticchiando mentre ascoltava la musica natalizia alla radio, Jess sorrise. Stryker sarebbe tornato per le vacanze, in tempo per il suo grande evento.

Tornando al b&b due ore dopo, salì le scale per rifare i letti nelle due camere degli ospiti. Così si sarebbe tolta il pensiero. Cercò della musica natalizia sul telefono e si mise a canticchiare mentre sprimacciava i cuscini e rimboccava le coperte. I copripiumini con stampa calicò si adattavano ai colori delle stanze.

Quando ebbe finito, si appoggiò allo stipite della porta e osservò il suo lavoro.

"Wow! Stupende. Sembrano uscite da un libro di fiabe," disse Will, avvicinandosi alle sue spalle.

"O dai miei sogni. È così che l'ho immaginato."

"So di averti criticata per il tuo stupido sogno e per la casa. Mi sbagliavo. Questo posto è stupendo. Avevi ragione, Jess," disse Will, dandole una pacca sulla spalla.

"Grazie. Non sono sicura che sopravviverò. Ma almeno morirò felice," disse lei, sorridendo.

La sua vita poteva andare meglio di così?

"CHE VUOL DIRE CHE TUTTI i voli per New York sono al completo?" Stryker alzò la voce.

"Pensavo che saresti rimasto qui fino a dopo Natale," disse John, arrossendo.

"Sei un idiota! Ti avevo detto che dovevo essere a Pine Grove per la vigilia di Natale."

"Dici sempre così e non succede mai. Per te il lavoro ha sempre la priorità. Ho pensato che fosse così anche stavolta."

"Hai pensato male. Cazzo. Cazzo! Prenota un volo, qualunque volo per domani."

"La vigilia di Natale?"

"Sì, la vigilia di Natale. Voglio partire domani mattina."

"Ci proverò."

"Se devi noleggiare un aereo, allora fallo."

"Ok, ok. Calmati."

"E spedisci questo FedEx a Will Lennox, a Pine Grove. Ok?"

"Va bene."

"Vado a fare le valigie," disse Stryker, mettendo una busta in mano a John e lasciando la stanza.

Due ore dopo, John aveva provato a noleggiare un aereo, ma erano tutti al completo. Un pilota ebbe pietà di lui. John lesse la sua e-mail a Stryker.

"Può farmi da copilota? Il mio vuole stare a casa con la sua famiglia. Se è capace di pilotare un aereo, per me va bene."

Stryker balzò in piedi e fece un urlo di gioia. "Digli di sì. Dove devo andare?"

Ci vollero delle ore per portare Stryker e i suoi bagagli all'aeroporto. Il tempo era peggiorato e la neve bloccava le strade.

Quando arrivarono, il pilota lo afferrò per un braccio.

"Dove diavolo eravate finiti? Il volo è al completo e, se non partiamo tra quindici minuti, sarà troppo tardi. L'aeroporto chiuderà. Forza!"

Stryker salì a bordo mentre John caricava i suoi bagagli. L'aereo rullò lungo la pista e si alzò in cielo mentre la tempesta si intensificava.

Una volta arrivati sull'oceano, la tempesta era finita, ma le notizie dagli Stati Uniti non erano buone.

"Tutti i principali aeroporti della costa nord-orientale sono chiusi. Trovi un posto dove possiamo atterrare."

Il maltempo alla vigilia di Natale non avrebbe dovuto essere una novità per Stryker. Con tutti coloro che speravano in un bianco Natale, non c'era da meravigliarsi che ci fossero tempeste di neve a Boston, New York, Philadelphia, Baltimora e Washington. Stryker esaminò la mappa. Doveva esserci un posto dove potevano atterrare.

"Atlanta?" chiese al pilota.

"Per me va bene. Sempre meglio di un atterraggio d'emergenza. Le persone dovranno trovare altri modi per arrivare a nord. Forse in treno? In auto?" gli chiese il pilota.

"È un viaggio molto lungo in auto da Atlanta a New York."

"Quindi, cerchi un aeroporto più vicino. Che ne dice di Charlotte?" gli chiese il pilota.

"Ok. Charlotte. È un tragitto lungo, ma fattibile," rispose Stryker.

Il pilota si mise in contatto con l'aeroporto di Charlotte e ricevette il permesso di atterrare.

"Come ha intenzione di arrivare a New York?"

"Non lo so. Devo arrivare a nord dello stato. Non c'è nessun treno diretto che arriva lì," disse Stryker.

"Deve essere per una donna," rispose il pilota.

"Già. Una donna stupenda."

"Ah, l'amore e il Natale. Ce la farà. Lei sarà lì ad aspettarla."

"Non lo so," rispose Stryker, aggrottando la fronte.

John era a Londra. Stryker era da solo.

Quando l'aereo atterrò, si diresse verso il chiosco più vicino per noleggiare un'auto, ma erano tutte esaurite. Era lo stesso negli altri autonoleggi. C'erano alcuni taxi in attesa. Senza avere altre opzioni e avendo perso quasi tutte le speranze, controllò l'orologio. 24 dicembre, undici in punto. Si avvicinò a un taxi.

"Le darò mille dollari se mi porta a New York stanotte."

"Stanotte? Non se ne parla. Forse domani."

Esausto e senza opzioni, Stryker cercò di trovare una stanza. Ma tutti gli hotel erano al completo. Mandò un messaggio a Jess.

Sono bloccato a Charlotte.

Non ricevette nessuna risposta. Guardò il suo telefono e si accorse che era quasi scarico. Dov'era finito il cavetto? Frugò nel suo bagaglio, ma il cavetto non c'era. Era stato così distratto che aveva dimenticato di prenderlo.

Le persone correvano per l'aeroporto, si affrettavano verso le loro destinazioni o si fermavano al bar, bevendo per passare il tempo fino alla fine dei temporali. Chiese ad alcune persone se potevano prestargli il loro cavetto, ma loro rifiutarono educatamente. Sembrava che tutti avessero un posto dove andare e persone da incontrare.

Senza avere altre opzioni, Stryker trovò una sedia e cercò di mettersi comodo. Sarebbe stata una lunga notte. Sperava che qualcosa cambiasse al mattino. Quanto si sarebbe arrabbiata Jess se lui si fosse perso il Natale? Rabbrividì al solo pensiero. Non era colpa sua, vero? Forse lo era, dato che aveva aspettato l'ultimo minuto per partire. Chiuse gli occhi. Certo che era stata colpa sua.

Mancanza di organizzazione.

Jess l'avrebbe aspettato, ma forse si sarebbe arrabbiata. Poteva portarle qualcosa per farsi perdonare? Lei non era il tipo da braccialetto di diamanti. I negozi sarebbero stati chiusi il giorno dopo. Avrebbe semplicemente dovuto chiederle perdono, umiliandosi. Ah, ecco! Ebbe un'idea. C'era qualcosa che poteva fare.

Calmandosi dopo aver trovato una possibile soluzione, si addormentò.

LA CREDENZA ERA CARICA di piatti da portata. Prosciutto, sformato di patate, Caesar salad, cavoletti di Bruxelles, zuppa di zucca, patate al forno e uno sformato di broccoli al formaggio riempivano l'aria di un profumino molto invitante.

La tavola era apparecchiata con un servizio di porcellana pregiata. Un centrotavola sempreverde, creato da Will, conferiva all'atmosfera un profumo fresco.

Gli ospiti bevevano vin brulé, sidro caldo e birra nel soggiorno. Jess controllò l'orologio. Erano le sette. I cantori natalizi erano appena andati via ed era ora di chiamare gli ospiti per la cena. Dov'era Stryker?

"Andiamo, Jess. Non puoi più aspettare. Sono sicuro che Stryker verrà. C'è un sacco di neve là fuori. Probabilmente il suo volo è in ritardo," disse Will.

"Ok, ok. Sì, adesso chiamo gli ospiti per la cena."

Uscì e suonò la campanella. L'albero di Natale e il caminetto acceso creavano un'atmosfera festosa. Dopo che le persone si sedettero, Jess si buttò sul divano a fissare le fiamme. Sospirò. Dov'era Stryker? Dalle loro brevi conversazioni telefoniche, aveva dedotto che le cose non erano andate bene in Europa. Non sapeva esattamente in che senso.

Ma lui le aveva detto che sarebbe venuto e lei gli aveva creduto. Dov'era finito? Guardò i pacchetti colorati sotto l'albero. Erano per gli ospiti del b&b, non per lei. Charlie le aveva dato un altro bonus. Duemila dollari, questa volta.

Mentre cercava dentro di sé un po' di spirito natalizio, Ruth Bledell entrò dalla porta d'ingresso.

"Salve, Jess."

"Ruth," disse Jess annuendo.

"Senti, non voglio che questo ti sorprenda. Ecco. Questo è il contratto che darò a Stryker quando arriverà. Martine e Albert vogliono offrire un milione di dollari per il b&b, così com'è. In altre parole, si occuperanno personalmente di completare la ristrutturazione. Non credo che Stryker possa rifiutare, sei d'accordo?"

Jess si limitò a fissarla.

"Non volevo che tu fossi colta alla sprovvista."

"Grazie, Ruth. Non ho idea se rifiuterà o no."

"È molto al di sopra del suo valore di mercato. Pensi che riusciate a trovare un accordo?"

Jess ridacchiò. "No."

"Forse potresti lavorare per loro?"

"No."

"Ok. Va bene. Mi dispiace. Ma devo darlo a Stryker."

"Lo capisco. Nessun problema."

Ruth annuì e se ne andò.

Jess pensò a quella possibilità. Sapeva che quella casa non avrebbe mai potuto essere sua. Un giorno qualcuno avrebbe voluto comprarla e perché Stryker avrebbe dovuto rifiutare tanto denaro? Inoltre, lui non aveva mai voluto quel posto. Venderla sarebbe stato un doppio vantaggio per lui. Avrebbe recuperato il suo denaro e si sarebbe tolto un grosso peso.

Lei sospirò. Aveva un piano B? Non era ancora ben delineato, ma aveva un'idea di cosa fare. Ascoltare il tintinnio di forchette e coltelli le fece venire fame. Will la raggiunse.

"Allora? Andiamo. Non voglio mangiare da solo," le disse.

Lei lo seguì in cucina. Aveva apparecchiato un tavolo elegante per loro. Aveva messo da parte per loro alcuni dei piatti che aveva preparato per gli ospiti. Sedendosi, la fame le strinse lo stomaco.

"Sto morendo di fame!" ammise lei.

"Bene. Devi mettere su qualche chilo. Hai lavorato troppo di recente. Sembra ottimo. Mangiamo."

Si presero per mano, recitarono le preghiere e cominciarono a mangiare. Lei aveva preparato un pasto delizioso. Quando finirono, lui lavò i piatti. Jane entrò freneticamente, portando piatti vuoti e posate usate.

"Sono pronti per il dessert," le disse.

Jess si alzò, porse un piatto di biscotti a Jane e ne prese un altro.

"Will, prendi la torta."

Jess aveva preparato una torta al cioccolato a tema natalizio. Non appena entrò nella sala da pranzo, le persone si riunirono intorno a lei, tempestandola di domande.

"Che tipo di salsa ha preparato per il prosciutto?"

"Che cosa c'era nelle patate al forno? Erano deliziose."

"Adoro il condimento della Caesar Salad. L'ha fatto lei?"

Lei cercò di rispondere a tutte le loro domande. Alle dieci, riuscì a malapena a trascinarsi fuori. Gli ospiti del b&b erano ancora svegli. Will aveva accettato di spegnere il caminetto e di chiudere tutto per permetterle di riposare. Non aveva avuto nessuna notizia di Stryker e non c'erano nemmeno regali sotto l'albero da parte sua. Lasciò lì la scatolina con i gemelli vintage che gli aveva comprato, tornò a casa e andò a dormire.

L'indomani era Natale. Lui non le aveva risposto ai messaggi. Stryker era nei guai? Aveva bisogno di aiuto? Era rimasto sepolto sotto una valanga di neve? Era con un'altra donna? Era rimasto a Londra per lavoro e non aveva avuto il coraggio di dirglielo? Quelle domande le affollarono la testa fino a fargliela scoppiare. Prese due compresse di ibuprofene e si mise a letto. Lo squillo di un messaggio la svegliò. Lei lo lesse, annuì, sospirò e tirò su le coperte. Domani sarebbe stato un altro giorno.

Capitolo Venti

Il giorno di Natale si rivelò impegnativo come quello precedente. Almeno Jess non aveva torte da consegnare perché i posti che le vendevano erano chiusi. Tuttavia, si diresse al b&b per preparare la colazione. Dopo, preparò un vassoio di sandwich al prosciutto e di insalate fredde per pranzo.

Poi, sul presto, ci sarebbe stata un cena a base di tacchino con vari contorni. Non aveva il tempo di pensare a Stryker. Will arrivò alle undici, appena in tempo per aiutarla a preparare la cena. Lavorarono finché anche l'ultimo piatto fu lavato, asciugato e rimesso a posto. Quando la pendola del corridoio suonò nove volte, Will iniziò a parlare.

"È ora di tornare a casa, Jess. Per festeggiare il nostro Natale."

"Ma il fuoco del caminetto?"

"Tornerò a mezzanotte per accertarmi che sia spento."

Lei annuì. Prima di dirigersi verso il parcheggio, si fermarono per dare un'ultima occhiata.

Rami di pino freschi, con pigne e bacche rosse, adornavano gli archi e la ringhiera. L'enorme albero di Natale del soggiorno splendeva con le luci colorate e palline color oro e argento. Una ghirlanda artigianale decorata con piccoli ornamenti era appesa sopra il camino dello studio.

"Le decorazioni natalizie sono molto belle," disse Will.

"Grazie."

Una patina di eleganza, creata dal tempo e dall'amore, rendeva quel posto ancora più bello. Il suo sguardo sfrecciava da una parete all'altra, dal divano alla scrivania, dalla pendola al caminetto. Soddisfatta dei progressi fatti nella vecchia dimora, sorrise, poi uscì dalla porta.

Il cuore le si riempì di orgoglio per il lavoro ben fatto. Will si mise al volante del suo furgoncino. Jess inserì la chiave nel cruscotto della sua auto e si diresse a casa.

Jennie li raggiunse. Jess preparò delle tazze di vin brulè caldo. Will mise della musica natalizia, poi si avvicinò al loro alberello e prese un pacchetto.

"Jess. Questo è per te. Ti meriti qualcosa di eccezionale quest'anno, ma questo era tutto quello che potevo permettermi." Le diede un pacchettino rettangolare.

Era un frullatore a immersione di alta qualità. "Wow, Will! Come sapevi che ne volevo uno?"

"Forse perché continuavi a ripeterlo?" scherzò lui, alzando le sopracciglia.

Jess scoppiò a piangere mentre gli consegnava un pacco pesante. "Questo ti servirà sicuramente."

Conteneva un seghetto elettrico portatile.

"Wow. È fantastico," disse lui, rigirandosi la scatola tra le mani.

"E ha una luce laser come guida per tagliare. Si attacca alla corrente, quindi niente batterie. Questo lo rende anche più leggero. Avresti dovuto comprarne uno già da tempo, invece di noleggiarlo. Da ora in poi, non potrà fermarti più nessuno."

"Così potrò anche realizzare dei mobili. È fantastico. Grazie." Si chinò e diede a sua sorella un bacio sulla guancia.

Era arrivato il momento di fare qualcosa che avrebbe dovuto fare già da un po'. Gli mise una mano sul braccio.

"Domani inizierò a lavorare presto."

"E allora? Inizi sempre a lavorare presto."

"Vado via, Will."

"Che cosa?" Lui spalancò gli occhi.

"Me ne vado. Il mio lavoro qui è finito. Ho preso una stanza a Willow Falls. Il ragazzo della panetteria mi ha detto che, se voglio, hanno un lavoro per me."

"Perché, Jess? Proprio adesso che tutto sta andando bene?"

"Con il nuovo seghetto, avrai abbastanza lavoro da poterti permettere una vera casa. Magari per te e Jennie," gli disse, lanciando un'occhiata alla ragazza al fianco di suo fratello. "Non c'è più niente qui per me. Stryker non è venuto. Non mi ha mandato messaggi. Ruth mi ha detto che la coppia francese è pronta a offrire un milione di dollari per la villa. Come potrà rifiutare la loro offerta?"

"Oh, andiamo. Jess. Questa è casa tua."

"Non è granché, vero?"

"È andata bene per gli ultimi quindici anni."

"Solo perché non avevamo scelta. Ho bisogno di qualcosa di più. È ora di voltare pagina. Non posso continuare a lavorare al b&b, nemmeno se quella coppia non dovesse comprarlo. È troppo doloroso stare lì tutto il giorno e tornare in questa casa." gli disse, indicando l'ambiente scarno che li circondava. "E il b&b non sarà mai mio."

"Capisco come ti senti, ma Stryker? Forse è successo qualcosa?"

"Forse sì. È solo un sogno irrealizzabile. Ho sempre contato solo su me stessa. Stryker non può aggiustare la mia vita. Solo io posso farlo. Adesso so cosa sono in grado di fare ed è arrivato il momento di risparmiare per realizzare i miei sogni. Magari non in una villa, ma in una casa tutta mia."

"Ma qui ci sono i tuoi amici," le disse.

"E anche i miei nemici. È il momento di ricominciare."

Will scoppiò in lacrime. Lui deglutì, ma non riuscì a dire niente. Gli occhi di Jess si riempirono di lacrime. "Lo so. Non c'è molto da dire. Sei il fratellino migliore del mondo. Non avrei mai potuto farcela senza di te."

"Mi mancherai," le disse sottovoce.

"Anche tu."

Poi lo abbracciò, singhiozzando. Lui le accarezzò i capelli e la strinse a sé.

"Va tutto bene, Jess. Lo capisco," le sussurrò tra i capelli.

Lei si staccò da lui e si diresse verso la sua stanza. Fare le valigie fu semplice. Quando non si hanno soldi, non si compra molta roba. Rimase sveglia fino a mezzanotte. Alla fine, si mise sotto le lenzuola. Stryker sarebbe venuto? E se aveva intenzione di venire, perché non le aveva detto niente? E se non l'aveva, perché non le aveva detto niente?

STRYKER ARRIVÒ A PINE Grove all'una del mattino. Dispiaciuto di essersi perso il Natale per un paio d'ore, aveva bisogno di fare una doccia e di dormire prima di incontrare Jess. Ringraziò l'uomo che l'aveva accompagnato e gli diede un assegno da mille dollari. Per fortuna, aveva affittato per un anno la casa di Pine Grove, quindi aveva ancora un posto dove andare.

Senza telefono, non poteva né chiamare né mandare messaggi a Chris o a Jess. Si fece la doccia e si distese sotto le coperte. Mentre il suo corpo riscaldava le lenzuola fredde, si mise a pensare a Jess. Una sensazione di calore gli riempì il cuore. Non sarebbe passato molto tempo prima di poterla abbracciare di nuovo e di darle la sua sorpresa. Dopo pochi minuti, fece un sospiro e si addormentò.

Il mattino dopo si alzò, indossò i suoi abiti più caldi e andò a fare un giro in città. Riuscì a ricaricare il telefono al Cozy Café, ordinò la colazione e chiamò Chris. Quando ebbe finito, si diresse verso il b&b. Gli ospiti stavano facendo le valigie per andarsene. Lo fermarono.

"Lei è il proprietario di questo posto? È una miniera d'oro. Abbiamo trascorso il miglior Natale degli ultimi anni," gli disse un uomo.

"Il cibo era ottimo," disse una donna.

"E poi il caminetto e il vin brulé. È stato meraviglioso," disse un'altra donna.

Tutti lo riempirono di complimenti. Stryker sorrise. "Spero che tornerete l'anno prossimo."

"Dov'è Jess? Volevamo lasciarle qualcosa," disse l'uomo, porgendogli una busta.

"Mi assicurerò di consegnargliela. Grazie," disse Stryker.

Passò un'ora prima che tutti andassero via. Stryker guardò in cucina, ma Jess non c'era. Probabilmente è andata a casa a dormire e a riposarsi. Guardò l'albero. Eccola, appesa lì. La busta, con un fiocco rosso, era ancora appesa all'albero. Era capovolta, però. Ovviamente, Jess non l'aveva vista. Sopra, c'era scritto il suo nome con l'inchiostro blu. Lui aggrottò la fronte.

Cazzo. Una parte della sua sorpresa era passata inosservata. Salì le scale, sbirciando nelle due stanze degli ospiti. Erano tutte in disordine, con coperte e lenzuola sparse dappertutto e gli asciugamani sul pavimento. Avrebbe dovuto assumere una cameriera. Lui scosse la testa. No, se ne sarebbe occupata Jess.

Mentre usciva dalla seconda camera da letto, guardò in fondo al corridoio. C'era la sua vecchia stanza. La curiosità lo spinse a girare la maniglia e ad aprire la porta. Rimase a bocca aperta. Le pareti erano dipinte di fresco e sul letto c'era una coperta nuova, col disegno di un aeroplano. I suoi vecchi libri, di nuovo privi di polvere, riempivano le due piccole librerie. La serie degli *Hardy Boys* e l'edizione cartonata del romanzo *Il richiamo della foresta* erano ancora lì.

Doveva essere stata Jess a risistemare la sua stanza. Perfino le finestre erano state pulite e la vista sulle mangiatoie per gli uccelli nel cortile era limpida come uno specchio. Stryker scoppiò in lacrime. Aveva sofferto per una terribile perdita da bambino, ma sua zia gli aveva creato un rifugio in quella stanza, la sua stanza. Jess l'aveva rispolverata, lucidata e rimessa a nuovo.

Lo scricchiolio della ghiaia gli fece capire che Chris era appena arrivato. Stryker si sedette sul sedile anteriore.

"Andiamo a casa di Jess."

"Certo, signore. Bentornato."

Stryker bussò, ma nessuno venne ad aprire. Non vide la sua auto, ma il furgoncino di Will era lì. Stryker bussò qualche altra volta. Se Jess non era a casa, non se ne sarebbe andato finché non avesse saputo dove fosse. Will venne ad aprire assonnato.

"Signor West?"

"Salve, Will. Dov'è Jess?"

"Se n'è andata," gli rispose il ragazzo, stropicciandosi gli occhi e sbadigliando.

"Se n'è andata?" Lui aggrottò la fronte. "In che senso se n'è andata?"

"Ha lasciato la città. Si è trasferita. È partita stamattina presto. Almeno, quello era il suo programma."

"Perché?"

"Pensa che lei voglia vendere la villa. Voglio dire, con un'offerta di un milione di dollari, chi potrebbe biasimarla?"

"Quale offerta? Ho detto a Ruth di smettere di mostrarla alla gente. Le ho detto che non ho intenzione di venderla, a nessun prezzo."

"Non è quello che Ruth ha detto a Jess. Le ha detto che una coppia ha offerto un milione di dollari per comprarla. Chi rifiuterebbe una simile offerta?"

"Io. Ecco chi. Non ho intenzione di venderla. Dov'è Jess? Devo chiarire questa situazione."

"Dove era finito? Lei ha aspettato, ma non ha avuto sue notizie. Ha pensato che non sarebbe più tornato." Will socchiuse gli occhi.

"Il mio telefono si è scaricato. Non sono riuscito a trovare nemmeno un volo. Così ho cercato un'auto, ma niente da fare. Ieri, sono stato dentro un taxi per undici ore in mezzo alla neve. Sono arrivato qui all'una di stanotte. Mi dispiace di essere in ritardo, ma non ho potuto evitarlo."

"Accidenti!"

"Già. Allora, dov'è Jess?"

"Tutto quello che so è che ha affittato una stanza a Willow Falls."

"Ok. Grazie." Stryker tornò in macchina. "Andiamo a Willow Falls, Chris."

"Ok. Qual è l'indirizzo?"

"Non lo so. Andremo in giro finché non vedremo la sua macchina."

"È lei il capo", disse Chris, mettendo in moto la Bentley.

Un'ora dopo, arrivarono nella piccola città. Dopo aver guidato per quarantacinque minuti, Chris vide la sua auto.

"Eccola," disse indicandola.

Stryker sorrise. Per la prima volta, era contento che lei guidasse un'auto così vecchia e malconcia.

"Accosti al marciapiede. Resteremo qui ad aspettare," disse Stryker.

LA STANZA ERA PICCOLA ma ordinata. Aveva due finestre e un copriletto rosso sbiadito. Jess gettò la valigia sul letto. Era lì da un'ora e già aveva nostalgia di casa. La stanza era abbastanza pulita, ma chiunque l'avesse arredata doveva essere daltonico. Quei colori forti erano un pugno in un occhio. Si accasciò sul letto e sospirò. Forse lasciare Pine Grove non era stata una buona idea?

Stava scappando? Una sensazione di vergogna la travolse. Era stata molte cose, ma mai una che si arrende. Forse le avrebbero ridato i suoi soldi. Sistemò le coperte e prese la valigia. Jess mandò un messaggio al padrone di casa, chiedendogli se poteva interrompere il suo contratto d'affitto e riavere la sua cauzione. Voleva tornare a casa.

Mentre si dirigeva verso la sua auto, continuò a mandargli messaggi, cercando di convincerlo che non aveva danneggiato nulla e di rimborsarle i suoi soldi. A testa bassa, fissando il telefono in una mano e trascinando la valigia con l'altra, non vide nessuno sulla sua strada. Boom! Si scontrò proprio con Stryker West. Alzò lo sguardo e spalancò la bocca.

"Che cosa ci fai qui?" gli chiese.

"Sono venuto a cercarti. E a scontrarmi con te."

"Oh, mi dispiace per averti urtato. Perché sei venuto a cercarmi?"

"Andiamo, Jess. Torna a casa. Abbiamo alcune cose da chiarire."

"Quali cose? Stai vendendo la villa, quindi non abbiamo più il b&b."

"No. Non ho intenzione di venderla. Ho detto a Ruth di toglierla dal mercato settimane fa. Sta solo cercando di ottenere una grossa percentuale."

"L'hai tolta dal mercato?"

"Già. Proprio così. Non posso venderla perché non è mia."

Lei aggrottò la fronte. "Che cosa intendi dire?"

"Mi devi un dollaro. Ne hai uno?"

"Stupido! Non hai nemmeno un dollaro con te? Certo che ce l'ho."

"Bene. Dammelo."

"Ok." Tirò fuori la banconota dalla borsa e gliela porse.

"Perfetto. Ecco," le disse, porgendole una busta e mettendosi la banconota in tasca.

Lei la aprì. All'interno c'era l'atto di proprietà della villa, con sopra il suo nome.

"Che cos'è? Uno scherzo?"

"Ti ho appena venduto il b&b per un dollaro. Ora dobbiamo trovare un notaio, tu dovrai firmare l'atto e poi sarà tutto tuo."

Jess scosse la testa. "No, aspetta. Non è possibile. Sto sognando. Dammi un pizzicotto."

"Non stai sognando. Sapevo da molto tempo che la villa doveva essere tua. Tu la ami. Saprai prendertene cura al meglio."

"Lo farò. Ma. Ehi. È una follia!"

"Non è una follia. Ha perfettamente senso."

Jess si gettò tra le sue braccia. Lui scoppiò a ridere e la strinse a sé.

"Questa era sull'albero. Doveva essere il tuo regalo di Natale."

"Non l'ho mai vista," disse lei, cercando di riprendersi. "Pensavo che ti fossi dimenticato di farmi un regalo."

"Mai. Ho ricevuto i tuoi gemelli a forma di aereo. Davvero appropriati. Grazie. Jess Lennox, ti amo. Non riesco a smettere di pensare a te. La vita senza di te fa schifo. Ti prego, sposami." Lui si mise in ginocchio.

Sconvolta, lei lo fissò a bocca aperta. Lui si frugò in tasca e tirò fuori una scatolina di velluto nero. Jess si coprì la bocca con le mani. "No!"

"Oh, sì. Questo è tuo," le disse, aprendo la scatolina per mostrarle uno splendido diamante di taglio rotondo, incastonato al centro di alcuni diamanti più piccoli. "Per favore, tesoro. Dimmi di sì."

"Sì! Oh, sì, sì, sì, certo che sì. Oh, sì." Lei batté le mani e fece un saltello.

Stryker le prese la mano tremante e le mise l'anello.

"Adesso è ufficiale. Possiamo andare a casa?"

"Sì," disse lei, dirigendosi verso la sua auto. Lui mise la mano sulla sua.

"Oh, no. Non in quella cosa. Quella la porteremo alla discarica e avrai anche tu una vera auto."

Stryker prese la sua valigia e la mise nel bagagliaio della sua auto di lusso. Le tenne aperto lo sportello posteriore e si sedette accanto a lei.

"Chris, per favore, tenga gli occhi sulla strada. Prossima fermata, Pine Grove," disse Stryker, stringendo Jess tra le braccia. La baciò mentre l'auto procedeva verso la loro nuova vita.

Epilogo

All'alba, Jess si stiracchiò le braccia e le gambe, poi si rannicchiò sotto il piumone e si avvicinò al corpo nudo e caldo che aveva accanto. La camera da letto era fredda. Tirò su la coperta, lasciando scoperti solo gli occhi.

Stryker gemette e si girò, mettendole distrattamente un braccio intorno alla vita. Anche se era solo l'inizio di aprile, gli alberi stavano germogliando fuori dalla finestra del terzo piano. Stryker aveva trasformato il terzo piano della villa in una suite padronale, che comprendeva una piccola cucina e due bagni.

Entusiasta di poter guardare gli alberi e gli uccellini direttamente dal letto, Jess faceva fatica a lasciare la loro stanza ogni mattina. Ma quello era il giorno del suo matrimonio e non riusciva proprio a stare ferma.

Giocherellando inconsciamente con l'anello di fidanzamento che portava al dito, sorrideva così tanto che le guance le facevano male. Immaginando che non si sarebbe mai sposata, Jess non aveva in programma un matrimonio. Le sue amiche Jory e Mindy avevano preso il controllo, prendendo in prestito la limousine di Stryker per una gita a New York e un appuntamento al Kleinfeld Bridal, alla ricerca dell'abito perfetto.

Non essendo abituata a dormire fino a così tardi, Jess si calmò. Rimase immobile, ascoltando gli uccellini cantare attraverso la finestra aperta, dalla quale entrava una fresca brezza. Con la porta dell'armadio socchiusa, scorse un angolino del più bell'abito bianco che avesse mai visto. Era il suo. Stava sognando? Presto, Laura Dailey sarebbe arrivata insieme al suo staff per preparare il brunch del matrimonio al piano di sotto. Esatto, per una volta, non sarebbe stata lei a cucinare e a servire ai tavoli. Ehi, avrebbe potuto abituarsi a tutto questo.

Jess e Stryker si sarebbero sposati sul portico in vetro, di fronte a un vecchio acero, decorato con tre mangiatoie per uccelli. Will aveva insistito per accompagnarla all'altare. Lei non l'aveva detto a sua madre, perché aveva paura che potesse scrivere a Stryker, chiedendogli del denaro o un avvocato per un nuovo processo.

Avevano invitato solo poche persone. Jess si alzò dal letto e attraversò in punta di piedi il freddo pavimento di legno fino al cassettone. Rapidamente, indossò una canottiera e un paio di pantaloni del pigiama. Mentre guardava il corpo addormentato di Stryker, sorrise. Ricordando la loro notte di passione, sospirò. Quell'uomo aveva una resistenza straordinaria. L'aveva sfinita.

Jess attraversò l'arcata che conduceva alla cucina. Avere lì la loro suite le semplificava la gestione del b&b e le permetteva di avere uno spazio privato con Stryker. Jess accese la macchinetta del caffè.

La vista dal terzo piano le mozzava il fiato. Dalla parte senza alberi, il panorama era così vasto che si vedevano i monti Catskill. Dalla parte con gli alberi, si vedeva lo stesso panorama che vedeva un uccello in un nido.

"Buongiorno," disse una voce profonda.

Lei si voltò. Coperto fino alla vita, Stryker si sollevò su un gomito. Si passò le dita tra i capelli neri e ribelli e la fissò. Il suo sorriso sexy le fece venire la pelle d'oca. Lui la guardò dall'alto in basso.

"Sei vestita?"

"Fa freddo."

Lui annuì. "Fa freddo qui. Ho un metodo eccellente e infallibile per riscaldare la mia futura moglie." Si sedette e tirò giù le coperte.

La sua futura moglie. Un brivido di desiderio la attraversò alle sue parole. Si erano fidanzati durante le vacanze natalizie. Si chiese quando si sarebbe abituata all'idea. Probabilmente mai. Si avvicinò a lui.

"Nel frattempo, le lenzuola si stanno raffreddando," le disse.

"Ma tu sei il mio scaldaletto personale. Quindi, non sono preoccupata." Il suo sguardo, mentre si toglieva la canottiera dalla testa e si abbassava i pantaloni del pigiama, le provocò una sensazione di calore. Stryker diede una pacca sul materasso.

"Vieni a letto, sto congelando."

Lei salì sul letto e lui la strinse tra le braccia. Ridacchiando, lei appoggiò la schiena e Stryker si mise sopra di lei. Immediatamente, il calore del suo corpo allontanò il freddo dalle sue ossa. Lei aprì le gambe e lui si mise in ginocchio.

"Mmm, potrei entrarti dentro," osservò lui.

"Oh, sì."

I suoi occhi scuri brillavano di gioia. "Ma che divertimento sarebbe?"

Lei scoppiò a ridere.

La baciò, poi iniziò a darle dei piccoli baci sul collo. "Non vogliamo trascurare nessuna parte del corpo," disse lui, prendendole un capezzolo tra le labbra.

Respirando affannosamente, lei inarcò la schiena, dandogli libero accesso al suo seno.

"Adoro i tuoi capezzoli," le disse mentre li assaporava. Le sue labbra e la sua lingua alimentavano il suo fuoco. Il desiderio ebbe il sopravvento su di lei. Stryker si sollevò, poi scese più in basso. Le appoggiò il viso sulla pancia, facendo scorrere la lingua verso il basso finché non entrò in contatto con la sua vagina.

"Oh, mio Dio. Non hai intenzione di farlo, vero?"

"Oh, invece sì," le rispose, interrompendola.

Il suo corpo si irrigidì.

"Lasciati andare, Jess," le disse dolcemente.

Era più facile a dirsi che a farsi. Era proprio tenendo sotto controllo la sua vita e quella di suo fratello che erano riusciti a sopravvivere, ad avere una casa, a mangiare e a vestirsi.

"Ti amo. Fidati di me. Stiamo per sposarci. Jess..."

"Mi fido. Mi fido. Ci sto provando."

Lei fece un respiro profondo e abbassò lo sguardo. I loro sguardi si incrociarono. Calore, amore e desiderio si mescolavano nei suoi occhi.

"Permettimi di amarti."

Le baciò la pancia, poi scese più in basso, esplorandola con la lingua, fino in profondità. La passione la travolse. Si fece così forte che non voleva staccarsi da lui. Lui appoggiò la lingua sulla sua pelle calda e iniziò a rotearla. Lei gli afferrò le spalle, affondando le dita nei suoi muscoli.

Il calore continuava ad aumentare dentro di lei, spingendola verso l'oblio. Lei strinse i fianchi, poi contrasse ogni muscolo del suo corpo e si lasciò andare. L'ardore del piacere si diffuse dentro di lei mentre lui continuava.

"Oh, mio Dio. Stryker!" riuscì a dire a malapena, chiudendo gli occhi. Gli mise le braccia intorno al collo e lo abbracciò.

Lui iniziò a baciarle il collo. "Ora tocca a me," disse lui, facendo scivolare le mani sotto di lei e sollevandole i fianchi. Lei allungò la mano e lo afferrò, stringendo le dita intorno al suo pene in erezione.

"Gesù. È duro," osservò lei.

"Sei tu a farmi quest'effetto."

Lei tentò di mettersi a sedere, ma lui la spinse giù con una mano.

"Non ora. È troppo tardi."

"Davvero?"

"Oh, sì. Voglio venire dentro di te."

Lei annuì.

Stryker le spostò delicatamente la mano e lo prese con la sua. Diresse il suo pene verso l'ingresso della sua vagina, facendolo entrare e uscire un paio di volte.

"Oh, mio Dio, quando fai così..." disse lei, lasciando la frase incompiuta.

Prima che riuscisse a finire la frase, lui era totalmente immerso dentro di lei. A suo piacimento, le mise un piede sopra la sua spalla e le sollevò leggermente l'altra gamba per poterle mettere le dita dietro la coscia. La tirò verso di sé e allargò leggermente le gambe, per mantenere l'equilibrio prima di iniziare a spingere.

La passione crebbe lentamente dentro Jess. Gli passò le mani lungo la schiena, tremando mentre sfiorava i suoi muscoli. Quando lui stava sopra di lei, si sentiva protetta e questo la faceva eccitare molto.

"Ti amo tantissimo," gli sussurrò all'orecchio. Lei chiuse gli occhi, lasciando che il tatto prendesse il sopravvento sugli altri sensi. Ogni centimetro del suo corpo prese vita e le sue terminazioni nervose reagivano a ogni minima scintilla.

Lui aumentò la velocità e spinse più forte. Jess prese il ritmo e continuarono a muoversi insieme, facendo quasi spostare l'enorme letto. Lui le appoggiò il viso sul collo, gemendo contro la sua pelle umida. Un orgasmo si fece strada dentro di lei, crescendo fino a farla esplodere.

"Cazzo, Jess. Oh, mio Dio," mormorò lui, con la schiena e il petto sudati.

Lei venne poco prima di lui, muovendo i fianchi mentre un fremito le attraversava il corpo. Poi lui gemette il suo nome, diede un'altra spinta e si fermò.

Lei lo strinse a sé, appoggiando la bocca nel punto in cui la spalla si univa al collo. Cazzo, amava il suo uomo e il modo in cui lui la faceva sentire. Le spostò i capelli dalla fronte, poi glieli accarezzò con le dita.

"Sei bellissima al mattino."

"Solo al mattino?" disse lei scherzando.

"Ogni minuto del giorno."

Quando il richiamo della cincia le raggiunse le orecchie, cominciò la giornata più perfetta della sua vita.

JORY E MINDY RIEMPIVANO Jess di attenzioni.

"Che cosa sta succedendo lassù?" disse una voce maschile sulle scale.

"Non salire, Stryker! Non puoi vederla," urlò Jory.

"Ok, ok. Gli ospiti sono arrivati. Posso dire a Will di salire?"

Jess annuì.

"Ok. Mandalo su," urlò Mindy.

Con indosso uno smoking e sentendosi completamente a disagio, Will si fermò sulla soglia.

Mindy e Jory abbracciarono Jess. "Buona fortuna," le disse Jory.

"Sei meravigliosa," aggiunse Mindy, sistemandole la coroncina di fiori.

Le ragazze uscirono dalla stanza. Will iniziò a parlare.

"Cazzo, Jess. Sei bellissima!" disse, avvicinandosi a sua sorella.

"Anche tu. E sì, non appena il brunch sarà finito, potrai togliertelo."

"Grazie a Dio!" disse, tirandosi il colletto della camicia.

Lei si avvicinò alla finestra. "Non avrei mai pensato che potesse succedere."

"Il matrimonio con Stryker?" le chiese, seguendola.

"Il matrimonio con chiunque. Nessuno vuole la figlia di un'assassina."

"Stryker non è chiunque," ribatté Will.

"Puoi dirlo forte!" Lei scoppiò a ridere.

"È la decisione giusta. Lui ti ama davvero."

"Lo so. Mi mancherai, Will," disse, voltandosi verso suo fratello.

Lui abbassò lo sguardo. "Anche tu."

"Siamo stati una squadra per molto tempo. Sei stato il mio più grande sostegno."

"Siamo ancora una squadra. Lennox fino alla fine."

Lei allungò una mano per spostargli i capelli dal viso. "Ti voglio bene, Will."

"Sei una sorella grandiosa. Mi metti sempre al primo posto. Nessuno l'aveva mai fatto per me," disse a voce bassa.

"Perché sei il fratello migliore che esista."

"Se Stryker non ti tratta bene, vieni da me. Gli darò una lezione," disse Will, dandosi un pugno sulla mano.

Lei scoppiò a ridere. "Grazie."

"So che mi sosterrai sempre."

"E io so che anche tu lo farai. Ma penso che lo farà anche Jennie."

"Sembra proprio di sì."

"Sono contenta. Voglio che tu sia felice. Che tu abbia la tua famiglia," disse Jess.

"Tu sarai sempre la mia famiglia," le rispose, porgendole il suo fazzoletto.

Lei si asciugò gli occhi. "Non ho intenzione di piangere prima che la cerimonia abbia inizio."

"Andiamo," disse Will, porgendole il braccio.

Lei lo afferrò e scesero insieme le scale, attraversarono il corridoio e uscirono sul portico. Mentre si avvicinavano, gli ospiti si alzarono dalle loro sedie e Nancy Collins, la segretaria dello studio veterinario, iniziò a suonare la marcia nuziale su una tastiera sistemata in un angolo.

Lo sguardo di Jess incontrò quello di Stryker. Tutte le sue paure svanirono mentre lo guardava. L'amore brillava nei suoi occhi scuri e caldi. Quando raggiunse lo sposo, Will porse a lui la mano di Jess.

"Chi concede in sposa questa donna?" chiese l'officiante.

"Io," disse Will emozionato, mentre si asciugava una lacrima dagli occhi.

Fine

Se vi è piaciuto questo libro, per favore lasciate una recensione. Grazie.

Il prossimo libro della serie è "Tu mi appartieni". È la storia di Giselle Davenport.

CAL LE AVEVA PROMESSO che l'avrebbe aspettata. Sarebbe stato solo per un anno, mentre Giselle si dedicava al lavoro dei suoi sogni a Parigi. Quando lui sposa un'altra donna, devastata, decide di restare in Europa. Quando i suoi problemi di vista la costringono ad abbandonare il suo lavoro, torna a Pine Grove e scopre che Cal, ora vedovo con un figlio piccolo, vive dall'altra parte della strada.

Hanno entrambi il cuore spezzato e si sono ripromessi di non permettere più che ciò accada. Ma un bambino li farà avvicinare inaspettatamente. Riusciranno a lasciarsi alle spalle il passato per ricostruire la fiducia reciproca e creare un futuro insieme? O la verità di ciò che è accaduto tanti anni fa continuerà a separarli?

Libri di Jean C. Joachim

<u>ECHOES OF THE HEART</u>
HEATHER & MIKE: THE ONE THAT GOT AWAY
SANDY & RAFE: SECOND PLACE HEART
LIZ & NICK: NO REGRETS
PAIGE & BILL: ONE FINE DAY
ANTHOLOGY
<u>HOCKEY</u>
L'ULTIMO SLAPSHOT
<u>BOTTOM OF THE NINTH</u>
DAN ALEXANDER, PITCHER
MATT JACKSON, CATCHER
JAKE LAWRENCE, THIRD BASEMAN
NAT OWEN, FIRST BASE
BOBBY HERNANDEZ, SECOND BASE
SKIP QUINCY, SHORT STOP
EXTRA INNINGS
<u>FIRST & TEN SERIES</u>
GRIFF MONTGOMERY, QUARTERBACK
BUDDY CARRUTHERS, WIDE RECEIVER
PETE SEBASTIAN, COACH
DEVON DRAKE, CORNERBACK
SLY "BULLHORN" BRODSKY, OFFENSIVE LINE
AL "TRUNK" MAHONEY, DEFENSIVE LINE

HARLEY BRENNAN, RUNNING BACK
OVERTIME, THE FINAL TOUCHDOWN
A KING'S CHRISTMAS
THE MANHATTAN DINNER CLUB
RESCUE MY HEART
SEDUCING HIS HEART
SHINE YOUR LOVE ON ME
TO LOVE OR NOT TO LOVE
HOLLYWOOD HEARTS SERIES
SE TI AMASSI
UN AMORE DA RED CARPET
RICORDI D'AMORE
UN AMORE DA FILM
L'ULTIMA CHANCE PER L'AMORE
AMORI E BUGIE
His Leading Lady (Series Starter)
NOW AND FOREVER SERIES
NOW AND FOREVER 1, A LOVE STORY
NOW AND FOREVER 2, THE BOOK OF DANNY
NOW AND FOREVER 3, BLIND LOVE
NOW AND FOREVER 4, THE RENOVATED HEART
NOW AND FOREVER 5, LOVE'S JOURNEY
NOW AND FOREVER, CALLIE'S STORY (prequel)
MOONLIGHT SERIES
SUNNY DAYS, MOONLIT NIGHTS
APRIL'S KISS IN THE MOONLIGHT
UNDER THE MIDNIGHT MOON
MOONLIGHT & ROSES (prequel)
LOST & FOUND SERIES
LOVE, LOST AND FOUND
DANGEROUS LOVE, LOST AND FOUND
NEW YORK NIGHTS NOVELS

THE MARRIAGE LIST
THE LOVE LIST
THE DATING LIST
<u>PINE GROVE SERIES</u>
UN AMORE IMPREVEDIBILE
CUORI INFRANTI
UN MILIARDARIO TUTTO NUOVO
<u>SHORT STORIES</u>
SWEET LOVE REMEMBERED
TUFFER'S CHRISTMAS WISH
UN'HOUSE-SITTER PER NATALE

Notizie sull'autrice

Jean Joachim è un'autrice di romance di successo e i suoi libri sono in cima alla classifica Amazon Top 100 fin dal 2012. Scrive romance contemporanei, tra cui gli sport romance e la romantic suspense. *Dangerous Love Lost & Found* ha vinto il primo premio International Digital Award dell'Oklahoma Romance Writers of America nel 2015. *The Renovated Heart* ha vinto il premio Miglior Romanzo dell'Anno del Love Romances Café, *Lovers & Liars* è arrivato tra i finalisti del RomCon del 2013 e *The Marriage List* ha conquistato il terzo posto nella classifica Miglior Romance Contemporaneo del Gulf Cost RWA. To Love or Not to Love si è classificato al secondo posto del Reader's Choice contest del 2014 della sezione del New England dell'associazione Romance Writers of America. È stata nominata Miglior Autore dell'Anno nel 2012 dalla sezione di New York dell'associazione Romance Writers of America. Moglie e madre di due figli, Jean vive a New York City. Solitamente, di mattina presto la si può trovare al computer a scrivere mentre beve una tazza di tè, con al suo fianco Homer, il carlino che ha salvato, e la sua scorta segreta di liquirizia nera.

Jean ha scritto 48 romanzi, novelle e racconti. Potete trovarli qui: http://www.jeanjoachimbooks.com. Chattate con Jean nel suo gruppo Facebook, JJ's Book Buddie, cliccando su questo link https://www.facebook.com/groups/489790604419710/